有爱的青春陪伴者

白眉逐星

北流 著

江苏凤凰文艺出版社

图书在版编目（CIP）数据

白昼逐星 / 北流著. -- 南京 : 江苏凤凰文艺出版社, 2024. 12. -- ISBN 978-7-5594-9097-1
Ⅰ. I247.5
中国国家版本馆CIP数据核字第20243B2G92号

白昼逐星

北流 著

责任编辑	王昕宁
特约编辑	裴欣怡
责任校对	言 一
出版发行	江苏凤凰文艺出版社
	南京市中央路165号，邮编：210009
网　　址	http://www.jswenyi.com
印　　刷	长沙鸿发印务实业有限公司
开　　本	880mm×1230mm 1/32
印　　张	9
字　　数	245千字
版　　次	2024年12月第1版
印　　次	2024年12月第1次印刷
书　　号	ISBN 978-7-5594-9097-1
定　　价	42.80元

江苏凤凰文艺版图书凡印刷、装订错误，可向出版社调换，联系电话025-83280257

www.baizhouzhuxin.com

目录 contents

- **第一章** 对黎明低语 ……… 001
- **第二章** 离别与相遇 ……… 023
- **第三章** 噼里啪啦 ……… 052
- **第四章** 她所开拓的疆土 ……… 076
- **第五章** 冬日焰火 ……… 093
- **第六章** 撑腰 ……… 116
- **第七章** 盛开在沉默里的花 …… 138

Bai Zhou Zhu Xing ﹥﹥﹥﹥﹥﹥

www.baizhouzhuxin.com

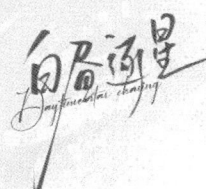

目录 contents

- 第八章 触摸金色的雨 158
- 第九章 凝望月亮 176
- 第十章 疾风 203
- 第十一章 不完美献礼 224
- 第十二章 歌唱余途 240
- 第十三章 山巅 256
- 番外 晴雪 278

第一章

对黎明低语

进入了十一月,北方的冬天,温度冷得令人窒息。

SPES 战队大楼。

电梯"叮"的一声打开,一个面色浅淡的年轻女人从里面走了出来。

哪怕是几近零度的天气,她也穿着单薄,雪白的衬衫下一条粉棕色的修身半裙,外面只罩了件浅灰色的风衣。

女人五官精致,红唇如朱,一双高跟鞋踩得很有气势。

在这个充斥着科技感又兼具宅属性的电子竞技俱乐部里,她显得格外夺人眼球,同时又充斥着一种格格不入。

有人看到了她,脸上立刻露出了些无措:"宁经理……"

女人点点头,脚下不停,径直往走廊尽头的会议室走去。

走近了,隐隐能听到里面的谈话声。听不清楚在说什么,但声音争先恐后十分热闹。

"哎,宁经理。"一个男人快步迎上来,将她挡在门外,脸上露出讨好的笑,

"我的宁姐,您怎么来了,您今天不是要去青训营那里盯着他们拍宣传照吗?"

宁瑶的目光落在男人身上:"让开。"

她的声音沉静,其中的坚持却不容忽视。

对方不由自主地抖了一下,脚下踌躇,却还是硬生生地站住了。

男人搓搓手,露出一张苦瓜般的笑脸:"宁经理,您一看就是来吵架的,我怎么敢让您进去啊,别让我为难了。"

宁瑶似在思考,长长的睫毛扇动几次。

她站在这里,身材窈窕,皮肤苍白,总给人以弱柳扶风之感。

可是但凡对她有一点了解的人都知道,这个年轻女人身体里蕴藏着无穷无尽的能量。

她来 SPES 的三年时间,冲锋陷阵,一手带着团队运营战队形象,一手拉来了无数品牌赞助。

她盘活了这个财务状况岌岌可危的战队,说是 SPES 的功勋人物也不为过。

拦在她面前,需要极大的勇气。

宁瑶面色如常,连声音也不曾提高半分,反而有一种深深的疲倦。

"今天的事不能这么不明不白地过去,如果你还把我当成 SPES 的一员……让我进去要个说法吧。"

男人浑身一颤,一股劲儿忽地卸掉。

他叹了口气,终究还是让开了路。

宁瑶清浅地弯了下唇:"谢谢。"

她推开了会议室的大门——

会议室桌面上一堆零食、饮料,SPES 战队的五名队员,以及领队经理、战术分析师,还有一个生活助理,众人围坐一起,插科打诨,其乐融融。

见她走进来,七八双眼睛齐刷刷地看过来,诧异、紧张、眉头紧锁……欢快的谈话声戛然而止。

原本这样松散的情形是不应该出现在一个正规联赛的正规俱乐部里的，可是这里是 SPES，也就不奇怪了。

谁都知道 SPES 是最重感情的俱乐部。

他们是一群志同道合的好朋友共同筹建的，从工作人员到选手都亲如一家，比起严苛的规章制度，对彼此的感情才是这个战队的核心凝聚力。

身为营销经理的宁瑶在制定战队宣传方案的时候，也是这样体现的。

日渐冷漠的人际关系下，还能有这样一群彼此信任珍惜的年轻人一同逐梦。

这个故事太美好了，无数粉丝都为之感动。

宁瑶从没想过有一天，看到这样的场景，她竟然会觉得刺眼。

领队经理刘哥反射性起身，声调都变了："你怎么来了……我是说，你今天怎么有空来？"

宁瑶站在所有人的对面。

日头倾斜，光线流淌，照耀着她脚下的一寸地砖，而她也在这束并不温暖的光中，被镀上了一层辉光。

她其实生得十分漂亮，只是为了不被人轻视年轻，常年都做雷厉风行的打扮，加上终日不苟言笑，令人十分有距离感，很少有看起来这样柔婉的时刻。

一旁的徐元心里突然像被轻敲了一下。

只是宁瑶一说话，这种软和的假象顷刻间破开。

她淡淡地环视一圈。

"我以为，在你们今天上午不顾正在直播，众目睽睽之下跟橙心饮品的负责人吵起来、全队黑脸一走了之缺席了品牌方活动，并且没有一个人知会我之后——你们应该想到我会来要个说法。

"橙心饮品是我们的赞助商，一年两次的线下活动也是写进合同里的，签约前你们都知晓并同意了，这次的活动也不是我强加给你们的，是你们自己答应的。"

众人面面相觑，SPES 的队长徐元走到宁瑶身边，一面把着她的双肩，推着她走进来，一面温声说："你别生气，我们瞒着你，就是怕你现在这个样子。"

有了徐元的破冰，其他人像是活过来一样。

一个挑染着蓝毛的男生也过来嬉笑着想要搭宁瑶的肩膀，在后者轻飘的一瞥之后，讪讪地放下手："是啊宁姐，我们只是不想你操心，一开始确实也一直在忍……但是不得不说，这个'橙心'真的太侮辱人了。"

他明显愤慨起来："他们随便搬来了几台电脑，网络卡顿不说，还起了个'冠军挑战赛'的名字，随机挑观众上来跟我们对战，赢了的人拿走奖杯，连奖杯都是联赛冠军奖杯的仿版，这分明就是嘲讽我们战队没有一个冠军。

"我去交涉，他们还说什么'玩个游戏，怎么玩不是玩'，当时我血压都高了。"

其他人也跟着附和：

"是啊，它一个卖饮料的品牌，懂什么是电竞吗？因为签了合作，代言身份、拍海报甚至参加线下秀场我们也都配合了，这种完全拉低职业性质的活动我们也要参加吗？纯纯是小丑行为。"

"而且今天还突然下雪了，展台搭在外面，'草莓'的手前段时间才做完理疗，万一冻伤了，春季赛怎么打啊，我们得保护她啊。"

一直没出声的女孩子草莓咬咬嘴唇，一脸不安地扯了扯队友的衣袖，小声说道："我的手不要紧，你们别吵。"

蓝毛安抚性地拍拍她的手背，一脸桀骜不满："'橙心'的活动安排不合理，我们拒绝参加，也不是我们的错吧。"

另一个人说："是啊，面对这种不尊重我们的合作方，不用给他们好脸色，转身就走才是应该的。"

宁瑶听着这些熟悉的语调，有一瞬间在想，他们说得也有道理，毕竟他们也受了委屈。

可是那是谁的错呢？

流程单一早就发给随队工作人员了，可是流程单上不包括这场突如其来的雪，也不包括要忍受承办方轻视的态度，更不包括那座山寨版可笑的奖杯。

是了，那工作人员也没有错。

宁瑶想起，同样是去年的这个时候，她为了见到"橙心"的宣传总监，在寒风中蹲守了四个多小时，才等到了人，拥有了一顿饭的交谈时间。

就是这顿饭，她截下了当时原本属意于另一个战队的赞助合同——国内有名的箱包品牌和电子竞技战队的跨界合作，成了那一年的经典营销案例。

这份合同也帮助 SPES 度过了上一个寒冬，不至于解散。

宁瑶又想起，两个小时前，队员直播时黑脸和愤然而走的片段已经在网上广泛传开。

队粉一致觉得，这场风波源于 SPES 的营销人员和品牌方为了赚钱而不顾队员意愿。选手已经做出表率了，所以他们也要为了自己热爱的选手而战。

橙心饮品的官博被追着骂了几千层楼，宁瑶所在的另一处营销部办公场地被人砸了鸡蛋，团队里的几个姑娘，紧关着门手足无措，不知如何处理。

一个小时前，同样是"橙心"的这位宣传总监，压抑着怒气，全程一句脏话都没有地将她骂了一顿。

他说当时就不应该跟这个草台班子合作，并且以违约为由，发了律师函要求解约并赔偿。

那边疾风骤雨，这里岁月静好。

宁瑶闭了闭眼睛，呼吸深沉了些。

蓝毛还在说："这次也算是表达我们的不满吧，让他们知道，以后不要什么活动都找我们参加。"

大家似乎都很满意这句结语，附和了几句，气氛又渐渐明快起来。

就好像今天的事故无伤大雅，一如往常。

"宁姐,你怎么不说话?"

草莓犹豫了一下,觑着宁瑶的表情,小心翼翼地说:"我知道你为了拿下这个品牌很不容易,但是你不搞这些,我们也都认可你的实力。我们毕竟是电竞选手,成绩才是最重要的……"

草莓似乎有些不安,徐元拍了拍她的肩膀,权作安抚。

他又看向宁瑶,温声说:"草莓没有别的意思,你别多心。"

宁瑶看着眼前这一群人,她哪怕置身其中,仍像站在他们对面。

她的目光略过这几个二十岁上下的队员,直接看向了刘哥,目光里最后一丝温度也岌岌可危:"你们都是这么想的?"

刘哥犹豫了一下,摸摸鼻尖,明明已经是一个战队的经理了,对上比他小许多的宁瑶却显得有些无措。

他咳了一声:"我们战队的商务活动,确实是联盟里排在前几的,去年夏季赛还有粉丝说,如果不是因为他们季后赛前接了个直播活动,是不会输给KIL的——"

宁瑶冷静地截住他的话:"你认为夏季赛输给KIL,是因为直播活动?"

刘哥连忙挥手:"我没这个意思,这只是粉丝说的。"

眼看刘哥额头上都要沁出冷汗了,蓝毛喘了几声粗气,终于忍不住,起身大声叫起来:"宁瑶,你总是这样,你知不知道你一直给了我们很大压力?我们是电竞选手,不是你手里的牌,活该天天给你冲营销业绩的!"

蓝毛本身就冲动,这点在赛场上也诠释得淋漓尽致,只是队友们都迁就他,教练团队也从不说一句重话。

此刻,他像是一个战无不胜的将军,为了自己的队友一往无前,年轻的脸上满是愤懑。

"不就是一场狗屁活动吗?不参加就不参加了,你要是实在为难,我就代表大家去给品牌方道歉行了吧,有什么结果都我担着。

"又不是什么大不了的事,你至于跟我们这么甩脸子吗?"

说完,他泄愤似的踢了一脚桌子腿。

宁瑶攥了攥自己发凉的指尖,单薄的风衣无法给予她更多的温暖了。

不只是这一场缺席的活动。

SPES 是个小俱乐部,得益于他们从次级联赛一路过关斩将,拿到联赛席位之后,联赛就开启了联盟化,不再接受升降等级制度。

联赛席位价值飙升,他们才能在这个正在蓬勃发展的领域中占据一席之地。

后备团队原本就很小,她来了之后,身兼数职,几乎包揽了 SPES 的对外窗口。

这两三年,她带着团队不停地寻找形象定位,想要呈现给观众队员们最耀眼的一面。

可是他们却讨厌粉丝的过度关注,经常嘴上答应了宁瑶拍摄,下一秒就变卦失约,还恶作剧似的故意关了手机,把她和请来的摄像师晾在那里。

她光是为了找到他们,都要城南城北地奔波,然后再劝说,两边调停,重新约定时间。

还有资金短缺的时候,她想给队员们最好的训练环境,部门预算一砍再砍。有时候甚至连自己的工资也扣住不发,硬挤出了钱,采买了不逊于豪门战队的外设,还配置了生活助理和理疗师常驻基地。

可是在偶尔的网络互动中,队员们会在直播里抱怨条件差。

虽然是无意,却经常在粉丝群体中掀起轩然大波,她的团队成了 SPES 粉丝心中的敌人,甚至上升到人肉搜索的地步。

宁瑶一开始还希望队员们说话能遮拦些,可是往往得到的回应,都是嬉笑着劝她不要在意那些不懂事人的评论。

还有无数个她绞尽脑汁、制作方案、为他们铺平前路的夜晚,他们只会嗔怪,她又缺席了团建,不像是一家人。

…………

许多许多,其实都是些细碎的小事。

话到嘴边，宁瑶一件都不想提了。

她长久地看着他们。

最后她轻声说："算了。"

错的可能是她自己吧。

三年前的一个夏天，在碰壁无数之后，她入职了SPES。

这几乎是她最后的机会。

可是那个人跟她说："SPES那些人，是一群……嗯，纯粹的人。"

满意于自己斟酌了许久找出来的形容词，男人眉梢一挑，换了个更加慵懒的姿势窝进沙发里。

搭在外面的手，手指修长，骨节分明，指尖的烟头明明灭灭。

"你们太不同了，未来的路没法一起走。"

她当时嗤之以鼻，还沉浸在谈下了第一个赞助的兴奋中，不假思索地反驳："等着看吧，我会帮助他们缔造一个传奇，就像他们战队的名字，SPES，希望。"

那时候她的眼中闪烁着光彩，坚信他们将会是正确的联合。

三年了，SPES依旧纯粹，从队员到赛训组都拥有对电竞无尽的热爱，也只有热爱。

但她已经认清了自己，也深刻地理解了那个男人的话。

他们就像是野蛮生长的花，只想肆意地开，尽情享受着春光，不会顾及其他，开得耀眼只是附加产物。

而她想建造一座水晶宫，晶莹剔透，让他们的耀眼，成百上千倍地折射出来，影响到更多的看客。

他们的确太不同了。

这段时间一直迟疑着做不出的那个决定，此刻终于不再犹豫。

大概是宁瑶思考的时候神色太过冷漠，徐元有些不安，他温润的五官上写满了担心："宁瑶……"

刘哥也莫名地问:"你说什么算了?"

宁瑶深回过神来,敛下眸光,睫毛微微颤抖几下,归于沉寂:"算了的意思就是算了,我会解决这件事,我的合同也马上到期了,我……不准备跟SPES续约了,所以这也是我最后一次能为你们做点什么了。"

"你要辞职?"刘哥失声道,"可是我们新赛季的赞助还没定下来……"

宁瑶低声笑了一下:"别担心,有几家我已经聊得差不多了,我会找好对接的人,其余的只能你们自己加油了。"

说完,她不再看愣在原地的众人,转身往门口走,风衣的下摆随着她转身的动作掀起一个小小的圆弧,很快又柔顺地垂下。

她的手刚握上门把手——

"说来就来,说走就走,你怎么这么不负责任啊?你们别拦着我,我就是要说!"身后传来蓝毛的怒吼。

他甩开拉住他的队员们,朝宁瑶走了一步。十八九岁的半大青年,情绪激动的时候说的话最伤人心。

"你走了要去哪里?能去哪里?你自己什么口碑你心里不清楚吗?别忘了,流星战队就是因为你才解散的,所有人都对你避之不及的时候,只有我们SPES接受了你。

"我们把你当成朋友,但你呢?根本就是在拿我们当工具,你根本不懂电子竞技,你只认识钱!只要你今天走了,你就是SPES的叛徒,我们当初根本就不应该接纳你进入SPES!"

宁瑶停下了脚步,回头。

蓝毛胸膛起伏,看向宁瑶的眼睛都红了,像只被抛弃的小狗。

可是明明,她才是会被赶走的那一个。

她目光灼灼,蓝毛禁不住瑟缩了一下,又倔强地抻着头:"怎么?"

刘哥将蓝毛拽到了身后,急切地跟宁瑶解释:"宁瑶,蓝毛他是有口无心的……"

其余人也纷纷跟着解围:

"宁姐,别说气话。"

"是啊,宁姐。"

徐元走上来,他是 SPES 的人气选手,面容白皙俊秀,人也温柔。

"别把他的话放在心上,我们都很感激你的付出,没人会觉得你不配,留下来吧。

"后面的活动,哪怕是为了你,我们也会好好配合的。"

"徐元。"宁瑶骤然看向他,"我要的不是你们的感激,你们的感激对我来说毫无用处。

"我认可你们有梦想,认可你们之间的情谊。

"我也觉得,这个圈子里,一直拥有初心是一件很了不起的事,所以这三年来,我尽我所能,从不让你们被场下的任何事情干扰,我对得起 SPES 对我的接纳。

"你们赚的钱也不是给我的,最后都变成了能让你们继续逐梦的资本。大到战队大楼的租赁、日常运营成本,小到你们现在用的外设、一流的理疗团队,甚至还有给线下为你们加油打气的粉丝准备的应援……"

宁瑶深吸了一口气。

"这些是光凭一句简单的热爱,就能拥有的吗?就该拥有的吗?做这一行的,谁不热爱?

"除了职业选手,还有那么多有天分的玩家,凭什么只有你们能在最专业的联赛中打比赛?你们是靠自身的实力享受到这些的吗?你们拿过几个冠军,能让那些资本趋之若鹜吗?"

偌大的会议室里,满室安静,只有宁瑶略带嘲讽的语气。

他们或哑然,或担忧,或忐忑。

但是无一例外,都对她的话疑惑不解。

在这些人的认知中，外面的疾风恶雨与他们根本毫无瓜葛。

他们所图并非名利，哪怕嘴上不说，一直以来对她的行事风格其实也是不赞同的。

宁瑶摇摇头：“夏季赛输给 KIL 到底是为什么？需要我直说吗？

"三线全劣，打起团来唯唯诺诺，那波生死团草莓莽撞地探视野被秒，你们一个个送，蓝毛更是在技能全无的情况下一个人跳脸对方三个，死了就在语音里调侃英雄救美不亏，你们真的觉得，这样很帅吗？

"那些期盼你们能拿冠军的粉丝，听到你们的语音会作何感想？还吹捧你们的情谊？你们真以为职业联赛只要有情谊就可以了？"

蓝毛嘀咕着："那段语音不是没放出去嘛……"

"那是因为我去与赛事方沟通了！"宁瑶心中涌起了一种深深的失望。

"我达不到职业选手的水平，不代表我完全不懂，只是术业有专攻，我们是一个团队，你们做好你们应该做的，我也做好我该做的。可是现在，我才明白，是我想得太简单了。

"我们志向不合。"

"宁姐。"草莓叫住了她。

"我们只是单纯地想在一起打比赛，我们其实没有那么在乎电脑是不是最高配置、生活优不优渥、薪金高不高，甚至粉丝……不能说完全不在意，但是我们也不想被粉丝的期盼绑架。

"你总想让我们按照你的要求来，让我们变成有名的选手，可是万一你坚持的，才是错的呢？"

独自盛开，活得恣意潇洒。

和承担额外的压力，向众人绽放着耀眼。

两种志向，孰优孰劣？

宁瑶一时间也想不透。

但是她知道——

"那我也自己买单。"

她一直都在为自己的选择负责。

宁瑶拉开门走出去,只身一人离开SPES的大楼,就像三年前,她只身一人,怀揣渴求而来。

漫天飞雪,这一年的冬天格外的冷。

三年后。

华亭市,LAC电子竞技全明星大会。

LAC是一款多人在线游戏。每一局游戏共有十名玩家,从战术和操作上进行两队之间5V5的对抗。

每队都有上单、打野、中单、射手、辅助五个位置,每个位置都有不同的英雄角色选择,玩家利用他们的技能进行战斗。

这几年电竞产业飞速发展,LAC也吃足了时代的红利,成了一款尽人皆知的游戏。

可能不会玩,但一定听说过。

LAC职业联赛也由此应运而生,商机无限,全明星大会就是其中的一个衍生品。

每一年的年末,主办方会邀请联赛中二十来支队伍和业内人士参加,对成绩优异的俱乐部和表现突出的个人颁发各项奖项。

也是另一种程度上的星光熠熠。

上午,大会还没正式开始。

到处都传出从业者们寒暄的嗡嗡声,媒体的闪光灯时不时地响起,想要抓拍一些候场的照片传到网上,也让战队的粉丝们一饱眼福,角落里还有几场小型采访……

截然相反的是,昏暗的观众席上一片睡意,各个战队的选手东倒西歪,睡得"七零八落"。

KIL 的座位区。

察觉到有摄像师镜头对着这边,辛思邈用手肘碰了碰身旁自家的打野选手青芒。

"青芒,别睡了。"

他身旁的男孩坐得很低,几乎躺倒在椅子上,用帽子兜头罩着,看不清脸。

青芒不自在地扬了扬下巴,咕哝道:"结束了?"

辛思邈:"……还没开始。"

"那就结束了再叫我,我想睡觉,我平常都这个点才睡呢。"

"有能耐明年你让主办方改到晚上办。"

后者不再回应了。

辛思邈蹙眉:"你精神一点,你是上个赛季的一阵打野,一会儿要上台领奖的。"

青芒眼睛都没睁,冷哼已经从鼻子里挤出来了:"头都被 K4 的打野锤烂了,我是个锤子一阵打野。"

辛思邈:"那你也不能不领啊,你……"

青芒痛苦地呻吟一声,双手捂住耳朵侧过脸去。

不听不听,王八念经。

辛思邈旁边还坐着另外三个队友。

AD 星驰不知道从哪儿顺来一张全明星大会的宣传单,将它团成团,冲着自己的辅助白雪丢去。

白雪毫不留情地砸回去,正中星驰的脑门。

星驰被砸了也不恼,眼睛一亮:"再吃我一记!"

"啪!"

白雪:"幼稚。"手下却不停。

"啪!"

一个纸团飞过去,又飞过来,再飞过去。

"啪啪啪"的声音四下响起,没有技巧,全是感情。

一旁的上单野火愉快地加入团战。

队友们太闹腾了,青芒终于不耐烦地睁开眼睛。

"你们就不能让我睡一会儿吗——"

忽然,他的声音骤然顿住。

他望着前台的某一处,眼睛都快拔不出来了,下颌一扬:"那是谁啊?"

会场的入口处,一个穿着浅粉色女士西装的女人,正在跟她面前的人聊着天。

女人身姿窈窕,妆容精致,长发乌云似的垂到腰背。

她转了下头,青芒看清了她的五官。

美人皮相自不必说,最引人注目的是她的眼睛。

这双眼睛狭长却不轻佻,反而有种无辜的厌世感,令人怜爱。而她举手投足间的自如,又平添了几分不可亵玩。

冷淡又欲的长相,其实也很难形容。

放在一众男人之间,实在过于打眼了。

辛思邈顺着他的视线看过去:"不认识。不过她对面那个男的我知道,是 LAC 国内的运营总监。"

青芒忽然起身,吓了辛思邈一跳。

辛思邈:"你干什么去?"

青芒伸了一个懒腰,下巴傲气一抬:"这不还没开始嘛,我打个招呼去。"

目的昭然若揭。

想到他过往的"丰功伟绩",辛思邈开始头疼:"你又不认识打什么招呼?算了,等等我。"

星驰立刻扭头:"你们俩玩什么去?我也要。"

野火:"带我一个。"

白雪:"幼稚……一起。"

KIL战队的全部人都朝着一个方向走去,一时间,吸引了许多目光。

青芒走近了,突然被人揪着后脖颈拉了回来。

"哎哎!谁啊?"

一转头看到来人是谁,青芒乖巧地缩起脖子:"老板。"

是乔中洲。

男人西装革履,皮鞋锃亮,身材比例极佳。

他个子高,又不肯低下头,极富侵略性的五官,看谁都像是在平等地瞧不起——像极了高冷又傲慢的总裁的样子。

"老板。"

"乔经理……"

"乔哥。"

称呼很杂,叫什么的都有。

一起过来的还有教练,看见这几个不老实的,毫不留情地开始训。

乔中洲从胸前口袋里掏出眼镜布,取下眼镜,旁若无人地擦起来。

一举一动,带着大佬气息。

安静的当口,他突然说:"离那个女人远一点。"

青芒莫名:"啥?"

乔中洲戴回眼镜,看向那边。

那边的谈话还在继续,那位运营总监说了句什么,女人忽然展唇一笑,寒冰乍消,艳若春晓。

乔中洲一声冷笑:"靠近她,会带来不幸。"

这话说得多少有点阴阳怪气了。

说完,他像是一眼也不愿多看,转身就去了VIP席。

教练上前打圆场,试图安抚队员们的情绪:"老板也是为了你们好,你们知道那个女人是谁吗？"

青芒："谁啊？"

教练也不再理自己的队员们，兀自纳闷："奇了怪了，她在H国发展得好好的，那边听说还出了高薪留她，怎么就回来了？"

青芒忍着不敢翻白眼："到底是谁啊？"

电子竞技领域日新月异，KIL战队甚至还有刚在联盟注册了两年的选手，不知道这些一点也不奇怪。

教练问："H国选手金在赫的微博粉丝破百万，知道吗？"

众人"小鸡啄米"。

"原H国冠军打野离婚案登上趋势榜知道吗？

"上赛季闹得沸沸扬扬的，两支死对头战队一起代言了同一汽车品牌，引起粉圈爆炸这事知道吗？"

教练道："都是这个女人主导的。

"电子竞技，实力为尊，可是这个女人是搞流量的。"

说完，教练也蹙了蹙眉头，瞥了那边一眼，压低了声音："而且，她是从咱们赛区出去的，三年前她是SPES的营销经理。"

青芒莫名："……SPES是哪个战队？"

教练有些无语。

辛思邈镜片下的眼神一闪："SPES前年就被收购了，现在改名叫CPU。"

青芒："改得好，一听就很'燃'。"

调侃归调侃，众人并没有太放在心上。

季后赛都没进的队伍，加上转会期毫无动静，虽然这么说冰冷了些，但实在不值得期待。

——但还是对那个女人好奇。

教练下了结论："反正听你们老板的，离她远点就是了。"

似有所感，女人蓦地看过来。

美颜正面暴击。

"啊!"

"啊……"

"嗯——"

没别的意思,美女谁不爱看。

教练额头的青筋跳了一下:"别搞事,滚回观众席。"

不远处的女人却直接走过来了。

明明他们一群人站在这儿,看着她只身一人袅袅而来,少年们心里却或多或少地有些紧张。

她开口,声音出人意料的悦耳,如珠碎玉,没有丝毫攻击性。

"你是青芒?"

"啊,对对对。"青芒连忙伸出手跟她相握。

"我是宁瑶,我很喜欢你。"

青芒假意咳了一声,俊脸上的笑意还是憋不住,咧着嘴笑起来。

宁瑶微微歪头:"你打法激进,很有观赏性,虽然在全球总决赛上,战队输给了K4,没拿到冠军,但是一阵打野,还是实至名归。"

青芒的笑容有点尴尬:"啊……谢谢。"

"最重要的是,决赛失利后,你高调公布了女友,并且怒怼粉丝八百条,凭借一人之力上了热搜,很了不起。"

青芒的笑僵住了。

"扑哧——"星驰没忍住,率先笑出了声。

"哈哈哈哈哈——"

微笑没有消失而是转移到了队友们的脸上。就连教练也一手撑脸,努力克制笑意,低着头假装沉思。

宁瑶丝毫不觉,向大家一点头,微笑告别。

"下次见。"

青芒："我真傻，真的，我应该听老板的，这女人有毒。"

这一年的 LAC 全明星大会星光闪耀。

一年中表现优异的选手们纷纷获奖，各种名目的"蛋糕"分得合理且友好，媒体热度不减，粉丝反馈热情，主办方盆满钵满。

大家都有美好的未来。

一周后，KIL 人事部面试办公室内。

人事主管看着手中的简历，又谨慎地抬头，看着对面坐得安稳的女人。

"宁小姐，根据你应聘的职位，我们能给你的不多。"

"我知道。"

女人声音平淡，相比之下，人事主管反而是更紧张的那一个。

"我只是想来 KIL。"

人事主管斟酌了一下话语："你在 H 国的职位是运营执行总裁，可我们的规模有限，运营并不如 H 国那边完善，岗位最高 Title 只有运营总监，而且基础薪酬方面……"

"基础薪酬不是问题，我唯一的要求是带上我的团队一起入职。"宁瑶补充了一句，"你放心，我们在 K4 已经磨合过，可以直接上手。"

人事主管小姐姐不知道说什么好。

KIL 的商务运营板块一向空缺，可是无论想几次，宁瑶能坐在她对面这件事还是离谱。

"你来我们 KIL 应聘，我们其实特别诧异。"看着面色清浅的女人，人事主管实在是好奇得很，"如果说流量效应，你之前待的 K4 刚得了冠军，哪怕你想回国，说底蕴，AIR 和极度是老牌豪门，甚至……"

人事主管抬头觑了宁瑶一眼："还有你从前的老东家 SPES……现在的 CPU 在，无论从哪方面看，我们都不是你的最佳选择。"

宁瑶并不介意人事主管的迟疑，她从包里掏出一份文件，从桌上稳稳地推了过去。

"这是我从国外带来的合约，如果我们能签约，这就是我的投名状。"

人事主管将信将疑地翻开，映入眼帘的是奢侈品牌D家新季度的赞助合同。

不单从出了名的豪门俱乐部K4带团队跳槽过来，还带了资源。

这已经不是离谱了，这是"扶贫"。

送上门来的"精准扶贫"！

天知道他们战队已经两个赛季没有赞助商了！

人事主管站了起来，深吸一口气。

"宁小姐，你稍等。"

宁瑶坐在椅子上朝窗外望去。

已经翻了年，气温逐渐回暖，光秃秃的枝头隐约有青翠冒出，也不知是不是行人的幻觉。

但一切的确都在变好。

没等上几分钟，业务部门的老大周德就冲了进来。

——旁边还有乔中洲。

宁瑶一眼就看见了他。

就像全明星大会那天，她也一眼就找到了他一样。

他今天的打扮跟全明星大会那天完全不同。

西装脱下，换上了宽松的卫衣，头发放了下来，额前散落的碎发柔化了他凌厉的五官。

那天是名利场上所向披靡的帝王，今天是回到自己的地盘，展露真身的名贵的猫。

不过，还是西装适合他。

毕竟从小就会耍帅。

念头只在瞬息间，乔中洲的视线几乎立刻逼了过来，宁瑶条件反射性地错开了目光。

她也不知道自己为什么要这样。

"呵！"

一声几不可察的冷笑。

跟全明星大会那天一样，两人心照不宣地没有互相打招呼。

乔中洲一脸不耐，却不离开，反而转身坐下，双腿交叠，掏出手机摆弄，像长在了沙发上。

周德却热情得紧。

这个四十多岁的中年男人，一见到宁瑶就脸上堆笑："宁小姐啊，欢迎你加入KIL！"

沙发上传来男人的声音："我刚才说了我不同意。"

——没人听他说话。

几人重新坐下，周德一脸唏嘘。

"当年我们交手过的，你从我这儿截走了橙心饮品，当时我就对你佩服得五体投地，结果没想到，你离开SPES之后，一声不吭就去了国外。谁能想到呢，风水轮流转，还是把你转过来了，哎，当年……"

……这话太密了。

宁瑶应和着，又从手包里掏出一份合同推过去。

周德顺手就接过来，继续说："你一走就是三年啊，可是没了你，我们战队还是拉不到赞助，因为我们老板仗着自己有钱，根本就不向资方低头哇……"

宁瑶往他手里塞了一支笔，敲了敲桌面，提醒道："这里写名字。"

"哦哦。"周德顺从地点点头，自然而然地在宁瑶指的地方签下了自己的名字。

"你来我们战队就是最正确的选择，我跟你说，还是回国好啊……这是什么？"

周德一脸茫然。

宁瑶接了过来,上下看了看,满意地点头。

"我的签约合同。"

这合同也能自带吗?

"砰"的一声。

是乔中洲摔门而去,没有一丝丝预兆。

周德更加莫名其妙:"我们乔总好像很讨厌你。"

宁瑶弯了弯眼睛:"讨厌我的人很多,让他报警。"

"啊?"

周德好半天才意识到,她是在开玩笑。

不过无论如何。

他冲宁瑶伸出了手——

"欢迎你加入 KIL。"

宁瑶处理完入职合同,再出来的时候,天色已经暗了,晚风沉沉,尽是岁末年初沁出的凉。

她裹紧了身上的外套,刚走出 KIL 的大门,斜里一只脚伸了出来。

宁瑶猛地一停。

……差点一脚踩上去。

"你——阿嚏!"还没开口,先打了个喷嚏,男人裹紧了身上的外套,脸色更差了。

乔中洲:"为什么来 KIL?"

宁瑶没有回避这个问题:"因为这里是 KIL。"

"因为这里是 KIL?"乔中洲骤地抬头,眉心拧在了一起,"你明知道我在这里……"

宁瑶张张嘴,恍然大悟:"我来不是因为你。"

话一出口，自觉有点生硬，对方毕竟是自己未来的大老板，宁瑶找补了一下："我的意思是，如果我能在KIL扎根，那国内没有任何人会再怀疑我的实力。"

乍一听没问题，仔细一想不是好话。

乔中洲警惕："你什么意思？"

"KIL成立四年，明明每年投入都很大，成绩也不差，可是在联盟的财报里，收益年年倒数，一到开大会，你只能坐在角落里听着别家老板夸自己孩子……这样的战队难道没有挑战性吗？"

宁瑶语速快且连贯，乔中洲几次提气，都没能成功插入。

他想了又想，思考了又思考，斟酌了又斟酌，冷笑着开口——

"随你便吧。"

男人冷哼一声，转头往马路对面走去。

KIL战队所在的别墅区跟KIL运营部门所在的办公楼其实很近，只隔了一条马路，步行十来分钟就到。

目送乔中洲背影消失，宁瑶松了一口气。

"嘀嘀！"

一辆车从后面开过来，稳稳地停在宁瑶的身边。

车窗落下，驾驶位上一个面容清俊的年轻男人，戴着一副银框眼镜，有些阴柔的气质。

他伸出手指推了推鼻梁上的镜框，眸光微动："怎么，旧情人相见，气氛不太好？"

宁瑶上了车："赵昕，能不能不开这种玩笑？"

赵昕耸耸肩："一会儿有个商务晚餐，我送你回去换衣服。"

"好，我睡一会儿，到了叫我。"

宁瑶靠在椅背上，车速不快，窗外掠过的景物陌生又熟悉，但离开三年，总算还是有一些东西没有改变。

第二章

离别与相遇

"哇啦哇啦哇啦嘎了嘎……"

"哇啦哇啦……"

闹钟响了一二三四五六次，仿佛响了一个世纪，宁瑶最终顶着一团乱糟糟的长发从被窝里钻出来。

捞过手机一看，她满意地点头，刚好七点。

她一边刷牙，一边打开手机浏览着"新鲜"的新闻。

全明星大会结束了，竞圈的热搜接连上了好几天终于消停了，但是局部受到长尾效应影响，得益于众多现场观众的路透，讨论度不减反增，具体体现在粉丝自留地中。

——【全明星现场图×18】

△帅，不愧是青芒，KIL的门面担当。

△星驰和白雪坐在一起哦，不愧是我们的下路组，辅助到哪里都要保护

AD 对吧。

△辛思邈不要再戴眼镜了戴我！

△哇，你看野火各种姿势瘫在椅子上，好像一只哈士奇啊。

△世界纷纷扰扰，我们 KIL 相爱到老。

——宁瑶给最后这条留言点了个赞。

这几天的竞圈新闻基本都围绕着转会，官方转会期已经持续了一个来月，即将截止，各大俱乐部的"憋气大赛"终于也进入到了尾声。

这两天开始大面积官宣谁离队，谁加盟，眼见谁家起高楼，眼见谁家楼塌了，有在超话聚团伤心的，也有"劫后余生"的粉丝们抱在一起在超话里互相打气、展望新赛季，宁瑶都要替这些操心的粉丝们掬一把辛酸泪。

还有一些特殊的。

竞圈某营销号发了一张图，配文"电竞营销女王的回归"。

是全明星大会当天在外场抓拍的一张照片。

夜色下，女人穿着浅粉色的西装套装，身材纤秾有度，如同一枝冬日盛开的桃花，红唇如火，似花心一点，长发飞舞的弧度，似乎是跟风商量好的一样，艳光穿透人群，偏爱了镜头。

宁瑶的牙刷不动了，她抬头，镜子里的女人五官素净柔和，但少了一分凌厉。

不愧是花大价钱请来的化妆师，值！

△谁说电竞圈没有帅哥美女。

△老婆我亲。

△天杀的，谁拐走了我的老婆，你们看到我的老婆在哪里了吗？

当然也出现了一些不和谐的声音。

△我有个朋友就是电竞圈的，告诉我这个女的签了 KIL。KIL 员工宿舍、食堂跟队员都是一起的，战队里都是半大的小伙子们，招聘女员工不合适吧。

这一条底下的回复直接"爆炸"。

△你是什么远古电竞粉?

△你应该问这个人是什么远古类人。

△小姐姐咋了,别说员工了,CPU 的辅助、AIR 的上单,不都是女孩子吗?别的战队怎么安排的,KIL 就怎么安排,有什么问题?

这个帖子被搬运到 KIL 的超话里,又掀起了一阵讨论。身为联赛场上场下节目效果同样炸裂的战队,自家超话不仅有粉丝,还有黑粉,以及看热闹的俗称"乐子人",成分相当复杂。

休赛期,屁大点事儿都能聊上天,主打一个"粉丝想要,粉丝得到"。

宁瑶余光里瞟到一个评论:

△一直以来都是听说谁家俱乐部占地大,谁家俱乐部食堂好,还真挺好奇的,只可惜进不去。

宁瑶想了想,打了个电话。

宁瑶是以运营总监的身份入职 KIL。

她带来的两个人,赵昕入职品牌主管,另一个女孩子在 K4 的时候就是宁瑶的助理,到了 KIL 职位依旧不变。二十岁出头的妹子,混血儿,热情洋溢,见了人就操着一口语调扭曲的华语,热情地自我介绍让大家叫她"茜茜"。

入职第一天,周德就拉着他们参观 KIL,办公区没什么好说的,重头戏是队员们日常起居训练的别墅。

"基地一楼是会客区域,餐厅和健身房也在这里,你们平时吃饭可以在这里吃。"周德压低了声音,"悄悄说一句,后厨不忙的时候,支持点单哦。"

周德继续:"二楼是训练室,以及经理和教练团队的办公室,走廊还有乔哥特意设计的更衣区。

"三楼是队员专属的生活空间,宿舍和浴室都在三楼,乔哥的休息室也在三楼,你们平时不方便上去。"

前台到保洁都好奇地打量着这一行人,有人笑着打招呼:"新员工待遇好啊,周总亲自领着参观。"

周德听到这句话,笑得眯起了眼:"什么叫新员工待遇好,宁瑶能一样吗?人家可不是来应聘的,是带着团队来加盟的,排面当然要拉满!"

一片欢声笑语。

跟K4上下阶级分明的管理相比,KIL的氛围轻松,的确像是那个人喜欢的。

正想到这里,几人刚好回到训练室,周德朝里面望了望,然后推开了门,中气十足地说:"来,介绍一下我们的队员。"

中午刚过,队员们才起床,精力充足,围着几个新面孔一顿热烈欢迎,宁瑶一一应付过去,险些眼花幻视了一群品种不一的大型犬类。

只有青芒不知道想起什么,倒吸一口凉气,谨慎地离着宁瑶两米开外。

"差不多得了。"

一道冷漠的声音从他们身后响起,是她刚刚想到的人。

宽大的T恤,中短裤头,踩着拖鞋,掩饰不住的睡眼惺忪。

他的眼里似乎看不到其他人,眼神看过来时隐约带了点抗拒:"你来这儿干什么?"

宁瑶的目光从乔中洲脑袋上翘起的碎发上掠过,短促地笑了一声:"参观一下不行吗?我们以后要天天见面的,不用反应这么大吧?"

这两个人一开口,空气中莫名有种紧绷的情愫流动,周围的人不由自主地安静下来。

乔中洲:"有事在办公室见就可以了。"

宁瑶:"但是我需要了解战队的训练和生活空间啊。"

"这跟你有什么关系?"

"你没看官博吗?"

乔中洲皱起眉头,掏出手机。

十分钟之前，官博突然空降超话，发布了一则消息。

一些客套话省略，乔中洲直接拉到了最后——

△为了迎接新赛季，在超话带话题#我和KIL的四年#分享你的电竞故事，我们将抽取五名幸运粉丝，参观KIL基地，体验电竞选手的日常生活，活动路费食宿全包，只等你来哟~！

乔中洲冷声问："这是什么？经过我的同意了吗？"

宁瑶深吸一口气，调出合同指着里面的条款："在不影响队员训练的情况下，战队成员配合战队的运营是应尽之责。"

"宁瑶！"

"下个月就是战队纪念日了，'粉丝参观'作为庆祝活动系列之一，也能纳入到运营年度KPI中，有什么不好吗？"

"你——"

"而且自从各个战队女选手越来越多，围绕着战队内部生活的讨论从来都没有停止过，很多战队都受到过一些抨击性言论的困扰，我们二队有一名辅助选手也是女生，借此机会让粉丝了解，不再妖魔化难道不是一举两得吗？"

乔中洲眼角下耷："我说一句你顶嘴一大段是吧？"

宁瑶微笑："我只是在阐述事实。"

男人深吸一口气，手指向门："走——"

"呵。"宁瑶转身就走——可下一瞬间又骤然回身，走到乔中洲跟前，仰起头。

毕竟人在屋檐下，所有人都以为她要道歉。

女人掐着腰，下颌尖尖，一双眼睛明亮又气势逼人。

宁瑶："下周拍摄新赛季战队照，你这个战队投资人还算有点名气，通知你一下，你也要参加，这是运营部门的决议，希望你为战队着想积极配合，不积极——也要配合。"

她的语气铿锵有力，丝毫不畏惧强权，说完踩着高跟鞋"哒哒"走了。

赵昕和茜茜像是哼哈二将，忠实地追随着自己的女王。

硬刚老板，这很"宁瑶"。

教练轻咳一声："乔哥……"

乔中洲："你怎么还站在这儿？训练赛约了吗？赛后复盘做了吗？你成为冠军教练了吗？为什么你还可以站在这里看热闹呢？"一句话从头到尾非常连贯，主打的就是一个撒气。

教练：……这怎么还看人下菜碟呢？

乔中洲冷哼一声离开了训练室。

训练室里沉默了一分钟，众人纷纷围住了教练，表情凝重。

"什么情况？"

"乔哥讨厌她，我们还能一起玩吗？"

"还一起玩？你就等着因为打游戏时先单击鼠标左键而被战队开除吧。"

"你们是不是想错了什么？"教练沉默了片刻，扭头看向空无一人的门口，忽然弯下腰，神色诡秘，"其实吧，乔哥和她是认识的。"

"啊？"

他眼神乱瞟着："哎，我不知道该不该跟你们说这个话。"

辛思邈意会，压低了声音："教练你放心，今天这话，没有第二个人知道。"

青芒重重点头："没错，天知地知，你知我知。"

教练勉强答应，迅速开口："大概半年前吧，有一回我到训练室，看见乔哥对着手机发呆，所以偷偷凑了过去——"

野火："偷看不道德。"

教练怒瞪野火一眼："别打岔！原本我就是想吓他一跳，但是这一瞥就看见了他的手机界面——是一个女孩子的微信个人界面，我眼睁睁看着他点开人家的头像，保存了之后，到处去搜图软件里搜。"

一连串的动作那叫一个行云流水，令他至今难忘。

野火摸不着头脑:"他搜啥呢?"

青芒哼笑一声:"看是不是情侣头像呗,女孩子用动漫头像有百分之五十的概率是跟男朋友一起用的。"

这句话信息量很大,众人面面相觑。

宁瑶入职之后工作繁忙,新赛季多了两个赞助商,所以队服得重新做,队员们也需要重新拍摄定妆照上交联盟。KIL不光有一队,还有二队征战次级联赛,甚至还有自己的青训体系,加在一起人数也不少。

宁瑶翻着名单跟赵昕一一确认。

赵昕一双眼睛飞快地扫过名单,指着一个地方补充道:"今年二队新提上一个AD,做星驰的替补,只是合同还没定下来,队员合同一向是乔哥亲自处理的,乔哥说让你晚上找他一下。"

"我知道了,我去找他说。"

"好的。"

宁瑶又抬起头:"融入得挺快。"

赵昕笑眯了眼睛:"入乡随俗嘛。"

除此以外,还有太多的战队基础运营情况需要了解,等宁瑶伸了个懒腰起身,已经过了半夜。

本该夜深人静的时间,却正是华亭市热闹的时候,尤其是这片别墅区毗邻着华亭市最繁华的商业区,街边灯火通明,各式小吃摊也还没有散。

宁瑶转道买了两个煎饼才朝KIL基地走去。

基地三楼的尽头有一间独属于乔中洲的休息室。

她敲开门,办公桌前空无一人,沙发像个巨大柔软的猫窝,乔中洲弓着腰,大半个身子勉强塞在里面。听见开门声,男人支棱起来略带困意地打了个哈欠。

视线落在宁瑶的手上,还没等她开口,乔中洲自觉地分了一个袋子走:

"谢了。"

宁瑶:"随便买一份喂狗。"

丝毫没把这冷嘲热讽放在心上,乔中洲吃得坦然,一大口塞了满嘴,很好养活的样子,还不忘指挥宁瑶:"先坐一会儿吧,人马上就来。"

宁瑶瞥了一眼墙上的时钟,已经凌晨一点多了。

"白天办公是犯法吗?"

乔中洲囫囵着:"你懂什么?转会期过的都是西八区的时间,竞圈签字哪有在白天的?熬夜才是电竞的灵魂。"

宁瑶蹙眉:"但我白天是要上班的……而且提一个二队的 AD 为什么还要重新签约?我找了他的合同还没到期。"

乔中洲哼笑一声:"一会儿你就知道了。"

凌晨两点,签约的人来了,两个很有大哥气质的中年男人,为首的宁瑶总觉得眼熟,似乎在茜茜给她的资料里见过。

双方侃天侃地,你叫我"大哥"我叫你"老弟",半点严肃的气氛都没有。

很快,对方拿出来一份合同。

看清转会合同上写着的名字,宁瑶睁大了眼睛。

她曾以为,有过两段电竞队伍的工作经验,基本什么都见识过了,再没什么能轻易地令她震惊。

但她还是小瞧了乔中洲。

一天后,距离春季赛开赛还有一周,距离联盟规定的春季赛大名单发布截止日期还有两天。

这一天也是拍摄战队照片的日子。

出发前往摄影棚之前,几人换上新的队服。

青芒照镜子挑剔着:"战队照年年拍太费事儿了,就不能 P 上去吗?思邈,

你给我看看我这个领子是立起来帅还是放下去帅?"

辛思邈一句话都不多说,把青芒的领子翻了下去,又转头催促:"星驰,还不换衣服?"

星驰点着鼠标,头也不回:"你们去吧,我就不去了。"

青芒奇怪道:"你怎么回事?这两天训练赛也不打,都让替补上,叫你出去吃饭也不去,说有事。怎么,什么事儿瞒着兄弟,该不会是因为看我们去年没夺冠自己要溜吧哈哈!"

青芒笑了一阵,才发现没人跟着笑。

辛思邈毫不留情地把他的领子翻了上去。

另外几个队友也不说话了,气氛有点微妙的尴尬。

青芒狠狠蹙起眉头,俊俏的脸蛋黑了一半:"星驰……你不是吧?"

这时,训练室的门开了,教练夹着赛训本进来,拍拍手,用轻快的语气说道:"一会儿金锐的车就来接我们了。星驰,你还没跟大家说吗?"

教练先开口了,后面跟着进来的宁瑶和乔中洲对视一眼,不约而同地佝偻起身子,企图把身形掩藏在教练身后。

宁瑶看着比自己还厌的乔中洲,嘴角抽搐,无语。她可以躲,他是主导转会的人,他躲什么?

金锐,去年 LAC 国内赛区的冠军,但在世界赛由于 AD 位置被突破,折戟四强赛,最终世界赛成绩甚至不如联赛内部的手下败将 KIL。

昨天晚上见到金锐老总的时候,宁瑶立刻就明白了他们想要星驰的用意。

金锐下路薄弱,常常成为对手的突破口,是一个"瘸腿"的战队,而星驰就是他们需要的战队 AD。

金锐的解法相当简单粗暴,既然打不过,那我就把你的队员买过来。

可是 KIL 的新 AD——

刚想到这里，就有人打破了沉闷。

一直没有吭声的白雪起身，走到星驰身后，板着脸问："金锐的车来接是什么意思？"

点击鼠标的声音停止，可是人依旧没有回头。

白雪面色更冷："说话！敢做不敢说吗？"

星驰还是不出声，白雪就盯着他的后脑勺。

两个年轻人僵持不下。

宁瑶在打定主意来 KIL 之前，就事先了解过这个战队的队员。

连续三年，他们没有过队员更换。白雪跟星驰两个人走了三年的下路，配合默契，交情在队里要算最好。

乔中洲叹了一口气，走出来："别问他了，不如问我。星驰明年就是金锐的 AD 了，自然要穿金锐的队服。"

完全不觉得自己的话带给现场的少年们怎么样的冲击，他勾起唇，语气也算轻松："干吗这样看着我啊？你们哪个年薪都不便宜，还不允许我卖了 AD 回回血？"

正午的日光倾泻，窗户换气半开，纱帘被风轻轻扬起。

宁瑶转头看向乔中洲，他唇畔带笑，笑意不达眼底，抱在肩上的手指扣在自己的手臂上，指尖微微绷着。

宁瑶走到他的身边，也没有做别的事情，只是这一刹那她觉得，她还是应该跟他站在一起。

白雪抬起头，寸步不让："是你要卖，还是他要走？"

野火简直快要急死了，上前扯住星驰的肩膀疯狂摇晃："你说句话啊！你怎么能说走就走？"

星驰终于起身。

他站在所有队员的对面，低着头沉默了一阵："其实，大家早就知道，我

们风格不符。

"我擅长打对线，可白雪是游走型的辅助，每次他去帮助你们建立优势，我一个人在下路都扛得很辛苦。

"团队从前期开始优势就不在我，游戏后期我更难发挥作用。团队能赢是一件好事，我也开心，可是又没那么开心。

"我们不可能一直赢。每一次输的时候，我都忍不住要反省，是不是我拖累了你们？如果我在游戏里的优势再大一些，我们是不是就有赢的可能？"

白雪冷静地说："输是大家一起输，不是你的错。"

"我知道这不是我的错！"星驰猛地抬起头，眼眶都红了，"从我做了职业选手之后，赢比赛就是一切，即便我们输了，我也一直都告诉我自己，我有能力赢下比赛。可是太累了，维持这种信念太累了，因为比赛的输赢不是我能左右的，是你们！"

他的声音低了下来："我怕我继续留在 KIL，会忘记承担赢的责任是一种什么感觉……"

话音落下，久久没人再开口。

KIL 是一个主打中野的队伍，AD 对于队伍来说，很多时候起到一个维稳的作用。星驰在场上令队友放心，场下也从没有表露过半点不满。

久而久之，很多人都忘记了他也曾经是队伍的 carry 位（在游戏中带动局势和节奏的核心选手），带领着队伍从次级联赛打上来。

这些话已经在星驰心里憋了很久了。

"转会是我自己提出来的。你们很好，我们在一起很开心，可是开心赢不了游戏。

"我想要换一个环境，你们也需要换一个比我更适合 KIL 打法的队友。"

"你、你……"野火书到用时方恨少，万般情绪到嘴边只剩一句哽咽，"可我们说好一起打的。"

这句话也没有什么特别的,每一个字都十分寻常,可是宁瑶的鼻子也跟着一酸。

乔中洲拍拍宁瑶的肩膀,两个人无声地退了出去。

"唉!"

"唉!"

迎着风,他们不约而同地叹息。

乔中洲趴在外墙的栏杆上:"不知道为什么,听着他们在里面吵吵嚷嚷,就觉得自己老了,果然还是小孩儿,转个会就要死要活的。"

宁瑶倒是能理解这种情绪。

"他们又不是没有思想的打游戏的工具人,哪怕理智上理解对方的选择,可毕竟像家人一样朝夕相处了三四年,感情上一时难以接受也是正常。"

乔中洲:"你呢?"

宁瑶有点莫名其妙:"我什么?"

"你当年出国的时候,也像他一样难受吗?"

"还好吧。"宁瑶想了想,"我的情况跟星驰不一样。在我看来,他的难受一半源于自己的不舍,一半源于清楚队友的不舍而产生的愧疚。可是我没有这份牵挂,我的难受也就少了一半。"

"怎么没有?"乔中洲瞥了她一眼,"你走的时候,我哭过。"

男人语气寻常,宁瑶当他是开玩笑,胳膊肘碰了他一下:"少来。"

乔中洲哼笑出声。

演出来的冷言冷语维持不了太多时间。

身体的下意识的行为反应永远都比心先坦然。

"对了,金锐战队在哪儿来着?"宁瑶有点记不清楚了,如果金锐是有主场的队伍,比赛时还要准备相应的应援物料带过去。

乔中洲抬手随意地一指。

西边？

宁瑶若有所思："曲城吗？"

乔中洲摇摇头："不，隔壁。"

隔壁？宁瑶皱起眉，华亭市旁边的城市还有哪里修建了主场，她怎么一点印象都没有？

乔中洲"啧"了一声，下颌又冲那个方向扬了扬："隔壁啊，看见没，篱笆墙对面，黑灰色屋顶的那个联排别墅，最靠近我们的那个就是金锐的基地。"

目测一千米最多了。

宁瑶侧过脸，面无表情。

乔中洲疑惑地回头："怎么？"

"几百米的事，为什么要派车？"

"哦，金锐宣发说想要拍摄接车的 vlog，到时候宣星驰入队的时候官博要发物料的。"

宁瑶立刻就理解了，看向乔中洲："金锐的宣发我能试着挖一下吗？"

女人兴致勃勃、目光晶亮，乔中洲一时间失了言语，没有立刻回答。

宁瑶转过头："看你，我开玩笑的。"

金锐的车在门外等了半个多小时，星驰还是没有出来，也没人催，领队和摄影师等得无聊，就跟乔中洲唠嗑。

宁瑶也不想在这个时候回去打扰他们，干脆也在一旁等。

难得的晴天，日光倾泻，身边的几个男人聊着没有营养的话题，从游戏里哪个英雄属性增强了，一直聊到哪个战队的饭好吃。

风不知道什么时候停住了，岁末年初里竟然有了几分春日的气息。

星驰终于出来了。

摄像机就位，他一个人，拎着大包，走到车门口的时候，忍不住回头看了看。

KIL 的基地大门，跟他当年第一次来的时候，没有任何差别。

镜头外，乔中洲问："你听过一首歌吗？"

"什么？"宁瑶扭头看他。

男人双手撑在拉杆上，神色淡淡："少年回头望，笑我还不快跟上。"

跟现实相背离的歌词。

"既然你也舍不得，为什么这么痛快地答应星驰转会？我看了合同，转会费你都给金锐打折了，不然他们买不起星驰。"

"我舍不得的多了，比如——"乔中洲刚开口，身后传来喊声。

赵昕有事找宁瑶。

"是关于新队员的软文。"

新的 AD 已经有眉目了，只差官宣，入队物料要尽早准备起来。

原本这些事不需要宁瑶亲自来做，但是 KIL 的运营人员本就并不算多，尤其是图文宣发这一块，原来并不受运营重视，宁瑶了解之后也没有太过满意的风格，干脆决定先自己操刀，团队慢慢磨合就好。

两个人聊了几句，宁瑶想到什么，又扭头看乔中洲："我重新规划了 KIL 今年的运营方向，包括对战队文化的打造……"

"所以？"

"耳听为虚眼见为实，我需要真切地了解队员们的相处模式，而不是随意打造人设。所以我们能不能自由进出战队？当然，是在不影响他们训练和日常起居的情况下。"

乔中洲耸肩："你是战队聘用的运营总监，你自己决定，还问我做什么？"

"毕竟你说过让我有事在办公室见你，感觉你不是很喜欢我出现在战队内。"

很平常的一句话，宁瑶也没有生气的意思，语调中规中矩、公事公办，可

是乔中洲忽然瞥了赵昕一眼,脸色有点别扭。

赵昕左看看,右看看,似有所悟。

"那我先回去了,不打扰你们俩了。"

赵昕背过身才走出两步,就听见投资人含糊的语气:"你说走就走,想回来就回来,我就不能说你两句?"

赵昕加快了脚步。

喊,他才不要成为什么奇怪 Play 中的一环。

又隔了几天,风平浪静。

宁瑶去了一趟联盟组织的交流会,各大战队都有代表参加。

她到得很早,早到五分钟之前乔中洲还给她发微信,告诉她自己已经在路上了,马上就到会场了。

宁瑶笃定地说:"所以你才起床?"

那头对此沉默。

乔中洲真是一点都没变。

宁瑶深吸一口气,压低了声音:"昨天不是提醒你定闹钟了吗?乔中洲,你是战队投资人,这种场合你都迟到?"

男人懒洋洋地打了个哈欠,嘀咕着:"你是不是 H 国赛区待久了,我们这里不讲究那么多的,而且这种交流会,其实也就是交流交流感情,没什么用。"

宁瑶一时间没控制好音量,尾音都走了调:"你说什么?"

"没什么,好了我要穿衣服了,你别说了。"

"还说你不是才起床?"

乔中洲反手就挂了电话。

听着手机里传来的忙音,宁瑶太阳穴突突地疼。

耳边也有细碎的交谈声。

"那就是宁瑶啊,这么年轻?我入行的时候她刚出国,你说我要不要过去打个招呼?"

另一个中年男人冷笑一声:"别跟她玩。"

"怎么?"

"从业不到十年就差点搞垮三个……啊不是,两个战队了,身上多少带点霉运。"

年轻一点的男人笑话他:"老沈,做人可不能太小气了,不就是你接触的三个叉那汽车品牌,这个赛季赞助了KIL嘛,那也是人家的能耐。能在K4都享有话语权的女人,你输给她也不吃亏啊。"

中年男人脸上一红,只得嘀咕道:"在国外待得好好的,也不知道回来干什么。"

宁瑶无言,不知道该不该提醒他们,声音略大了。

为了给彼此留面子,宁瑶干脆拿出手机,两耳不闻窗外事,沉浸式刷微博。

KIL的超话里很热闹。

战队开放日的视频早上才上传,现在正是反响热烈的时候。

几位被抽中的粉丝那天一大早就在经理的带领下参观了办公区,而后又直奔战队基地。

一开门就是宽敞的公共休息区,正对面硕大的字体写着:公众场合请注意个人着装!

旁边还有一行歪歪扭扭的小字,像是后来补上去的:野火夏天不准只穿大裤衩下楼拿外卖!

二队辅助新月给粉丝介绍基地。

"这是餐厅,隔壁运营的哥哥姐姐也在这儿吃饭呢;这是训练室,他们还没起床,一会儿才能见到呢;这是我们的荣誉长廊,夏季赛亚军、S6全球总决

赛亚军……嗯，怎么不算是好成绩呢？"

下一刻，少女又露出明媚笑意，着重展示："看，这是我们二队的次级联赛冠军奖杯，厉害吧。"

阴阳怪气的，粉丝们意会跟着哈哈大笑，镜头里十分热闹。

新月是个名副其实的绝活玩家，硬辅开团是一绝，小白花似的长相，游戏里却下手狠辣。

她曾一度差点要升上一队，只是英雄池太浅，最后还是留在二队征战。

有粉丝提出想参观一下宿舍。

新月笑眯眯地点头："他们可能还没起，来参观我的宿舍吧。"

竟然还是一室一厅，粉丝们也很有礼貌，女孩子的卧室不大方便进去，就只参观小客厅，布置得温馨又有很多电竞元素。

"我不喜欢一个人住，宣发小姐姐跟我一个宿舍，不训练的时候我们俩还能一起出门逛街。"

一个粉丝感慨道："朝南的卧室留给了新月，果然是亲女儿啊。"新月是KIL自家青训体系培养出来的，叫声"亲女儿"不为过。

有些画面只要放出来给大家看，很多人脑子里奇奇怪怪的揣测就会自动消失。

出来的时候，白雪入镜了，粉丝们热情地打招呼，他只是点点头，冰棍一样路过，刚起床，头发乱糟糟的。

有粉丝嘀咕了一句："白雪看着有点傻。"

新月："白雪只是看着不太好相处，但是对于AD位以外的人，他还是挺友好的。"少女在镜头前险些笑出画面。

前面的男孩一顿，忽然回头冲向镜头："知道吗？大名单需要一个替补，教练本来是要把新月提上一队给我替补的，我也不知道我哪儿做得不好。"

酷酷的脸，挑事的话语。

新月瞪大眼睛:"那只是为了凑齐六人首发大名单,我可没有'篡位'之心啊你别害我,而且二队离不开我啊。"

白雪冷笑一声离开。

新月吐槽道:"好吧,他对跟他有竞争关系的人,也不太友好。"

中午大家一起去体验了战队的食堂。下午队员们纷纷就位,又与粉丝们坐在一起做了两个小活动,最后一起合照,整个氛围轻松愉悦。

成片效果很不错。

中间只修改了一版,是宁瑶让后期疯狂往里面加入赞助商的元素,力求起到一个"吵"到人眼睛的效果。

超话的反馈也基本都是正向的。

△这环境让我想起了我的大学宿舍。

△新月官方指定发言人,没有她我们 KIL 可怎么办啊?

△平时在赛场上看到他们意气风发的样子,可是生活里也就是几个小孩儿,下赛季无论成绩如何,希望大家对他们少一点攻击。

△可爱归可爱,但是输比赛该骂还是要骂的。

竞圈粉丝,果然严厉。

赞助商也很高兴,在聊天框里对宁瑶发来了大拇指点赞。

宁瑶顺手给夸运营的评论点了个赞,话筒试音声将她的注意力拉了回来。

偌大的会议厅,人差不多已经到齐了。

联盟的高层上台讲话。

联赛里的战队背景参差不齐,有些是有资方,比如"极度"这种老牌豪门,就是由同名的服饰品牌冠名赞助的。

另一种就是 KIL 这种,纯属是投资人,也就是乔中洲出钱。

这次会议以去年战队运营情况为基准,联盟表扬了几个表现优秀的战队,后来又呼吁规范化管理，又表扬了几个管理优秀的战队，号召大家向他们学习。

每次表扬，KIL皆榜上无名。

陪着鼓了好几次掌，宁瑶的脸色越来越僵硬。

就像是开家长会的家长，枯坐了两个小时，手里拿着孩子并不优秀的成绩单，看着老师在上面表扬别的同学。

打不得骂不得，只有自己心里憋屈，眉头紧锁，盘算着这个假期要报几个补习班。

宁瑶很久没有体会过这种感受了，以至于接到乔中洲的电话时，语气都不太好。

"散会了，别来了，来了也只能当司机载我回去了，你有那个精力还不如仔细想想今年战队的运营还能怎么改善。"

乔中洲无端被怼。

撂下电话，宁瑶步履匆匆，径直穿过了前面两个大爷遛弯儿似的男人："麻烦让一下。"

其中一个中年男人躲闪中没站稳，脚下一崴，痛呼起来："我就说吧，沾上她就倒霉！"

还有人注意到了匆匆离开的宁瑶，看着她的背影，神色诡秘："哎，你听说那个事儿了没？"

"什么？"

"宁瑶之所以离开K4，是因为个人作风问题。"

"展开说说！"

事实证明，八卦人人爱听，周围立刻就围上来几个人。最早开口的男人压低了声音："我这可是一手消息，你们别告诉别人。K4的那个金在赫，认识吧？"

有人插嘴："当然知道了，百万粉丝打野嘛，外网营销得飞起。"

"他前年才加入K4，当时还和另一个打野竞争首发位置，最后据说就是走了宁瑶的路子上位，宁瑶一路给他保驾护航，商业价值飞升，今年夺冠之后，金在赫单体代言都涨到七位数了！"

"这跟宁瑶回国有什么关系？"

"猪脑子，我都说得这么清楚了。"

"难道——"

这时传来一声："好久不见啊诸位。"

突如其来的招呼从众人身后响起，像是从天灵盖上传来的声音，令几个人心里都不由得颤悠了一下。

回头一看，KIL的投资人乔中洲双手插兜，蹙眉抿唇，长腿一站定，看着还挺有威慑力。

就是这眼神不太友好。

乔中洲："怎么，我们战队的职员，诸位知道得比我还多？"

"哪里哪里。"

"不敢不敢。"

毕竟是说人家战队的小话被当场逮住，这几个人面上都有点讪讪，勉强打了招呼，一窝蜂地溜走了。

另一边，宁瑶出了会展中心，正想拦一辆车回办公室，突然身后传来喇叭声。

乔中洲降下车窗："上车啊。"

"不是说让你别来了？"

话虽如此，宁瑶脚下也没客气，拉开副驾的门就坐了上去。

这几天，宁瑶每天处理完自己的工作，都要去战队基地逛一圈。

她有自己的社交手段，没过几天就跟队员们混熟了，尤其是青芒，人长得帅，性格也桀骜不驯，本就喜欢拈花惹草。宁瑶又长得好看，每每都喜欢凑上来说几句哄女孩子开心的话。

当然，是在乔中洲不在场的时候。

这是一种模模糊糊、说不清道不明的共识。

宁瑶这次来的时候还给队员们带了草莓。冬天的草莓，水灵灵的，吃个新鲜，谁看了心情都会好一点。

辛思邈礼貌地道谢，想到什么，又问："宁瑶姐，我们第一场比赛，你要来看吗？"

"要看的。"新东家的第一场比赛，肯定要到现场观战。

青芒跟着笑："那就说定了。来看我们比赛，让经理给你弄一个媒体位。"

野火："我们第一场的对手是谁来着？"

一直窝在电竞椅里没有出声的白雪幽幽道："……金锐。"

也就只有野火才能问得出这种没脑子的话，因为虽然赛程安排还没有这么快出来，但是每年春季赛开幕战，都是去年夏季赛的联赛冠军打联赛亚军。

去年夏季赛联赛冠军正是金锐。

不如不问。

"唉！"不知道谁叹息了一声。

白雪开了直播，没有立刻进入游戏，而是花了十几分钟在网易云找了一个歌单，深深地陷入沉思之中，弹幕飘过一片"泪目"。

辛思邈默不作声，直播也没开，只从白雪的直播镜头中，看到他很久都没有动弹。

青芒直接找上战队经理问星驰新的游戏账号 ID 是什么，说要拉他双排，但被经理婉拒。

野火倒是没作妖，只是拿出手机不知道在跟谁说话，紧接着不到五分钟，KIL 的超话里就刷出一张图，野火被爆出在粉丝群里"哭哭"。

就连教练也忍不住望向西边的窗口："也不知道星驰在金锐过得好不好。"

宁瑶拍拍他的肩膀："想开点，他去了金锐说不定更有机会夺冠。"

教练：……我们只是普通的同事关系，你为何要对我口出恶言？

这段时间相处下来，宁瑶已经完全掌握了这几个主力队员的性格，就差新 AD 了。

很快，冬转窗口正式关闭，新 AD 终于压线就位，KIL 迎来了全新阵容。

新 AD 是个路人王，被分析师追踪了两个月，才叫过来试训。试训那天，宁瑶也在，对他的第一印象就是一个"白雪翻版"，话很少，闷声闷气，看着有点高冷。

但是进入游戏，他走位"飘逸"，哪怕白雪一整局不管他也很少被对手抓住机会，一波团战之后出来看数据，输出竟然是全队第二，仅次于这一场拿了 T0（在当前版本中最强势、优先级最高）野核英雄的青芒。

这的确就是最适合 KIL 的 AD 选手。

选手 ID：KIL.Crazy，意思是疯狂……还真看不出来。

紧接着，就是紧锣密鼓的训练赛，各大战队基本上都互相约一约，输赢不重要，主要是为了磨合新自家的阵容。

KIL 毕竟底色放在那里，十有八九会赢，可是总觉得有哪里别别扭扭的。

比如训练赛后，白雪主动起身走了过去："要不要双排？"

Crazy 戴着耳机，没有回应。

可是他的耳机线是没有插的，耷拉在桌子下面，随着细微的动作晃悠来晃悠去。

演了但没完全演，主打的就是一个我的态度已经摆出来了，其他的全靠你们自觉。

明明相处氛围不大好的是他们，可是感到尴尬的却是宁瑶。

她不懂游戏内的事，但也看得出来，Crazy 并不适应战队生活，融入得很慢。

"下路二人组没有配合怎么打？"青芒冷笑一声，"比赛的时候直接点了得了呗，打什么？"

辛思邈依旧在努力打着圆场："没关系的，Crazy一开始可能不太适应，任何阵容都有一个磨合期的。"

训练赛都没打上几场，就到了春季赛的第一个比赛日。

首场比赛并没有在熟悉的华亭市体育场进行。

电竞职业联赛的发展如火如荼，去年电竞产业国内收入已经突破两百六十个亿。

作为电竞行业的领军城市，华亭市政府颇有远见，从两年前开始，大手一挥，修建了本市的第一个A级电竞场馆。

比赛区、观众区、裁判区、解说区、媒体区还有一些预留区域，专业得堪称世界顶级，能同时容纳超过两千名观众入场观看，是国际电竞比赛举办场所的标准。

这还是第一次投入使用，只是位置离KIL的基地远了点，车程足有三个多小时。为了保证队员的精神状态，领队直接在附近订了酒店。

哪怕场馆远离市内，依旧阻止不了热情的粉丝们。

毫无疑问，KIL在人气上呈碾压之势。

场馆里的呐喊声、助威声，全是给KIL，每一个观众都呼喊着他们的名字，红色的应援手幅似乎能连成一片海洋。

春季赛常规赛的赛制是BO3（三局两胜），KIL很擅长打常规赛，遥想去年春季赛十六场比赛，他们全胜进入季后赛，一时风头无两。

所有胜利的BUFF叠满，拿下开门红，仿佛就是他们书写传奇的第一步。

两个小时之后。

KIL"0-2"不敌金锐。

输得那叫一个干脆利落,没有丝毫还手之力,尤其是下路成了突破口,两局都被星驰带着辅助直接线杀,金锐下路双人组勇猛无敌,双双carry了比赛。

金锐的上单在退出游戏之前在公屏打下"EZ"。

这是Easy的缩写,意思是——这局游戏,我赢得很轻松。

游戏内字幕只有双方队员跟后台导播能看到,都是热血少年,谁赢谁狂可见一斑。

败者组采访的时候,队友都不敢看白雪的脸色。

原本是一起冲锋陷阵的队友,今天却被对方亲手击败,这滋味并不好受。

教练要求立刻赛后复盘。

这段时间宁瑶并没有跟随他们回酒店,而是被乔中洲叫走了。

这附近有一处并不大众的景点,园林式的建筑群十分秀丽,因为这里交通不算便利,所以游客也少。

六点来钟,正是傍晚。

旁边无人,适合说点什么,料峭的冬风扫落残叶,也堵住了乔中洲的口,碎石追逐着,从两个人的脚边擦过。

她站在亭子边,拄着手看着天边的晚霞,衣角蹭在栏杆上,刮上了一层薄薄的灰。

乔中洲微微皱眉,伸手将她往后拉了一点。

宁瑶不防,跟跄了一下,反手握住了乔中洲的手腕,又被男人按住肩膀扶正。

他说:"小心点。"

她握住了他的手腕,也握住了他的脉搏,让他的皮肤泛起淡淡的痒。

宁瑶:"你心跳得有点快。"

"你又摸到我的心跳了?"

宁瑶淡淡地说:"脉搏和心跳次数都是一样的,我弟住院的时候,我天天趴在病床旁，非要摸着他的脉搏才睡得着。"

乔中洲一怔，可是宁瑶就像突然惊醒一般，吸了一口气，转移了话题。

宁瑶："你生气了吗？"

乔中洲也反问："那你后悔了吗？"

生气没能取得开门红，而且输得难看。

后悔从K4回来，来到KIL，却不知道这里是不是最合适她的平台。

彼此都问了问题，彼此也知道对方的回答。

隔了一会儿，天边晚霞渐隐。

乔中洲看向女人的侧脸："我想问你一个问题。"

"什么？"

"你到现在也没告诉过我你回来的原因——别说什么要证明自己的话。"

宁瑶："原因很多，不知道从哪里说起……你手机响了。"

乔中洲明知她是在回避，却还是依言不再追问。

他接起电话。

虽然没听清楚电话里头在说什么，但是看到乔中洲这副眉心紧蹙的样子，宁瑶也知道是队里发生了什么事。

她问："怎么了？"

乔中洲将她的包往自己肩上一甩："几个小兔崽子在酒店闹矛盾了，我们得回去了。"

宁瑶有些意外，输一场比赛而已，"更衣室氛围"怎么比她待过的以严苛著称的K4更严重？

时间回推半个小时。

刚复盘完比赛，队员们回到酒店，也没准备休息。

野火揉揉肚子，率先建议："咱们别点外卖了，我们这都等于出市了，隔壁移动都给我发欢迎信息了,还不得出门吃点当地特色?"

辛思邈:"也行。"

他一发话,约等于这事儿成了。

一溜烟将外设包都扔到离得最近的下路组的房间——为了培养下路组的感情,领队特意给 Crazy 和白雪安排在了一起。

可是才要出门,野火发现 Crazy 没有要动的意思,招呼了一声:"Crazy,一起啊。"

Crazy 背对着几个人,过了几秒,才闷声说:"你们去吧。"

其他几个人面面相觑。

辛思邈走到他身后,温声说:"还在想教练的话吗?输一场没什么,我们还没磨合好呢。"

野火连连点头,捂住"咕咕"叫的肚子:"是啊,别太在意了。"

突然——

Crazy:"我说了,别管我,让我一个人静静!"

青芒冷哼一声:"管他做什么,咱们吃咱们的。"

青芒来了脾气,转身就走,其他几人犹豫一下,也跟上了。

走廊上,气氛闷闷的。

野火走了一半,才发现忘记带手机了,想着 Crazy 估计也不想给他开门,迫不得已又借了白雪的房卡回去,结果一开门,就看见 Crazy 一边刷手机一边抹眼泪。

啊,尴尬。

Crazy 抬头,跟野火对视,鼻涕泡还挂在脸上,要滴不滴。

啊,太尴尬了。

野火转身就要走,可转了一半,又觉得自己应该做点什么,遂回身,再看一眼,好怪,还是走吧,可是队友在哭呢走了不好吧……如此反复,像是老旧

的主机卡顿重启卡顿重启,野火寸步难行。

耽搁的时间久了,外头的三个人被辛思邈一句"他们该不会吵起来了吧",集体回归。

于是三个人也成了卡顿重启的"电脑"。

终于,Crazy再也坚持不住,呜咽出声,鼻涕眼看就要滴下来了。

白雪一个箭步冲过去,及时把纸帕糊在了Crazy脸上。

以上就是故事的前后因果。

从领队处了解了事情经过之后,乔中洲和宁瑶不约而同地沉默了。

教练叹了口气:"这事儿有点棘手。"

一旁的分析师点头附议:"这一下子给我整不会了。"

少年心思最难揣测,虽然刚才谈也谈过、劝也劝过,但很多事情大人并不能给予最好的建议。

教练说:"Crazy不理队友,也不是高冷,他是'社恐',官宣入队那阵子一直被骂不如星驰,小孩儿心态崩了,天天在卧室里刷骂自己的帖子,越刷越崩,越崩越刷,不敢跟队友互动,也觉得自己不配,你们信任他直接把他从路人中挖过来做一流战队的主力选手,虽然是天降馅饼,但是压力也拉满了,这回一输,可不就哭了。"

乔中洲倒是不以为意:"小孩子嘛,需要历练才会成长,野火刚来的时候比他哭得还惨。"

教练有点忧心:"春季赛已经开始了,不知道我们能不能及时调整过来。"

"尽人事就可以了。"乔中洲拍拍教练的肩,"当年白雪和星驰初次搭档的时候不也是这样?"

白雪和星驰刚开始走下路的时候,因为星驰的个人进攻风格太明显了,所以主要是由他指挥,白雪跟上。星驰打法激进,经常拉着白雪一起送给对面双杀。

Crazy 不一样。

更多的时候，他需要队友的反馈来告诉他这个时间段需要他来承担什么责任，这也正是 KIL 选择他的原因，可是他来到这儿的时间还是太短了……

几个人在走廊上絮絮叨叨了好一阵，因为"担心"，又偷摸地回到队员们的房间外。

Crazy 哭了，另外四个也不准备出去吃晚饭了。

领队贴心地给他们点了外卖回来，五个小孩儿就挤在下路组的房间里，饭都吃了一半了，Crazy 的鼻头还是红的。

进进出出的，门没锁，宁瑶不赞成地看着几个男人争抢挤在门缝里偷看，突然想到什么，也凑了过去。

"咔嚓"一声。

乔中洲面露怪异："你干什么？"

宁瑶看着手机里的照片，满意地点点头："传给官博发。"

看着照片里鼻头通红的 Crazy，乔中洲有些迟疑，说："这不好吧。今天输了比赛，不用看都知道超话里吵得不可开交，你这发出去，怕不是会被人以为要甩锅，会被三百六十度问候的。"

"怕被骂就不发了吗？"宁瑶手上不停，"所有战队都会输。我的运营理念就是，最后的冠军只有一个，但是每个人的追梦路都值得被纪念。"

"而且——"她抬起头，眼神无辜，"谁不喜欢养成系呢？"

观点不敢苟同，但是乔中洲尊重她的职位。

乔中洲："对了，照片发我一份。"

"做什么？"

"发给星驰看看。"

宁瑶笑他："年纪一大把，小心思不少。"

乔中洲哼笑："谁让他要走。就得让这小孩儿知道，他一走，他兄弟就有别的兄弟了。"

男人懒散地伸了个腰，语气不满，可脸上却是截然相反的轻松，差点就让宁瑶觉得今天赢的队伍是 KIL 了。

磨合之路，路漫漫其修远兮，也急不得一时。

每个队伍一周通常只有一到两场比赛，具体的还要看主办方的赛事安排。

国内的春季赛打得如火如荼，H 国赛区却在揭幕战现场传来了一个相当炸裂的消息。

第三章

噼里啪啦

H 国赛区的春季赛要比国内晚几天。

第一场安排的就是世界冠军 K4，对战去年 H 国成绩第二好的红山战队，噱头十足。K4 在去年一年中，拿下了春季赛、夏季赛、全球赛三个冠军，可以说是统治力十足。

原本所有的 H 国观众都觉得，这是一场稳赢的比赛，就算一小部分观众唱衰，列举着各种会输的情况，也绝对不包括这种——

比赛当天，K4 的打野金在赫无故缺席，战队没有一个人联系得上他。

今年新提上大名单的替补打野没想到一上来就要承担这么大的责任，当场就冒冷汗了，咬着牙打了两局，局局九打一，无论是跟队友还是对手都格格不入，输得比隔壁赛区的 KIL 更加干脆利落。

更离谱的是，不知道是不是心理压力太大了，替补打野从场上下来就突发阑尾炎，直接被救护车接走了。

赛后媒体采访。

面对各方对本场比赛的质疑，K4官方没有给出任何有说服力的理由，甚至在媒体询问为何金在赫今日没有登场的时候，所有K4的队员都沉默不语，教练坐立难安。

明眼人一看就知道K4内部肯定是发生了什么大事。

主力队员无故缺席，且没有及时上报联盟，经过LAC官方赛事组讨论，以"职业比赛态度不端正"为由，将金在赫禁赛五场。

K4本就是一个以野核为主的战队，资源都围绕金在赫部署，替补看起来又像个傻瓜，这个决定基本等同于自动输了五局。

接下来的赛程，对手都是些K4本来能稳赢的二三流战队，但金在赫被禁赛五场，这对于他们取得春季赛积分十分不利，甚至会影响到世界赛资格。

这件事在H国竞圈引发了一场轩然大波，国内也讨论纷纷。

△金在赫被极端黑粉绑架了。

△有地下庄家开盘比赛，金在赫不肯配合赌博，因此被报复了。

△金在赫谈了个女朋友，为了哄她，连比赛都不去了。

△金在赫决定从此退出电竞圈，来到国内考研。

…………

什么离谱的猜测都能出现，且有人信。

众说纷纭中，一个营销号首先爆出"新瓜"：竞圈大瓜！K4爆出一起内部举报，管理层即将大换血！

标题看着是耸人听闻，但正文内容跟标题也差不了多少，目前没人说得清楚到底发生了什么事。

可是这件事背后的意义却非同一般。

关于电竞，H国有自己的一套运营流程。

跟国内的流程稍有不同，比如国内的青训通常有专门的教练追踪，发出邀请,试训合格就可以进入该战队的青训,日后通过战队内部人员调整,或者参加一些小型赛事打出名声,登上更大的舞台。

但在H国,不管三七二十一,也先不说选手的能力,他们会联动电视台,先办个选秀再说,万一遇上能力不佳但是脸长得帅气的,甚至能被星探挖掘,走上另一条路也犹未可知。

但无论如何,在战队运营上面,H国可以说领先国内一大截。

只能说,不愧是娱乐产业能撑起半边天的国家。

而K4就是其中的佼佼者。

原本他们只是在LAC赛事上下血本提高知名度,尤其是宁瑶去的三年,战队在H国社会上的认同度也十分高。想到K4的队员,性格分明,每个人似乎都有几段或泪目或热血沸腾的故事让人认可。

K4在LAC电子竞技一遇风云化作龙,几年之间野心勃勃,在其他热门且有正规赛事的游戏里也组建了战队——电竞板块盈利巨大,反哺资方,去年一年,K4背后的总公司都在忙于上市。

眼下正是紧要关头,按理说下面涉及的公司人员,能不变动就不变动,不应该出现这么大的动荡。

很多电竞产业的从业人员也关注到了这个举动。

然后这一把火终于烧到了国内赛区,烧到了与K4相关的人身上。

始料未及的是——或者说,虽然本人有所准备但是没想到风波来得这么快,宁瑶的大名当晚就挂在了热搜上。

每天热搜上的话题千奇百怪,不混电竞圈的人点进来,很快就退出去了。但是混电竞圈的人,就十分清楚这个"瓜"的含金量了。

这次爆料的不是一个电竞圈营销号,而是一个看不出身份的小号。

标题:扒一扒KIL女总监宁瑶的回国路!

宁瑶去KIL,我是不意外的。

KIL 的投资人是个连游戏都不会打的公子哥，仗着自己家里有钱，非要搞什么电竞，冠军还没拿上几个，架子还摆得高，说什么要自己的队员专心训练，不愿意参加太多赞助商的活动，还吹嘘过如果资金有缺口他会补上，所以哪怕人家赞助商找上门都挑三拣四的。

　　结果今年牛皮吹破了，战队运营出了问题，不得不新招运营总监。

　　宁瑶这个人你们可能不太熟悉，但是老粉应该听说过，就是那个曾经被 SPES 赶出去的运营。

　　当时她就留下了一堆烂摊子，对 SPES 造成了致命打击，因此第二年就被收购了，害得 SPES 险些解散，幸好找到了新的投资商接手，才有了现在的 CPU。

　　她在国内混不下去了，我本来以为她要找个男人嫁了，结果我有消息渠道告诉我，她跑去 H 国，还加入了 K4，笑死我了，也就是国外战队不知道她那点黑历史吧。什么营销女王，都是给自己脸上贴金，跟着 K4 混出来的。

　　有眼睛的人都知道，K4 就是全球最好的战队，她今年为什么不留在 K4，是她不想吗？还不是因为出事被赶出来了。她跟 KIL 倒是蛇鼠一窝，非常般配。

　　看起来确实像个圈内人士，可是谁关心一个吊车尾、年年吃联盟低保的战队的前世今生啊，大家纷纷要求这个"瓜主"细说 K4 的事儿。

　　可能是觉得反响不如所愿，于是十分钟之后，这个人又编辑好了新的帖子：

　　她能在 K4 待三年之久，K4 对于闲人的容忍程度可见一斑。但是为什么今年不愿意留她了呢？因为 K4 的冠军打野金在赫。

　　粉丝别来我这儿瞎哔哔，我说的就是你家哥哥。

　　金在赫拿了冠军之后跟她表白了，这事儿 K4 战队的都知道。一个再过两年就三十岁的女人，跟二十来岁的小年轻胡搞，那个管理层哪能接受啊？我给你发工资，你不感恩戴德就算了，你还勾引我的主力队员？管理层直接就把她踢了，还好意思回国营销什么美照，笑死人了。

金在赫比赛缺席,指不定就是为爱抗议呢,这"恋爱脑"跟KIL的青芒有得一比,建议青芒的粉丝管好你家哥哥,万一重演了就尴尬了。

免费的瓜你们愿意听就听,不愿听就去别人那儿吃瓜,嘴巴脏的来一个我拉黑一个。

我爆料也不为别的,就是瞧不起这种人,祸害完国内赛区又祸害H国赛区,还回来干什么?直接去外卡得了呗,说不定白人更能满足她。

后面还有一些污言秽语,看着让人十分不适。

虽然竞圈粉丝大多数的时候都图一个乐子,但是找乐子也要有个底线。在吃瓜群众的怒骂下,这人顶不住压力,酸了两句之后留下一句"我不跟你们这种'饭圈'妹妹计较",就把后面这一条删掉了。

但是"阉割版"已经被电竞营销号转疯了。

这间隙,又有一点新的波澜。

有人在看到这些截图之后发了一条微博:宁瑶姐是个很好的人,在SPES的时候,大家都很喜欢她。

发微博的人叫蓝汪汪,也是个电竞选手,曾在SPES担任首发打野位,粉丝送昵称"蓝毛",可是自从两年前的春季赛成绩不佳后,他就坐上了CPU的冷板凳。

期间也不乏别的战队想要试训他,但是不知道为什么最后都没有成功,他在CPU担任替补就是两年。

很快这条微博就被他删掉了,只是又被一众手疾眼快的营销号截图,完美组成了营销号KPI的一部分,热点话题上了一个又一个。

夜晚的竞圈是活跃的"金毛",是奔腾的河流,是做平板支撑三十秒之后疯狂抖动的腰背。

——癫狂且没什么逻辑可言。

金锐的宣发特意过来看了一眼,拉着宁瑶的手就不放:"你这是什么腥风

血雨体质啊，羡慕死我了。"

宁瑶笑了笑："你要跳槽吗？"

"你们能给开多少钱啊？"

"我们老板就在旁边，你自己问问呗。"

两个女人倒是有来有往，岁月静好似的，沙发上的乔中洲脸色都要黑成一块墨了，他猛地起身。

宁瑶头都不回就叫住了他："干吗去？"

乔中洲闷声闷气地说："找律师。"

宁瑶面色淡然："找律师干什么，维权吗？你不如问我，我负责运营这一块没少跟律师打交道。这个博主的情况，还不构成侵权，而且没必要。"

"可他说谎！"

"倒也并非全部都是谎言。"

宁瑶说得轻描淡写，周围蓦地一静，好几双眼睛幽幽扫来。

女人的指尖抵上自己的下巴，回忆道："嗯……金在赫确实跟我表白了，还把FMVP（总决赛最有价值选手）奖杯送给我了，让我永远跟他在一起。"

她话音一落，野火喃喃自语："我都想给营销号投稿了。"

旁边的辛思邈给了他一记头槌——你乱说什么呢。

在场的所有人都暗中打量着乔中洲——问啊，快问点什么啊，你不是老板吗？你不是她的青梅竹马吗？这个时候你不问谁问啊。

承载着所有人的期望，乔中洲却好像没听见宁瑶说的这句话，自动忽略了。

乔中洲："我去找老沈算账，这事儿八成是他说的。"

"行了，你别雪上加霜了。"宁瑶不同意，"我上次在会上见过他，他不像是能说出这么难听的话的人。"

乔中洲："你们都不认识他，你怎么就能确定不是他发的？"

"虽然不认识他，但是他年纪不小，而且眼神……挺清澈的。"宁瑶顿了一下，"编辑这个帖子的人，内容真假参半，语气很有煽动力，对我在国内和

057

国外的状况都知之甚详，就是冲着我来的。"

乔中洲："你得罪过什么人？"

宁瑶想了想，摇摇头："很多，我想不起来了，毕竟很多战队的商业资源都有冲突，我跟品牌方签约的时候，可不会想到什么同行情谊。"

两个人之间的对话有来有往，乍一听没什么问题，很正常。

可仔细一琢磨又大有问题，这也太正常了。

这件事对 KIL 的影响很大，却也没那么大。

作为投资人，战队的话语权掌握在乔中洲的手里，只要他没有意见，宁瑶的工作就暂时还保得住。只是涉及一些关于选手的绯闻毕竟不好听，宁瑶也就不再来战队了，只在办公室工作。

在这种古怪且压抑的气氛下，KIL 迎来了第二周的比赛，对战极度战队。

经理来问需不需要给宁瑶留座位，宁瑶犹豫了一下："我……不去了吧。"

她不想因为自己的事情，影响到队员们的发挥。

事实证明，她的担忧是正确的，哪怕她人不在，今天的赛场上也充满着她的传说。

选手登场前，极度的中单就忍不住冲着 KIL 队员八卦："哎，营销号说你们战队那个营销总监的事，是真的不？你们平时见面多不？她跟照片上长得一样不？"

辛思邈镜片下的眼睛寒光一闪，笑道："你怎么那么多问题？这场比赛觉得能吊打我们了呗？"

"也不只有我一个人好奇嘛。"对方咕哝着，看出 KIL 队员们不喜欢，讪讪地挠了挠头，不再多说什么了。

极度的教练多看了他们一眼，目光中的惊讶很好解读——才认识这么短的时间，就收服了队员们的心。

这女的，有点东西。

极度算是祖上阔过，但是这几年一直没有取得过什么亮眼的成绩，资方也就不肯大量投入。

队员一年一洗牌，如今的阵容和当年那个能跟 KIL 掰掰手腕的阵容已经完全没关系了。

两队的硬实力本身就有很大的差距，第一小局 KIL 以碾压之势取得了胜利，第二局开始之前，观众席忽然一阵骚乱。

从入场的时候，就有观众注意到了这个年轻男人。

无他，他实在太显眼了。

一头浅灰色的短发，这种发色很挑肤色，肤色稍微暗沉一点简直是灾难，可他这冷白调的肤色，被发色衬托得更加耀眼，脸上戴着墨镜，就算到了室内也没有要摘下来的意思。

举手投足之间的气质，怎么说呢，不大像是身边的网瘾少年们，但一时间又说不大出有哪里不同。总之就是——哪怕看不清楚脸蛋，也让人觉得帅气的程度。

气质像个明星。

一场下来，没少小姑娘偷偷看他，第一场比赛的间隙，甚至还有胆子大的上前搭话的。

"你好，你是'爱豆'吗？我总觉得你有点眼熟……"

男人摇了摇头，却又指着那女孩子手里的手幅问："你是 KIL 的粉丝？"

他的语调略微怪异，咬字也不大清楚。

还是个外国人？

在哪里见过呢？见过一次，就很难忘记的人……

那女孩儿突然眼神一亮："我知道了！你是金在赫对不对？K4 的打野！"

被认出了身份，金在赫不慌不忙地扯下口罩，冲她一笑，露出一口灿白的牙："你好。"

那女孩儿激动起来:"天啊,金在赫,你能给我签个名吗?"

"喜欢我?"

"当然了。"

他笑眯眯地看着女孩儿:"是更喜欢 KIL 还是更喜欢我呢?"

如果青芒看见这一幕,一定冷笑一声,一个主场只能有一个 BKing!

金在赫的露面引起了周围观众的骚动。

下场比赛开始之前,解说还特意提了,只是正式比赛的解说席,肯定不会公开聊些八卦,只笑言去年世界赛的 FMVP 都特意来看这场比赛,含金量可见一斑。

第二局 BP(指对局中禁用和选择我方所需游戏角色的环节)的时候,野火忍不住挠头:"金在赫咋回事儿?"

青芒:"现场观察敌情?"

辛思邈微微一笑:"我们和极度,一个在世界赛输给了 K4,一个连世界赛都没进去,谁配?"

野火:"……你说话好伤人。"

"啪啪"两声,教练将手上的资料卷成筒,挨个敲了过去:"专心专心,能不能学学冷静的下路二人组,有什么话回去再说。"

下路组酷酷点头,耳机一戴,谁也不爱。

游戏里,青芒还是没憋住:"金在赫为啥来啊?嗯嗯嗯嗯——该不会是真的吧?"

顾忌着后台录音,他说得并不明显,但是几个队员都懂。

K4 的金在赫,去年的世界冠军打野,实力强悍,个人风格突出,英俊的外貌兼具一种玩世不恭的魅力,登场的短短两年,吸粉速度恐怖,堪称前无古人后无来者。

虽然 KIL 也是粉丝众多的队伍,但是跟金在赫比起来,体量还是差了一大截。

不管从什么方面,都想不出金在赫"莅临"的原因,除非是为了赛场之外的人。

金在赫似乎单纯是为了看比赛来的,在 KIL 轻取极度之后,他似乎厌倦了导播频繁地切自己的镜头,漫不经心地鼓了两下掌,比观众更早地起身离开。

KIL 众人的疑问在两个小时之后攀升到了顶峰。

金在赫出现在了 KIL 战队基地的大门外。

他们刚从大巴车上下来就被那一头醒目的灰色头发晃到了眼睛。野火挠了挠头:"咋回事?冠军打野 Gank(游戏术语,抓人)我方老巢了,青芒你要跑?"

青芒面无表情地撇嘴:"真的,你脑子不用了可以捐掉的。"

辛思邈补刀:"确实,咱们哪买得起金在赫啊,FMVP 能跟一般打野一样身价吗?"

青芒这回连话都不想说了。

金在赫不是一个人,听到声音,门口的两个人同时扭头。

金在赫忽然将原本戴在头上的墨镜挑下,嗤笑一声,扭回头,继续跟面前的女人说话。

辛思邈眉头一挑:"来者不善。"

青芒:"当初世界赛的时候我就看这小子不顺眼。"

说着,青芒抱肩走了过去:"你来这儿干什么?"

金在赫:"反正肯定不是为了加入 KIL。"

金在赫斟酌了一下用词:"我来带她走。"

青芒哑然。

几个人彼此对视一眼,好家伙,八卦竟然在他们眼前真实地上演了。

青芒:"做梦。"

金在赫:"我睡得很好。"

青芒:"你脑子有病吧。"

金在赫:"我是冠军打野,你呢?"

青芒跟金在赫颇有点王不见王。

青芒讲话夹枪带棍，但是金在赫的华国语言说得意外地好，偶有驴唇不对马嘴，一来一回也很有节目效果。

如此通畅的对话，令人很难相信，金在赫竟然是 H 国人。

宁瑶太阳穴一跳，叹了口气拉开两个人："别闹了。"

她冲左边的众人摆手："你们快进去吧，刚比完赛肯定饿了。"

金在赫还想说点什么，被宁瑶一把按住："你也别说了，我带你去吃饭。"看也不看一眼，就想要把他们打发走，KIL 的少年们心里感觉有点委屈。

野火："宁瑶姐，咱们才是一伙儿的，你怎么向着个外人说话？"

——这该死的湿漉漉又充斥着不忿的狗狗眼。

宁瑶缓和下语气，但是依旧不准备妥协："听说你们今天比赛赢了，祝贺你们。"

虽风马牛不相及，但她现在是真的没心思搭理他们几个。

几个少年一步一挪，速度堪比乌龟。

"赢了一场普普通通的常规赛，有什么可开心？我们今年是世界冠军，明年我们还是世界冠军。"金在赫一副胜利者的口吻。

"哎，等等。"野火只听明白这句话，忙不迭地回头，"这玩意儿还能'贷款'的？"

青芒忍不了一点："进来，来 Solo。"

宁瑶眉心跳了跳，不说话，只伸手指向大门。

——懂了，爆发边缘了，惹不起。

几个少年鱼贯而入，只有野火抻着脖子，留下一句："宁瑶姐现在是我们 KIL 的人，你能带走个锤子，做你的春秋大梦去吧！"

金在赫突然笑了："如果不是为了我，宁瑶姐不会离开的，我们之间，你们不懂。"

宁瑶一手拍上金在赫的脑门:"你也少说两句。"

对他们是虽然竭力克制脾气但仍有点疾言厉色。

对金在赫是虽然埋怨但语带纵容。

KIL众人心头一凛,情况不太妙。

不管队员们回到基地怎么编排她,宁瑶此时最重要的事,就是带着金在赫去吃晚饭。

一家平平常常的小馆子,要了三屉小笼包,金在赫一个人全吃完了,狼吞虎咽的架势像是三天没吃过饭。

宁瑶:"慢点,别噎着。"

金在赫含糊道:"我早上来,没吃饭,又去看比赛,没吃饭,你也没来。"

宁瑶又给他要来一杯豆浆,金在赫一饮而尽。

宁瑶神色复杂地看着面前的男孩儿。

严格意义上来讲,金在赫跟她身边的助理茜茜一样,也是个混血儿。

他妈妈是土生土长的华亭市人,他的长相很好地继承了母亲的秀气精致,但是因为H国对外貌和身材的高要求已经卷到了令人发指的地步,虽然是个终日跟电脑为伍的人,可是满身的腱子肉比现在某些娱乐圈里的小鲜肉还要吸睛。

这种矛盾感碰撞又融合,爆发出惊人的吸引力,时常让宁瑶觉得这个人简直就是上天送给她事业上的"礼物"。

从被按在青训营无人问津到H国的当红炸子鸡,金在赫只用了短短两年。

只要他的竞技水平还能一如既往地保持高水准,宁瑶有信心把他包装成LAC最耀眼的一颗新星。

可是变故发生得太突然了。

她又忍不住叹气:"你何必呢。"

金在赫的动作顿了下,继续鼓着腮帮子,不吭声。

"你擅自离队,导致K4整个春季赛的部署都乱了套,不说别人,你的教练、你的队友,他们该怎么办?而且这一跑,不光是比赛,你身上的代言想不想要了?违约金赔得起吗?你脑子里——"

"赔得起。"

金在赫抬起头,面上不复桀骜,认真地说:"我算过,这几年挣很多,刚好欠债还钱,大不了以命相抵,我之前也什么都没有,不还是活着?"

成语对金在赫来说还是太难了,用词不大恰当,听起来总有种恐怖氛围。

"我的队友……"金在赫别过头,"他们知道的,我想做的事,他们也想,他们不敢做的事,我敢。"

H国的联赛年龄线更低,想起K4那群半大的孩子,哪怕是离开了,宁瑶也做不到完全视而不见。

"那你……也应该跟我商量一下,最起码不要这么冲动。"宁瑶越说越气,"给你打电话你不接,一声不吭就来了,你跟K4闹翻这事,那边有多少人知道?"

金在赫眼睛一亮:"你要给我处理后事?"

"……是处理后续的事情。"

他不在意地点点头:"都一样。"

宁瑶:"别给我转移话题,先回答我的问题!"

"只有内部的人知道。"

金在赫眼里浮现一抹憎恨:"没人听我说的话,我要他们听……宁瑶,我不是小孩子了,我知道我在做什么。"

金在赫一抹嘴,潇洒地起身:"我走了。"

"你——"怎么就这么固执呢?气急之余,宁瑶忍了忍,还是忍不住关心,"你一个人来的?"

金在赫不作声。

"让我付账你还这么硬气?"

金在赫继续沉默地走。

他的背影没有丝毫停顿,甚至仿佛走得更快了。

宁瑶结了账,不出所料地看到了等在外面的金在赫,低着头,无所事事地踢着路边的小石子。

见她出来,男孩儿别别扭扭地跟在她身后。

"我对国内不熟,你不管我,我不知道去哪儿。"

"你也知道啊。"

宁瑶哼笑一声,掏出手机正要给茜茜打个电话过来帮忙,冷不防身后一道突兀的男声——

"你们这么快就吃完饭了?"

一回头见到来人,宁瑶惊讶地问:"你怎么来了?"

乔中洲双手插兜,不紧不慢地踱步过来。

他穿着一件浅驼色的派克服,衣服原本就不厚,还敞开着,露出里面纯白色的毛衣,风肆无忌惮地穿透,看起来只起到一个造型上的作用。

"听说冠军打野非要加盟KIL,我过来看看是怎么一回事。"

宁瑶一愣,觉得有必要解释一下:"他不是——"

她刚张口,就被乔中洲打断了:"我说笑的。"

说完,他探头往饭馆里张望一番,还抬手跟店老板打了个招呼,又扭过头对宁瑶说:"这么多年了,你还记得这里。"

宁瑶伸手指了指乔中洲,示意他把衣服的拉链拉上,见他照做,这才点点头,回应:"嗯,他们夫妻俩家常菜做得很好吃,我在国外的时候吃泡菜吃得腻味了,就常常想起这一口。"

"怪不得看你瘦了……"

两个人说着话,乔中洲自然而然地走到了宁瑶的身边,金在赫落后一步,瞳孔里倒映着他们并肩的身影,顿了一瞬,才抬步追了上去,走在宁瑶的另一边。

乔中洲开车来的,正好送他们去目的地。宁瑶给金在赫订好了酒店,嘱咐了他一通才离开。

乔中洲就坐在酒店大堂的沙发上，双腿敞着，手肘拄在腿上，躬着背埋头玩手机。手机游戏的光效明明灭灭，照在他脸上，看不清楚太多的表情。

听见有人走过来的动静，乔中洲抬起头，起身收起手机，自然地说："走吧。"

宁瑶身侧的手不由自主地攥了一下。

"金在赫他——"

"车就停在旁边，不用走多远。"

"可是——"

"回去的时候顺便给青芒他们带点夜宵吧。"

他云淡风轻地，将她想说的话悉数堵了回去。

宁瑶皱起眉。

跟预想中可能出现的情况不同，乔中洲似乎丝毫不在意这个K4冠军打野，也根本不想知道金在赫为什么在捅了那么大娄子之后又出现在这里。

金在赫半点想回国的意思都没有。

茜茜在K4的时候就跟他关系不错，帮他安排了在本地的衣食住行。

金在赫经常来找宁瑶，只是说上几句闲话，或者在宁瑶对面趴着睡觉。

宁瑶没工夫搭理他的时候，他就一个人待在会客室里，看着天空偶尔飞过的鸟发呆。

竞圈营销号连续两天捕捉到金在赫出没在KIL基地附近的身影，他就像个靶子，连带着宁瑶一起，承担着来自四面八方的非议。

观看这一出"千里追爱"的观众还不少，都在等着看这件事情最终将走向何方。

国内基本是吃瓜，H国的媒体基本都以抨击为主。

但最耐人寻味的却是K4的态度，暧昧不明的。出了这么大的事，官方到现在都没有给出一个交代，甚至没有追责的倾向。

副·券

时间 (Time)
周五 19:00

座位 (Seat)
5排20号

地点 (Location)
H国体育馆

全朝总决赛入场券

LAC联赛

KIL VS 红山战队

金在赫到底想要干什么？K4究竟发生了什么事？

一个热血的竞圈突然流行起了解谜游戏。

无数眼睛盯着KIL，宁瑶天天顶着沉重的压力，面上稳得不行，仿佛这一切疾风暴雨都跟她没关系似的。

毕竟天塌下来，班也还是要照常上的。

打工人除了完成公司的KPI，还有一系列的报告要写，宁瑶向来是个亲力亲为的人，并且本身就擅长文字部分，这些东西一向是她自己搞定，可是没什么大用处的报告写多了，也不免心烦。

尤其是还有个对照组。

她抬起头，面色不善地看向她办公室角落的沙发。

今天金在赫没来，乔中洲来了。

乔中洲来了就往沙发上一瘫，埋头玩游戏，跟在自己家一样悠闲。

日光被窗框分割成一缕一缕，又悉数倾斜在他身上，男人皱起眉揉了下眼睛，避开耀眼的光线，更深地将自己和沙发融为一体。

她被工作烦得头疼，老板却在自己面前岁月静好，打工人可看不得这画面。

宁瑶将手中的笔往桌子上一拍：" 你到底来这儿干什么的？"

声音倒是很有气势，但是对面的人却丝毫不在意。

直到游戏里的画面变成黑白，乔中洲才慢悠悠地抬起头。

"这两天训练赛总输，老王正在气头上，战队里头待不下去。"

宁瑶不解："那你回家啊。"

"你在这里，不是更方便？"

他说得理所当然，宁瑶哑口无言，决定给他找点事情做。

她招招手："正好你在这里，我有几个小问题。"

下一刻，男人不情不愿地走过来。

他站在宁瑶身边，高大的身影遮过来——乔中洲有点近视，但又不爱戴眼镜，为了看清桌面上的字于是弯下了腰。

宁瑶扭过头刚要说什么，就看见男人近在咫尺的侧脸。

她有点不自在，伸手将他扒拉开："你挡着我的光了。"

"啧。"乔中洲不满地抱怨了一声，"真难伺候。"

她权当没听见。

"下周末在会展中心有个电竞行业品牌价值方面的研讨会，原本是该我去，但是那儿记者太多，我近期不太方便，你替我去。"

"啊？我？"

"嗯，别忘了录音或者记笔记，我想听一下都讲了什么。"

"知道了。"

宁瑶满意地点点头，又说："我听说青训的教练新签约了一个上单选手，还没满十八岁。"

"小霸王，等五月份过完生日就十八岁了。"

"那也是未成年人，青训教练求胜心切，你得盯着点。虽然联盟对次级联赛以下监管不严，但是如果被揪出来也会连累战队的风评，那小孩儿可以上训练赛，但是绝对不能让他上场。"

"哦。"

"明白就说明白，不要'哦'。"

"哦，明白了。"

解决了几个悬而未决的小问题，宁瑶刚松了一口气，想到什么，觉得今天是个说某件事的好机会。

宁瑶轻咳一声："还有……我有件事要跟你说，金在赫——"

乔中洲突然起身，用双手捂住耳朵。

宁瑶被吓了一跳："你干什么？"

"突然想到还有点事，我先走了。"

又是这样。

宁瑶就算是再迟钝,也能看出来乔中洲就是故意的。

这段时间以来,他就当没有金在赫这个人,甚至没有主动在宁瑶面前提到过"金在赫"这个名字一次,任由外头风风雨雨,他自岿然不动。

眼看着人都已经走到门口了。

宁瑶喊:"乔中洲。"

乔中洲一只手握上门把手。

宁瑶怒吼出声:"乔中洲你给我站住!"

她的声音有点大,外头的赵昕以为出事了,闻声进来,只是头才伸进来,就被迎面袭来的肃杀气氛冻住,了然地缩回头,还贴心地帮两个人关上了门。

乔中洲:"有事?"

宁瑶:"你脑子出了什么毛病?"

乔中洲回头,眉眼耷拉着:"我不走,你走?"

"我走什么?"

"你不是要走吗?"

"我什么时候要走了?"

乔中洲抬起头,定定地看着她:"你没说过,但是我看出来了。"

乔中洲五官锐利,可气质又是截然相反的温暾,时常给人以懒散的错觉,但是宁瑶记得他的少年时期,锋芒毕露,眼神里的不羁让人对上他的视线就忍不住心悸。

就像现在。

宁瑶心慌得厉害,面上却蹙起眉,沉声问:"乔中洲,你这几天到底吃错什么药了?"

"是金在赫给你吃错药了吧。"

"这又关他什么事?"

"呵,金在赫现在还不回国难道不是在等你吗?你还在犹豫什么?难道是舍不得年终奖?"

这完全没想到的"展开",让宁瑶愣了一下。

她的沉默落在乔中洲的眼中更像是坐实了某种猜测,他嗤笑一声,也不知道是在笑什么,扯着唇角,面上看着有点冷。

"当年就是这样,你说走就走,没问过我,说回来就回来,也没问过我,如今又要走,怎么就想着非要给我说一声了?"

宁瑶张口欲言,又闭上了嘴,这一连串莫名其妙的责问让她连解释都无从下口。

乔中洲冷笑一声:"还有什么可说的呢?"

他摇摇头,拉开门,背影决绝得看起来永远不会再回头。

下一秒,乔中洲停下脚步,霍地转身。

"你说吧。"他面露自嘲,"总要听完你说的话,不是吗?"

宁瑶觉得,就算放着乔中洲不管,他一个人也能演完一整场戏。

但此刻她却没心思打趣他。

她声音有点干涩:"你……你是不是怪我?"

她的前路一直都很明确,已经很久很久,没有回头看过。

从她出国入职K4,到全明星大会上的再次见面,已经三年了。满是压力、考验的三年似乎格外漫长,漫长到就连她出国那天的场景她都有些记不得了。

她只依稀记得,那天是一个好天气。

乔中洲将她送到机场,祝她一路顺风。她从他的手里接过行李箱,冲他点头道谢。然后在安检的门口,她在长队中忍不住回头望了一眼,他还站在原地,遥遥地看着这边,两个人的距离太远了,她看不清他脸上的表情。她冲他的方向挥挥手,走进了安检通道里。

也就仅此而已。

他们偶尔也会在网络上聊天,可是她初到H国,对于运营还一知半解,而且她在国内的经验也跟不上H国电竞这边成熟的体系,加上国籍的原因,在K4

一开始就受到了明里暗里的挤对,她渐渐没什么时间顾及其他。

她走在她为自己选定的康庄大道上,挑战与机遇并重,无论遇到什么困难,她都从没有因自己的前途而迷茫过。

可是偶尔——只是偶尔想起什么人的时候,她会有片刻的迷茫。

"中洲……"

"我们做了十几年的邻居,你要走,你对未来的路有规划,可你有没有考虑过——"

乔中洲喉结滚动,到嘴边的话还是咽了下去。

他们都十分清楚,有些话无法这么轻易地宣之于口,因为它会打破表面的平和。

他其实是怪她的,可是又不敢表现出来。

万一,她生气,又要走了。

乔中洲的表情看起来有点难过,宁瑶垂在身侧的手不由得攥紧。

"我不知道你是这样理解的。"

她走到他身前,一只手抬起来,顿了一下,还是落在乔中洲的背上,拍了拍,叹息地说:"我没有要离开,我的合同在这里,我能丢下你去哪儿啊?"

半是哄劝,半是无奈。

他别过头,嘟嘟囔囔:"谁知道呢?"

"你看着我。"

乔中洲不肯动。

宁瑶坚持:"你看着我。"

她伸手,硬是将他的脸转过来,四目相对,她忽略心底淡淡的憋闷,认真地看向他:"你应该知道,我从来都不骗人。"

乔中洲喉结滚动,脸被迫冲着她,可眼珠子却忍不住四处乱瞟:"那那、那你,你跟金在赫……"

"对频"完毕,宁瑶松了一口气,松开手后撤一步:"我跟他不是你想的那种关系。"

她思考片刻,眉心微微蹙起,像是在烦恼到底该从什么地方跟他说起:"你问我为什么回来——白友仁,你还记得吗?"

提到这个名字,两个人之间古怪的气氛顿消,乔中洲眼中的厌恶几乎要满溢出来了:"当然记得,那种人你还提他干什么。"

宁瑶垂下眼:"我在K4的精英战队分部见到他了。"

"什么?他去H国了?"

精英战队是个射击类的游戏,在全球范围内也拥有众多玩家,这几年来联赛搞得同样火热。

K4的投资方既然要在电竞领域布局,自然不会落下精英战队的联赛,只是发展规模和影响力都比不上LAC。

K4有精英战队分部这件事宁瑶一早就知道,可是她只分管LAC联赛的运营,直到K4的资方因为要上市进行产业整合,宣布要把电竞模块进行整合,她才开始接触别的分部。

见到那个男人的时候,宁瑶的脑子"轰"地炸开。

那一瞬间,许多几乎以为被遗忘的画面悉数涌了上来。

那是她最开始涉足电竞行业的那一年。

信赖的脸,哭泣的双眼,分崩离析的局面,有人拥抱她,安慰她:"不怪你,我们都很高兴能认识你。"

最后定格在这张令人作呕的脸上。

那时候她扭过头做了好几次深呼吸缓解生理上的恶心,再转头就对上白友仁的目光。

白友仁毫不意外,专门走过来冲宁瑶伸出手:"以后我们要好好合作啊。"

…………

想起那一幕,宁瑶皱起眉头:"那时候我才知道,我在K4待了三年,原来他一直跟我在同一个俱乐部,甚至马上就要升任整个电竞板块的总负责人。

"我举报了他,可如你所见,离开的人是我。他是资方的管理层推出来的总负责人,我想要在K4扳倒他太难了,所以我选择回国……我是不是一个逃兵?"

乔中洲飞快地摇了摇头:"这种情况,你只要还在H国,就做不了任何事,而且伤敌一千自损八百的事不能干。"

这不是随口安慰。

K4在H国一枝独秀,白友仁若是想要打压宁瑶,只要她还留在H国,不管辗转到哪个战队,发展都会受到限制,除非回到国内联赛,她才可能拥有自己的发声渠道。

"至于金在赫——"她顿了下,"原本我是不想跟你说这个的,毕竟是别人的事情,但是你一个大男人怎么说发脾气就发脾气?"

她有点埋怨地瞪了乔中洲一眼。

乔中洲摸摸鼻尖,自然地联想到什么,问:"他跟K4闹翻是为了你?"

"你那脑子要是转得费劲就换一个吧。"宁瑶翻了个白眼,"拿整个职业生涯作为赌注,只为了给我背书?是他疯了还是你疯了?"

虽然被怼了,但是乔中洲的表情看起来还挺愉悦的。

宁瑶:"还是白友仁空降带来的连锁反应。K4背后的母公司要上市,你是知道的,白友仁负责电竞板块的盘点,首先要大洗牌的就是LAC分部。

"金在赫成名的时间太快,一大半的流量都在他身上,K4甚至没来得及准备好怎么利用他的流量。

"而且,他不够听话。白友仁是个掌控欲很强的人,不听话的'商品'他是不会捧的。他让管理层认为,金在赫的商业价值是K4的造星成果,没了金在赫,还会有其他人。

"再加上金在赫的身价距离他在青训的时候，预计增长超过一百倍，这个骤然膨胀的续约费用也让管理层嘀咕，不知道金在赫会不会是昙花一现的泡沫。

"林林总总的原因加起来，管理层就采纳了白友仁卖掉金在赫，但是按照金在赫成名的路子重新签约一批新选手的建议。但是卖金在赫又不能卖到一个强队，也不能卖到一个本身流量就很好的队伍，更不能卖便宜了，并且虽然想要卖掉他，但是K4不能担舍弃明星选手的责任。"

宁瑶面露嘲讽："所以白友仁充分发挥了他不知廉耻的特长，搞出了些很恶心的事。比如成天PUA队员们说他们辜负了队伍的栽培，明明很多人还有一年才到期也得早早续约，不然就不让首发。比如早早地就签约了一个二线打野，让对方天天坐在金在赫身后，还有利用舆论偷偷给金在赫泼脏水……我跟他的谣言就是其中一口'锅'。"

乔中洲提取到了关键词。

"所以你们——你不是说他跟你表白了吗？这事是假的？"

"我以为你能听明白我是在开玩笑，就金在赫那个华语水平……听话只能听一半。他只是感激我，把我当姐姐，才说喜欢，他喜欢猫、喜欢狗、喜欢我。"

宁瑶忍不住瞪他："你成天都在想什么？他是我一手包装出来的明星选手，我要是对他有什么歪念头，我还算个人吗？"

三十来岁的人了，怎么还跟个愣头青一样，听风就是雨的。

宁瑶越说越觉得自己很冤："故意装大方，从来不问，自己在心里生闷气，今天又不分青红皂白冲过来对着我发脾气，乔中洲，你怎么这么幼稚啊？"

宁瑶目光明亮，在她的瞪视下，人高马大的男人立刻就矮了三分。

乔中洲倒了一杯水，双手捧着递到宁瑶眼前，哄着说："你想跟我说什么？"

"现在你又肯听了？"

宁瑶倒也没有得理不饶人，手指往下搭一搭，示意乔中洲先坐下来。

"时代变了，流量当道，白友仁还靠自己年轻时候的那一套经验吃饭已经行不通了，虽然表面上他说服了 K4 管理层，可是说到底他也只是一个高级一点的打工人。

"我的离职、金在赫叛逆离队，都是不安定因子，K4 内部也在评估风险。整合有很多种方法，白友仁提出的建议也只是其中一种。如果白友仁造成了无法收拾的局面，那么他的计划就会被放弃，白友仁也会被放弃。"

乔中洲听出了她的言外之意："所以你的意思是？"

宁瑶轻描淡写："我回来不是一点准备都没有的。"

没有任何的铺垫和准备，她笃定从容的神态，一时间令乔中洲移不开眼。

反应过来后，他掩饰性地低头轻咳。

宁瑶没注意到他的反常，抬起头目光灼灼地盯着他："我有一个计划，但是会有点冒险。"

"我愿意。"

"啊？"宁瑶张了张嘴，"你愿意什么？"

乔中洲回答得很快："我愿意配合你、愿意帮你，我们之间除了同事关系，还是这么多年的朋友，这一点毋庸置疑。"

他的双眼坦坦荡荡，像是一望见底的溪流。

宁瑶被这样的他冲刷得心头一荡，险些听到了天使的低语，她连忙晃了晃脑袋，找回引以为傲的理智。

宁瑶："我确实有一个计划。

"如今 LAC 的职业联赛发展稳定，H 国许多企业都想入局，也包括七彩电子。"

她伸手点了一下示意，乔中洲现在用的手机就是七彩电子今年推出的新款。

乔中洲似有所悟。

第四章

她所开拓的疆土

KIL 战队。

刚结束一场比赛，几个队员刚回到基地，就勾肩搭背地去食堂吃饭。

"阿狂"眉宇飞扬："我们今天赢得那叫一个干脆利落。不是我说，就我们这个状态，去世界赛跟 K4 碰一下也有机会啊。"Crazy 来了 KIL 之后，打法之激进，完全让粉丝明白了他 ID 的含义，人送昵称"阿狂"。

白雪冷笑一声："拿什么碰？野火的 0-5 吗？"

原本还傻笑着听队友说话的野火立刻跳脚："你们下路组别总欺负我啊，我这是被针对了，你们光顾着推线也不来帮我，害我被对面打野追着猛锤，不然咱们根本就不用打第三场。"

青芒也一起加入欺压野火的队伍："行，那下场比赛我帮你举报对面打野，冒充金在……赫？"声音都走了调。

长桌上，年轻男人抬头看了他们一眼，又低下头默默地扒着手边的虾。

来华亭市待了快两周,金在赫终于登堂入室,吃上了以丰盛著名的KIL食堂。

"老天爷……"野火喃喃自语,"进了我们的俱乐部,吃我们的饭,下一步该不是要当我们的队友了吧。"

"闭嘴。"青芒脸色跟吃了屎一样难看。

乔中洲走出来蹙起眉:"瞎说什么呢,你们几个过来一下。"

隐隐间,听见乔中洲的声音传过来:"……他 FMVP……新赛季心态有点崩了……来看医生……"

金在赫本身对华语就一知半解,听得又不完全,根本不知道他们凑在一起嘀咕什么。也不知道乔中洲怎么说的,几个人再转过身的时候,看金在赫的表情充满同情。

夜宵时间,长桌旁坐满了人。

看着金在赫,白雪招呼:"多吃点。"

连一向沉默的辛思邈都忍不住叹了一口气:"看你比去年世界赛的时候瘦多了。"

青芒没说什么,但是也默默地夹了一筷子肉,手一抖扔进金在赫的碗里。

金在赫低头扒饭,没有拒绝。

一顿饭吃得差不多了,宁瑶跟赵昕才走进来,她手上还拿着一沓文件,文件被人翻了太多遍,纸张都卷了边儿。

宁瑶的手指指点点:"你们几个过来一下。"

队员们面面相觑,这话听着耳熟,刚才谁说过来着?

下一秒,就见刚才还义正词严教育他们的老板站了起来,灰溜溜地跟过去。

青芒忍不住感叹:"道高一尺魔高一丈啊……"

宁瑶带着乔中洲和金在赫去了楼上的办公室,示意赵昕把文件给他们。

宁瑶说:"金在赫的商业约并没有签在 K4,这也是 K4 这么容易放弃他的原因。"

明星选手的商业价值需要一定的时间沉淀,才能在战队变现,否则巨大的流量只会跟着选手走,战队要是再付出巨额签约金,很容易亏本。

乔中洲拿着文件翻了两页,眉头一挑:"金在赫的报价这么高的?"

宁瑶:"毕竟他的知名度不仅仅在自己赛区。我们要利用这一点,揭开K4管理层被白友仁蒙住的双眼,让他们正视金在赫的海外商业价值,剩下的事才好谈。"

乔中洲:"你对他真有信心。"

金在赫插嘴:"当然,宁瑶就是喜欢我这样。"

乔中洲一哂。

金在赫游戏中所向披靡,游戏外桀骜不驯,个人风格十分显著,无论是粉丝还是黑粉都能找到讨论的点,互相"友好"切磋,吸粉速度双倍。再加上运气不错,上次世界赛正好碰上了他最适合的版本,让他率队拿下世界冠军,人气到达了巅峰。

但是——

乔中洲侧头,宁瑶和金在赫挨得很近,宁瑶坐在单人沙发上,金在赫干脆在她身边的地上岔开腿坐着,仰头跟她说话。

宁瑶:"只要你配合我们,我会用我最大的努力促成你跟K4的续约,给你争取配得上你的顶薪。"

金在赫:"你不在,我真的不想跟K4续约。"

"别说傻话。"宁瑶虽然语带训斥,但是不难听出其中的苦口婆心,"那是你的战队,K4的未来一定有你的一席之地,不要把它让给那些烂人。"

金在赫似懂非懂,凑过去:"可是你为什么走了?我们在一起的时候,你不是也很开心吗?还是你觉得我也是什么很烂的人?"

宁瑶双语并用,费了一番劲儿才让金在赫理解自己的意思。

看着挨得越来越近的两个人，乔中洲眯起了眼。

果然还是讨厌这臭小子。

乔中洲的脸色黑得很明显，宁瑶瞥了一眼，想要安抚他一下："你放心，我不否认有想要帮助金在赫的私心，可是我的计划对 KIL 有益无害。"

乔中洲："你跟我说这个干什么？"

"你不是不高兴？"

"我——"乔中洲难得噎了一下。

宁瑶："好了，我们来商量一下具体的安排。"

金在赫黑黢黢的双眼看看宁瑶，又看看乔中洲，想要说什么，可是犹豫几息，却意识到没什么插话的余地，于是瘪了瘪嘴，低下头摆弄着自己的手指。

聊完准备从基地出来的时候已经是深夜了。

乔中洲按住了正在穿外套的宁瑶："我送他去酒店吧。"

"也好。"

金在赫蹙起眉头："我不能住在这里吗？"

"能。"乔中洲皮笑肉不笑，"你过来给青芒做替补就能。"

金在赫瘪起嘴，不情不愿地跟宁瑶道别。

乔中洲今天开了辆 V8，金在赫眼前一亮，指着说："我也有一辆。"

乔中洲朝基地门口望了一眼，确认宁瑶没跟出来，这才冷笑一声："回去卖了吧，听说你有两个代言被取消了，解约的时候可能需要用到这笔钱。"

金在赫动动嘴唇，最后还是憋住。

上车五分钟后。

金在赫："哎？去哪里？"这不是去酒店的路。

乔中洲不紧不慢地说："这么急着回酒店做什么，你们 H 国人不是都不需要睡觉的吗？"

华亭市半夜还开门的咖啡厅不多，倒是路过一家清吧，可是乔中洲看了一眼金在赫，一张帅气的脸此刻写满了迷茫和纯真，他"啧"了一声，还是一打方向盘开走了，最后找到了一家还在营业的茶室。

"聊聊天。"

乔中洲跟金在赫面对面坐下。

一杯热茶推过去，金在赫乖觉地捧起。人在屋檐下，乔中洲给什么，他就喝什么，跟在宁瑶身边时那股子锐意都不由自主地收敛起来。

话到嘴边，乔中洲却踌躇片刻："你们之间没有任何责任关系，你就这么相信她？"

"对啊。"金在赫用力地点头，一脸傻白甜的样子，"宁瑶对我很重要。"

他双眼中透露出的认真令人哑然。

"她……"不自觉间，声音喑哑，乔中洲轻咳一下，"她这三年，是不是很辛苦？"

金在赫似乎明白了乔中洲想要聊什么。他点点头，又摇摇头。

金在赫本身就会一些华国语言，说到复杂的词不会说的时候就切换回母语，就这么双语夹杂着，乔中洲也能听个半懂，为数不多难以理解的词汇，看金在赫的表情也能猜得七七八八。

宁瑶刚到 K4 的时候，金在赫就与她认识了。

一个是运营部门才入职的新人，听说履历很漂亮，能力也强。

但是 K4 是个斗兽场，进来的人，要么飞速成长到食物链顶端，要么被吞噬得渣都不剩再被一脚踢开，没人看好她。

一个则是被甜言蜜语诱哄着签约进来，但是连比赛都打不上一场，就被丢到青训的冷板凳上的小透明，见他长得帅有性格，别人就以为他只有长相，也没人看好他。

金在赫花了几个月的时间才弄明白，K4 签他，就是为了让他日常直播和参加活动的。

　　他们承认他有实力，但是有实力的人太多了，他凭什么能特别到动摇现有格局呢？不如利用他的长处为队伍吸粉盈利。

　　他愤懑过，可是K4的竞争压力太大了，如果他不接受这个定位，他连留下来的机会都没有，可是接受……他光是想想这个可能性就觉得心烦憋闷。

　　心绪拉扯间，才成年的金在赫不免陷入迷茫。

　　他一边做直播，一边憋着一口气排位上分，漠视周遭的一切，只想站上顶端证明自己，可是莫名其妙地，他总是能注意到她。

　　选手们都是昼伏夜出的，哪怕有工作上的沟通需求，他们日常基本上也碰不到办公室的职员。

　　某天，他中午十二点起床的时候看见她在休息区，正在跟同事讨论着什么，手边放着一杯咖啡。

　　他排位到凌晨三点准备去休息区拿点面包填饱肚子的时候，看见她嘴里叼着面包，指尖在笔记本电脑的键盘上几乎敲出残影。

　　第二天他一反常态，起得很早，去了休息区一看，她竟然还在。

　　金在赫想，她好拼啊，也不知道她的营养品买得够不够。

　　他正要离开，冷不丁被喊住。

　　"怎么起得这么早？"

　　她认识他？

　　这里很多人都不认识他，他们只是做自己的工作，不在乎这是电竞还是别的什么行业，甚至连游戏怎么玩都不知道，可是宁瑶不同。

　　她叫住了他，问他为什么起这么早，跟他闲聊战队最近发生的事情，给他分享她冰箱里堆积成山的黑咖啡，又在他被苦得鼻子都皱巴起来的时候开怀大笑。

　　她拄着下巴，若有所思，目光看着他却又像是在看着别人："在赫，你有点像我认识的一个人。"

"像谁？"

她摇摇头："说了你也不认识，但是你们身上有共同的特质，团队责任感、无尽的野心，以及对自己的信任。在赫，你想成为什么样的选手？"

金在赫听不太明白，这算不算夸奖。

只是莫名地有一种冲动鼓噪着他的心，他不自觉地向她展露了从未向别人倾诉过的隐秘。

"我有实力，我想要成为名声配得上我的实力的选手。"

他眼底燃烧着勃勃野心。

宁瑶点头，发自内心地赞许："少年成名，想想就很美好。K4是适合你的舞台，你没有选错路。"

这还是自签约K4以来，第一次有人跟他说，你没有选错。

她笃定的口吻、毫不怀疑的眼神，就好像他一定拥有光辉灿烂的未来。

金在赫情不自禁地问："那你呢？你来这里是为了什么？"

"为了让我自己变得更强。"

她像是热血番里的主角，握拳说着中二的台词："只有我们变得比想象中的自己还要优秀，才能垮曾经以为不可撼动的阻碍。"

太阳高悬，她站在阳光里，周身都被镀上了一层金边。

似乎有清脆的声音传来，有一种困扰他很久的东西，在这一刻打开，无形的束缚碎裂，他的心情也跟着开朗起来。

就这样过了一年。

他们几乎每天都能见面，金在赫亲眼看见宁瑶在K4站稳了脚。

K4是一个弱肉强食的小社会，她则像是最锋利的一把剑，所刺向的地方，经年累月密密麻麻缠绕的荆棘也要被迫为她让路。

她所有的企划都是为了最大限度地让俱乐部的名字为人所知，为此剑走偏锋,在舆论的红黑边缘游走,看似不给俱乐部留后路,实则是不给自己留后路。

业内对她的评价褒贬不一,但是不可否认,她赌对了。

所以在原来的运营执行总裁离职后,升职的人是她——K4介意资历,也没那么介意资历,只要实力碾压就可以。

宁瑶没有丝毫不适应,天生就像K4的管理层,但可能从小熏陶的文化不同,她的作风跟这里的人都不一样,她顺应这里的氛围,渗透这里的环境,最后改变这里的秩序。

金在赫还是坐在替补席上,不再抗拒接受自己外在条件带来的便利,看着节节攀高的粉丝量,没有一丝波澜,沉下心境,专注游戏,终于,他在排位中登顶了全服第一。

属于他的机会很快来了。

队里原本的首发打野实力下滑,K4不打算续约他,准备从自己战队提拔一个新人,可是二队就有两个排得上号的打野,青训营里更是一堆天才小将,各有所长,金在赫不是第一选择。

关键时刻,又是宁瑶挖掘了他。

她对青训教练软磨硬泡,拿到了他所有的训练数据,那个时候大家都很诧异,行政人员不需要懂游戏,可她不但懂,还分析得头头是道。

她熬了很多夜,亲自做出了一份企划案,包括金在赫的硬实力和他网络声量的增幅情况,直接送到了分部总经理手上。

"金在赫的数据不比任何人差,用别人未必能拿冠军,用金在赫也未必能拿冠军,但是金在赫一定是队伍在拿了冠军之后,带来收益最高的选手。"

她太擅长给管理层画饼了,几次开会之后,K4官宣金在赫提上一队,作为首发打野为K4出战。

实力碾压、遗憾败北、绝境翻盘……首发之后,金在赫几乎所有的赛况都遇见过。

有过万众瞩目的高光，也有过因操作激进导致的失误，可是无论外界舆论纷纷扰扰，他从不担心，因为外宣方面宁瑶一直管控得很好。

第一个赛季，他们成功夺得联赛冠军，LAC 的 H 国赛区开启了属于金在赫的时代。

第二个赛季，第三个赛季……

终于，在世界赛的舞台上，他们沐浴着金色的雨，捧起了那座梦寐以求的奖杯。而宁瑶就在台下，满眼笑意，为他们鼓掌。

说起宁瑶在 K4 的三年，金在赫的眼神很亮，就像他在去年全球总决赛上击败 KIL 的时候那么亮。

他最后说："她成就了我。"

"你也成就了她。"乔中洲淡淡地说，"谢谢你。"

金在赫神情黯淡了一下："所以她走的时候，我不能接受。"

在对上乔中洲探寻的眼神时，金在赫却立刻笑了起来。

他皮肤白，有一双狭长的眼睛，单眼皮。单看他的脸，很容易会脑补一些花心滥情的桥段，可他笑眯眯的时候，双眼弯成两条月牙，又显得人畜无害。

"乔哥。"听着 KIL 的队员这么叫了好几天，这还是金在赫第一次这么称呼乔中洲，"我倒是有一件事想问问乔哥您。"

这时候突然礼貌地叫哥？

乔中洲往后仰了仰，企图拉开距离。

金在赫："宁瑶一直说我像一个人，可是我在 KIL 转了一圈，我还是没发现，我像谁？或许您知道？"

乔中洲一顿。金在赫笑容不变，眼神天真。

果然，真正傻的人做不了明星选手，也根本就走不到现在。

乔中洲心里哼笑一声："确实有那么一个人。"

他故意叹息一声，眼神悠远。

"但是既然瑶瑶不跟你说，我也不能……这是一个很久之前的事情了。"

再久之前，就要追溯到金在赫跟宁瑶不认识的时候了。

金在赫的笑容消失得很迅速。

"真羡慕你。"

"哦。"

"羡慕"什么，金在赫没有说，乔中洲没有追问，小年轻的心思，根本就不用多猜。

乔中洲"哦"什么，金在赫也不想问，老男人的心思，他根本就不屑于多猜。

但是……乔中洲侧头，从光滑的理石柱子上看向自己模糊的倒影。

看着就比对面的男人要成熟稳重。

乔中洲莫名哼笑一声。

第二天，KIL的官博就公布了一则活动消息：荣耀争锋，野区巅峰对决，谁主沉浮！

KIL明星选手青芒领衔，冠军打野金在赫加盟，这对意想不到的组合迅速席卷了电竞圈。

宁瑶特意租借了华亭市新修建的电竞场馆作为活动场地。

这里原本用钱也很难租到，可是谁让这是KIL和K4呢，两个赛区各自贡献超高流量的队伍，自然一路绿灯放行。

活动海报的右下角是D家硕大的LOGO。作为本次活动的赞助商，D家也用官博转发了这则消息，这一次的破圈也迅速登上了微博的热点话题。

D家是宁瑶作为"投名状"带来KIL的礼物，能从H国赛区一直赞助到国内赛区，倒不是因为多么喜欢宁瑶，而是宁瑶的每一步宣发和取得的效果，都能直接踩在他们营销部门的心坎上。

这一次D家推出了一条男包产品线，面向余额富足的年轻群体。宁瑶得知的第一时间就动了心思，跟团队一起费了一番力气才促成这次合作。

除了跟D家的交涉还要联系K4的运营部门，其中的复杂艰难自不必说，但是对于 K4 来说,这是送上门的热度,且有助于他们的战队品牌打开国门,不要白不要。

只有 K4 前同事忍不住埋怨宁瑶,突如其来的活动给他们工作造成了不小的麻烦,不得不加班配合。

但其实所有的物料都是宁瑶准备的。

她拼得像个铁血战士,每天快到凌晨四点才睡,早上七八点就起了。

为了就近工作,她住进了基地的空房。

保洁阿姨天天一早,都能见她幽魂一样从楼上飘下来,手上拿着一杯神秘的冰美式,面无表情、决绝地打开大门去对面大楼上班。

赵昕走进办公室,吓了宁瑶一跳。

宁瑶:"哦吼,国宝。"

一个恶劣的玩笑。

赵昕顶着一对黑眼圈,嘴角抽搐:"K4 真把自己当甲方爸爸了,连我们做的物料都要提修改意见退回,他们摆明了占咱们便宜。"

宁瑶将桌面上的另一杯冰美式推到男人面前,安抚道:"听过一句话吗?一切命运馈赠的礼物,都在暗中标注好了价格。"

两人干杯,她猛地吸了一口咖啡,唇角浮出冷笑,看起来像是准备好了毒苹果的女巫。

"我们的便宜不能白占,他们最后肯定要吐出来点东西的。"

又一周过去。

本周 KIL 的赛程比较轻松,中间抽了一天配合宁瑶的活动。

线下观众非常多,坐得比普通的常规赛都满,没有过多边角料的赛前预热,端上桌就是主菜。

KIL 战队五人加上金在赫,另外又抽取了四位报名的粉丝,编成两队进行对抗。

刚开始的时候，直播间里热热闹闹，刷屏速度眼花缭乱。

△好希望金在赫是我主队的打野。

△不，是我主队的打野！

△呵呵，金在赫比不上青芒一点。

△金在赫是FMVP，青芒这么厉害，有什么冠军啊？

△有什么可吵的？都是世界一流打野，他们之间一定惺惺相惜。上次世界赛相遇之后，他们也一定等这一天很久了，期待他们的再次激烈对决！

不小心看到了这条评论的青芒的评价是：恶心。

然而，激烈对决只说对了一半，只有激烈，没有对决。

第一把，青芒跟金在赫做了队友。

两个高人气打野一起走下路，一个射手位，一个辅助位，你坑我一次，我卖你一次，两个人缠缠绵绵，到游戏结束的时候，双双交出了0-7和0-8的答卷，下路双人组统计0击杀、15死亡，一流打野之间的配合竟恐怖如斯。

打完一局后网络上的风向顿时变了。

△这是你主队的打野。

△滚开，你主队的打野！

△感谢打野位给我们家青芒一口饭吃。

△老师，下次再有这种活动，我们家在赫就不参加了，回来眼眶通红，说再也不要走下路了。

当然都是在开玩笑玩梗。

接下来两场比赛更换了队友，青芒和金在赫各carry了一把，其余选手也贡献了精彩的操作以及笑料，各方粉丝都很满意。

热点话题不断，竞圈营销号们"吃"了个盆满钵满，这一场直播的播放量甚至直接超过了同时间段的官方比赛。

087

KIL 超话更是热闹,基本都是溺爱,但也夹杂着一些奇怪的话。

有一个叫"跳跳兔兔糖"的粉丝,没一会儿工夫已经在超话发了不下十个帖子了,除了夸自己战队的队员们,还有一条就是在夸宁瑶:宁瑶是我的神!除了世界赛还有谁能让他们同台啊?只有宁瑶了吧?我们 KIL 有她真是了不起!她的眼光和策划能力真是让人佩服……

夸得一条评论的字数都不够用了。

赵昕特意截了图,指给宁瑶看。

宁瑶一把推开他的手机:"我的安排并不是为了让她开心,所以这种特意的夸奖看看就得了,要是当了真,以后会受伤的。"

赵昕耸耸肩,不再说什么了。

这看似是一场三方受益的活动。

D 家得到了曝光,到处都在讨论一个男包三万多块是资本道德的沦丧还是自己工作不够努力。

KIL 得到了流量,超话涨粉超 3 万,日活跃用户数量又创新高,KIL 战队趁机推出的周边脱销,连续补货。

而金在赫的商业价值再一次被证明,黑红也是红,他的一举一动都快被营销号盘包浆了,就连一个被击杀时懊悔挠头的表情都能解读出那是对 K4 的愤懑和对自己前途的忧心。

在这种热潮之下,K4 的前同事很快就换了种态度。

前同事:"你做得很棒呢,高层很满意,他们已经给金在赫打电话,希望他回去谈谈续约呢。"

这个消息宁瑶早就知道了,因为金在赫接电话的时候她就在旁边。

宁瑶:"金在赫身价可不低,这回身上的代言估计要掉个干净,真要续呀?"

前同事:"哈哈,回来谈嘛。你帮忙问问在赫买几号的票,队里去接他。"

人是想要的,承诺是不可能有的,诚意是不多的。

宁瑶于是也学着对方的语气:"我劝过他呢,但是这个年纪的孩子你们也知道,根本听不进去别人的劝说呢。"

对方噎住,彼此的意思心知肚明,谁也别想忽悠谁。

撂下电话,宁瑶扭头就看见金在赫沉默不语,心事重重的样子。

"怎么了?"

"我就是……很迷茫,我真的要跟K4续约吗?"

宁瑶叹了口气。

她知道他还在介意管理层最开始的冷漠无情,但一个成熟的商业体系运作,不可能只有人情,也充斥着少年人难以理解的利益倾轧。

"职业选手的职业寿命很短,K4是你最好的舞台。"

金在赫迟疑地说:"但他们似乎并不是非我不可。"

年少热血蓬勃,遇到不公不义时往往冲动之情难遏,可是激情褪去,内心潜藏的不安便如水面之下潜藏的旋涡,暗涌而现。

他克制着自己的不安,不想要影响到宁瑶。

他浓密扑扇着的睫毛看得宁瑶心头一软,温声安慰:"他们当年也并非非你不可,可是你还是证明了自己,不要理会别人,不要去思考不该你思考的问题,你只需要做好自己。"

"而且——"她拍拍金在赫的肩膀,就像曾经做过无数次的那样,"不要急,K4一定是想续约你的,只是续约你要改变的东西太多,他们也还在衡量,到了这个地步,谁先着急,谁输。"

她看向漆黑的手机屏幕。

"快了吧……"

话音刚落下,办公室的门就被敲开,赵昕拿着电话走过来:"找你的。"

此刻已经是深夜了。

是个国际长途，宁瑶抬头心念一动，赵昕报以肯定的点头。

她缓缓吐出一口气，拿着赵昕的手机走到窗边。

宁瑶一口流利的H语，和电话对面的人问候一番，从最近的生活聊到职业规划，中途突然叫住了金在赫，让他给自己拿瓶水。

电话对面的人果然停顿了下，随即步入正题。

对方的语气很有礼貌："我们想了解一下金在赫的合同。"

宁瑶故作惊诧："啊，但是我已经不在K4了。"

"没关系，我们随便聊聊。一早就听说过您，一些联名企划做得很漂亮，只可惜我们七彩电子对电竞还不太了解，不然一定要邀请您加入。"

电话是七彩电子统管企宣的负责人打来的。

这通电话打了很长时间。

久到宁瑶自己的手机上已经有六七通未接来电了。

吃了顿夜宵，宁瑶才在又一阵急促的铃声中拿起自己的手机接通电话。

K4前同事一改过去期期艾艾的口风，连寒暄都顾不上："宁瑶，K4需要金在赫。"

宁瑶勾唇笑了一下，消息的确灵通。

对方言语急切："我们很有诚意，无论别的战队开出什么条件，我们都可以跟，并且你不要忘了，K4享有金在赫的优先续约权！"

宁瑶不紧不慢地说："哎，我知道你很急，但是你先别急，我会替你们转达的。"她眉头紧蹙，煞有介事。

对方听出她话里的敷衍，更加确信今晚听到的那个传言。

只有金在赫还蒙着。

"既然七彩电子想要我，那为什么——啊呀！"

心里的大石头落地，宁瑶脸上笑眯眯的，手下却没留情，一个脆生生的脑壳弹了过去，金在赫捂着头痛呼。

宁瑶耐心地解释:"联赛发展这么成熟,真以为谁都能来分一杯羹啊?就算七彩电子带着资金入局,从收购完成到战队运营成熟,最起码也要两年。

"现在K4就是怕你要赌上这两年,他们可以接受你去一个弱队,但是不能接受你去一个有资本以你为建队核心组建战队的俱乐部。

"这两年是你职业的巅峰期,你赌不起,但是如果你喜欢,两年后也可以考虑转会啊。"越想越轻松,宁瑶顺口又加上一句,"以后长点脑子,这以后,就要靠你自己了。"

金在赫捂着头,表情却突然凝固。

在金在赫预订了回程机票的那一刻,K4官博也更新了。

洋洋洒洒一大篇,核心思想就是,金在赫因为去年世界赛的赛程压力,手腕不慎受伤,因此才会缺席春季赛。而俱乐部已经向联盟缴纳了罚金,过往恩怨一笔勾销,所有粉丝都可以期待金在赫夏季赛的回归啦,相信在金在赫的带领下,夏季赛会取得好成绩,随后还在粉丝群里安慰了粉丝。

别管别人信不信,他们自己信了就行。

机场里,宁瑶忍不住喋喋不休:"你的违约金估计少不了,我给你们订的经济舱,反正一会儿就到了,K4经理就在机场接你,见了面千万别黑脸……"

这几天,也不知道宁瑶的哪句话戳进了金在赫的心里,他突然变得沉默寡言起来,只是偶尔点点头。

至于"你们"——茜茜要走了。

茜茜从事这一行的原因很简单,喜欢电竞。她自己虽然不玩游戏,但是喜欢看到各种热血的场景,喜欢看着自己喜欢的队伍沐浴金色的雨,她也跟着欢呼雀跃,激动得不能自已。

从某种意义上来说,她很成功。

人生总是有各个阶段,有些人喜欢在一条路上一往无前,有些人喜欢在看过一条路上的风景之后,再次走向另一条分岔路,见识不同的景色。

茜茜说,她想做女团。H国有很多"地下女团",虽然名声不显,但是一群女孩子凑在一起排演,表演给喜欢她们的粉丝看,也觉得值得。

茜茜辞职的时候,宁瑶欣然应允,并且送了她一整套昂贵的舞台演出设备。茜茜激动地拥抱宁瑶,还送了宁瑶一张她们团的"终身免费演出入场券"。

宁瑶交代了这个,还要交代那个,十几分钟下来嘴巴没停过。

赵昕忍不住感慨:"临行密密缝,意恐迟迟归。"

金在赫的水平不足以让他理解这句话的意思。

靠近安检通道的时候,金在赫朝着宁瑶身后看了两眼。

赵昕比了个"OK"的手势,很有义气地后撤一步,顺便一手抓一个。

乔中洲沉沉地叹息一声,意味不明。

另一边,金在赫终于鼓起勇气看向宁瑶。

"我问过你这个问题的,你为什么回来?"

他还惦记着这个没得到过回答的问题。

宁瑶却不合时宜地看向不远处的另一个男人,他站在机场大厅里,单手揣兜,百无聊赖地看着前方的人来人往,圆圆的后脑勺看着有点呆。

乔中洲也问过她同样的问题。

而同样的问题,问出这个问题的人不同,她的回答也不相同。

"在赫,我回来,不只是因为我的梦想在这里,还因为——"话说到最后,她凑近了他,压低了声音……

金在赫愣住,迟迟没反应过来。

分别前,他最后冲着乔中洲挥手说:"世界赛见了。"

K4春季赛的战果注定一塌糊涂,想要进入世界赛,夏季赛非冠即亚才有机会,可金在赫毫不怀疑自己和队友。

第五章

冬日焰火

金在赫离开后,春季赛还在继续。

每场比赛之后都有新的话题,他在华国的讨论度也相应降下来。

宁瑶好好地给自己放了一天假,昏天黑地地睡了将近二十个小时,第二天一大早,又元气满满地上班了,还给同事们都带了奶茶。

按人头数买的,但最后她还是没喝到,因为乔中洲来了。

男人目光精准地在一众奶茶中准确地找到了她给自己买的那杯,毫不客气地占为己有。

"恭喜你啊。"他含混不清地道喜。

宁瑶:"怎么?"

看她眼底的笑意就知道她是在明知故问,可乔中洲还是顺应她意,清了清嗓子开始夸:"现在许多圈内人都以为我比他们想象中的还有钱,老沈还特意打电话来问我是不是 LAC 游戏公司老总的私生子,否则怎么能吸引到你来。

"夸的是多,但吐槽的也有,还有说你不顾念旧情的,好歹是从 K4 出来的,却摆了老东家一道。"

"能说出这话的是聪明人。"

宁瑶丝毫不生气,甚至因为自己的目的终于被人勘破而更加喜上眉梢:"无论是金在赫从 K4 出走,还是这次回去续约,KIL 的存在感都爆棚。我知道外面的舆论都是怎么说的,那些猜测没一个靠谱的,无非是些绯闻啊,阴谋论啊,但不管怎么样,两家算是对上了,以后说起这两支战队,K4 的黑粉会溺爱 KIL,KIL 的黑粉会溺爱 K4,我们吸的是除潜在粉丝之外的粉,黑粉、乐子人粉,来者不拒。"

她一套长篇大论,乔中洲加以总结:"搞风险对冲啊。"

宁瑶:"是啊,看似两个战队彼此贡献流量了,可是 K4 的体量比 KIL 至少要大十个 AIR,这一波被我薅到了,他们气也没用,不也只能咬着牙咽了?我的便宜有那么好占吗?"

话音刚落,办公室外面一阵说笑声骤起,宁瑶下意识地向外看去。

乔中洲有点牙痒痒,舌尖抵住后齿,不想话题就这么结束,又歪头挡住她的视线。

"怎么说起来全都是你的功劳?难道不是我们 KIL 底子好?不然你去 AIR 看看,老沈可不会像我这么听话。"

宁瑶半点不受影响:"我最清楚你们俱乐部的财务状况了,我要是去 AIR,能拿到的薪资说不定更高。"

虽然 KIL 俱乐部收益不错,但是选手千万级别起的签约金也不容小觑,年年大手笔投入,年年得不了冠军,年底财报起起伏伏,总在赔钱的边缘挣扎,能坚持到现在,谁都得说一声乔总对电竞是真热爱。

乔中洲讪讪地摸了摸鼻尖。

宁瑶侧头,看他不服气但又不敢还嘴的样子忍不住笑了起来。

但很快就收敛了。

她轻声说："金在赫续约，K4 的管理层也要变天了。"

乔中洲懂她的意思："金在赫回去了，白友仁就得走。"

这个名字就像是冰箱的开关，一按下，室内的温度就骤降，让人禁不住从心底生出寒意。

"我要让白友仁回国，国内才是我的主场，只要他回来……我一定跟他算总账。"

宁瑶攥紧手，难掩眼中的冰冷。

人海茫茫，她其实没想过会再见到白友仁。

可是当白友仁真的出现在她面前时，她才意识到，那些事根本不可能真正忘记。

她渴望证明他是错的，渴望让他为曾经的所作所为付出代价，现在她好像等来了这个机会。

乔中洲："你这么确定？"

"当然，被 K4 赶出来的名声不好听，他在 H 国得灰溜溜地苟着，但是回来，他可以借由对手抬高身价，找个好东家。"

乔中洲："对手是指？"

她眼里闪耀着坚定的光芒："当然是我。"

华国人的性子多是内敛的，哪怕面对夸赞，大多数人只会羞涩地说一句"哪里哪里"，很多人羞于表达。

但宁瑶不同，她是一个只要自己足够优秀，便会告诉所有人，自己做得就是好的人。

乔中洲像被蜇了一下，蓦地移开目光。

宁瑶："你怎么了？浑身刺挠？"

乔中洲："我紧张。"

宁瑶奇怪地问："为什么紧张？"

他拿起剩下的半杯奶茶，转身就走。

宁瑶摇摇头，嘀咕了一声："又装什么高冷啊。"

宁瑶的预感没有错。

很快，K4的前同事就在私下里告诉她，白友仁请辞了。

一周之后，他受邀入职了国内的一个电竞战队，成为战队经理。

他入职的队伍是宁瑶的老熟人CPU，曾经的SPES。

与此同时，宁瑶的名字再一次席卷了国内电竞圈。

更甚于全明星大会时期。

这一次的舆论几乎一边倒——你在K4呼风唤雨也就算了，怎么到了华国，甚至现在还是别的战队的运营总监，还能主导别人家选手的去留呢？真有这么离谱的事？

饭局上，一个中年男人兴许是喝多了两杯，把筷子一摔："我就说过，这女人邪门。那个姓白的，远在异国他乡都能被她弄得丢了工作，你们以后碰上她可得绕着点走吧。"

这段视频是好事者发在AIR超话里的。AIR粉丝根本不给自己的经理留面子，直接炮轰老沈，希望他能闭上嘴，毕竟马上又要到AIR的比赛了，赛前积德是各队粉丝心照不宣的赛前玄学。

赵昕开着自己的第六个小号在AIR超话里疯狂带节奏。

宁瑶冷眼旁观了一会儿，用笔敲了敲桌面："赶紧去工作。当着我的面摸鱼，你很嚣张啊，最近是不是没什么竞争压力了？要不我再招个助理来替你分担一下？"

赵昕当年就是从助理做起的，后来他能胜任的工作越来越多，直接就拿着自己的业绩找宁瑶谈升职，宁瑶这才招了茜茜。

可是没想到宁瑶还是领会错了赵昕的意思，他只想升职，但是不想宁瑶身边再多一个助手,按照他的想法——这些工作他都做得完,与其新招一个员工辅助,不如把这份工资都开给他。

她纳罕地问:"既然想当个光杆司令,那你想要升职的原因是?"

赵昕镜片后的双眼冷光一闪,一本正经地说:"因为我做的工作就是主管职位的工作内容,当然要光明正大地说出来,那些只看职称识人的人才不会眼瞎。"

宁瑶从他身上看到了一些年轻职场人应该拥有的优秀品质。

只可惜那时赵昕说得太晚了,茜茜已经入职了。茜茜进入K4之后,赵昕莫名其妙地有了竞争压力,原本加班还适可而止,之后彻底放飞自我。

如今,宁瑶又一次提出招个新助理。

赵昕自动忽略,手下不停,键盘敲得飞起:"这也是我的工作方式,对手粉丝群体乱套,约等于我们粉丝群体维稳,一些高级的营销技巧。"

宁瑶:"我看你是精力太过旺盛,恨不得一个人做三个人的工作。"

宁瑶又冷不丁地说:"别以为我不知道,茜茜参加女团还有你鼓动的成分在里头。"

赵昕指尖一顿,不自然地清清嗓子:"那又怎么样,你没见过光明正大的办公室斗争吗?"

宁瑶低下头:"没怎么,别太过分了。"

赵昕"哦"了一声,继续埋头看了会儿手机,就起身准备回工位了。

临走前,宁瑶才听到他的回复。

"知道了。"

接下来的赛程,KIL一路连胜,除了在揭幕战输给了金锐,还没有被别的队伍拿下过一个小局。

中间迎来了一个短暂的休赛期,华国传统节日新年。

因为这一季度的KPI早已经超额完成,宁瑶大方地给自己手下的人提前两天放假。

且在跟乔中洲暴力申请之后,还给他们加发了百分之三十的奖金。这一波慷他人之慨让运营部门的所有人对宁瑶的好感度又上了一个大台阶。

美工组小孙凑过来问:"宁瑶姐,你买到回家的票了吗?"

宁瑶笑眯眯地摇头:"我家就在华亭市,不用买。"

"哦,那你过年回家——"

"小孙,过来一下。"

疑问被赵昕打断,小孙应了一声小跑过去,也就忘了要问宁瑶什么了。

宁瑶侧过脸,跟赵昕四目相对,冲他浅浅点了下头,随即低下头收拾着东西,面上看不出什么异样。

办公楼所在的地方附近就是交通枢纽,太久没有坐地铁回家,宁瑶差点忘了要在哪个站下车。

还是身体记忆比头脑更加管用。

下地铁后又走了十几分钟,进了一个小区。

这小区在十几年前一度是华亭市最贵的楼盘,绿化不错,哪怕是在冬天也绿意盎然,只是如今华亭市发展迅速,高档住宅层出不穷,相比之下这里反而显得陈旧了些。

走到家门口,她深吸了一口气,打开大门。

"我回来了。"

屋内空荡荡的,家具透着一股老旧的味道,长时间没有人住,空气中都有一股淡淡的霉味儿。

回国后宁瑶只在第一天回来过一次,放下些不用的行李,一个人做了一场大扫除。

这两天闲着没事干,她又里里外外地收拾了个通透,还订了一束鲜花放在主卧。

一个人独处的时间显得冗长，宁瑶倒也享受这难得的清闲。

直到除夕夜，手机开始"叮叮当当"响个不停。

她有很多个群，搞电竞的人，无论年纪多大，似乎都精力充沛，一个无聊的话题都能从早聊到晚，没话聊了还有表情包攻击。

宁瑶在群里冒了个泡，发了几个红包就扔开手机不再看了。

打开电视，煮了速冻饺子，自己吃了一碗，又盛了三碗放在主卧的案头，点了一炷香。

香烟袅袅，她静静地看了很久，才转身出来，小心翼翼地关上主卧的门。

她躺在沙发上，电视一直是开着的，还没到春晚的时间，电视里主持人采访着路边的行人，到处张灯结彩，每个人的脸上都是一派喜气洋洋。

宁瑶有一搭没一搭地看。

哪怕是在国外，她每年也都会看春晚的直播。

歌舞质量都不错，小品大多不好笑，但她也会自寻几个笑点，魔术是需要参与的，她也从不吝惜跟着一步步实验，总之看得沉浸。

人闲下来就容易发困，半梦半醒，她好像听见了主持人喜气洋洋的串词。

门铃响了，她小跑过去开门，门外有可能是父母，也有可能不是。

他们工作忙，有一年新年都快零点倒计时了才回来，甚至没有机会找到一个开业的店铺给她买新年礼物。

宁瑶也不生气，只要能见他们，对她来说就是最好的新年礼物。她这么跟妈妈说的时候，妈妈就会说她乖，世界上怎么会有她这么懂事的女儿啊。

宁瑶不觉得扮乖很难，因为团聚的时间太少了，也就是宁池那个小傻蛋，总是不管不顾地调皮捣蛋，总是挨骂……

宁瑶杂七杂八想了很多，一半意识到这可能是在做梦，一半却又仿佛掌握着身体的主动权，在记忆的画面里奔走雀跃。

门铃响了，她打开了门。

可这一次门外却站着一个意外的人,她很少梦见他。四目相对,半晌都不知道下一步应该做什么,奇了怪了,这次梦境为什么不会自己进行下去?

看她呆呆站着,连位置都不知道让一下,乔中洲伸手在她面前晃晃,嘀咕着:"怎么?睡傻了?"

还嫌不够,他干脆屈起手指,指关节叩了叩她的脑袋。

"嘣嘣"两声,宁瑶瞬间清醒。

不是梦。

顾不上生气,她问:"你怎么来了?你……"下一瞬,她又失了言语。

乔中洲拨开她,脱了鞋,自顾自往里面走。

"我发信息给你你不回,打电话也不接,我害怕大年三十的,你自己在家可别做个饭都忘了关煤气,特意过来看看。"

话音未落,他已经走到主卧门外。

他回过头试探性地看了一眼宁瑶,后者点点头,他敲门进去,安静地上了一炷香。烟雾缭绕中,乔中洲站在案台前好几分钟都没动。

良久之后,他鞠了一躬,礼貌地退出来。

谈话间隔了几息才继续。

乔中洲:"但是我一进门就知道是我多心了,毕竟你连饭都不会做,如果我不来,你晚上准备吃什么?不会是泡面吧?"

"当然不是!"

冰箱里囤了一堆速食料理包的宁瑶毫不心虚地反驳,可这一刻,看到乔中洲走进厨房四处张望,她心里又开始发慌。

乔中洲对她家很熟悉,这是应该的。

毕竟她和乔中洲做了十来年的邻居。

两家住对门,宁瑶比乔中洲小两岁,但是因为提前上了一年学,乔中洲上二年级的时候,宁瑶正式成为他的小学妹。

宁瑶的父母平时工作忙，就拜托乔中洲一家对宁瑶多加照拂。

乔爸爸乔妈妈又揪着儿子的耳朵嘱咐他不要欺负宁瑶，要照顾好妹妹。

半大不大正是男孩子讨人厌的年纪，似乎每个人的印象里都有那么几个招猫逗狗欺负小女生的臭屁男孩儿，可乔中洲却不一样。

两个人从第一次见面，宁瑶手上捧着一堆玩具，礼貌地询问乔中洲是否可以帮她系鞋带，而乔中洲二话不说就在她面前蹲下开始，似乎就预示了，乔中洲会被她吃得死死的。

两个人一起上学、放学，有时候宁瑶会去乔中洲家吃饭，有时候乔中洲会主动过来找她一起做作业，有的时候会一起看电视。

小时候的宁瑶还是挺安静的，可乔中洲是个好动的性格，喜欢室外运动，太阳好的时候，乔中洲也会拉着宁瑶出门，他打球，她在旁边的台阶上坐着看书。总在猛烈的阳光下用眼，宁瑶差一点近视，乔中洲被后知后觉的乔妈妈一阵痛骂……

这样的日子过了很久。

某一天，宁瑶突然发现乔中洲蹲得有点高，她和他说话需要仰着头。

他也不常笑了，那仿佛厌倦一切的眼神，只消轻飘飘地看上一眼，周围的气氛就要降上几度，让人觉得不好亲近。

可这并没有让宁瑶乖乖听他的话，反而助长了她的"歪风邪气"。

家人眼中，宁瑶是乖巧的女儿。

老师同学眼中，她是文静优秀的学生。

邻居眼中，她是随时有可能被自家儿子欺负的小妹妹……

只有乔中洲知道，宁瑶是个"蔫坏"的人，其恶行简直罄竹难书！

宁瑶起床起晚了导致迟到，面对校门口保安的询问，她只要嘴一瘪，受到指责的人指定是她身旁的乔中洲。

宁瑶忘带了作业去学校，是乔中洲翻墙出去回她家拿的，乔中洲被教导主任抓住，还得在被罚站之前偷偷摸摸把作业给宁瑶送去。

宁瑶周末想要跟同学出去玩又怕父母不同意,就借口去乔中洲家学习,让他帮忙圆谎……

乔中洲这冤大头一般的日子最终止于高中。

高中的时候,乔家搬了家,乔中洲和宁瑶也去了不同的学校。

宁瑶有了新的朋友,只是偶尔发短信跟乔中洲交流。

通常都是他在问,问她学校里最近发生了哪些事,问她考试考得怎么样,也问她将来想要考哪所大学。

再后来,两个人先后考上了同一所大学,乔中洲学的金融,而她读的是影视文学专业。

大学生活充实又丰富,宁瑶每一天都活力满满,吃饭、唱K、社团活动……且这些活动中都莫名其妙地有了乔中洲的身影,他们之间似乎又恢复到小时候亲密无间的状态,只是又跟小时候不大一样。

具体意识到他们跟从前不一样了,是一件很小的事情,但是现在回想起来,宁瑶却能记得那天的每一个细节。

学校组织的篮球赛,最后正好是金融系跟文传系打决赛,宁瑶跟着室友们一起在观众席观赛,欢呼声四起,她一时不知道该给谁加油。

乔中洲无疑是这场比赛中最亮眼的那一个。

球场上,他不是球打得最好的,但他是长得最帅的……有时候观众就是这么直接且庸俗。

中场休息,队友们都在旁边喝水,乔中洲却抬眼四下张望。看见宁瑶,他拿起自己的外套,顶着一众目光走向观众席。

宁瑶的心跳得漏了一拍。

他的每一步都像被慢放了。

他穿着球服,手臂上的肌肉线条十分显眼,刚结束半场比赛,眼神中犹存着凌厉与专注,额上的汗珠在日光的照耀下闪着光泽,被他用手中的外套随意地擦掉。

乔中洲坐过来的时候，宁瑶听见身侧的女孩子们发出一阵小小的惊呼。

她目不斜视，只动着嘴唇："你干吗？"

"怎么样，现在是不是世界聚焦于你？"

他短促地笑了一声，从她包里翻出了一瓶水，拧开"咕嘟咕嘟"一口气喝了半瓶水。

宁瑶不由得侧目："你很得意哦？"

"我——"

"这是你朋友啊？"

乔中洲才开口，一个同样满头大汗的年轻男生靠了过来。虽然是跟乔中洲打招呼，但是他眼睛却看着宁瑶，目光灼灼，目的昭然若揭。

"嗯。"

乔中洲回应得很冷淡。

"那咱们加个联系方式吧，我是乔中洲篮球队的队友，你看到我刚才的投篮了吧？三分球……"那男生一面说着，一面举起手机凑到宁瑶眼前。

乔中洲直接伸手盖住了他的手机，似笑非笑。

乔中洲："你知道，朋友是可以加前缀的吗？"

什么意思？

宁瑶跟他队友同时愣住。

啦啦队退场，哨声响起。

乔中洲凉凉地看了那人一眼，将外套丢到宁瑶头上，轻飘飘的，却遮住了她的眼睛。

"走了，上场了。"

外套遮住了她的视线，也遮住了她鼓噪的心，让她没有多余的理智去思考，乔中洲的话到底意味着什么。

她本以为能有足够多的时间，然而兵荒马乱比破晓更早到来。

变故之后，三年，三年，又三年，她始终有更重要的事情要做。

如今回忆起来只剩下叹息。

这边宁瑶还在晃神，那边乔中洲已经检查完了她的冰箱，刻意地发出叹息声，语气十分夸张。

"你是不是在H国艰苦朴素惯了，怎么回国就吃这些东西？"

宁瑶反射性回嘴："要不要这么刻薄啊，你懂什么？预制菜是未来的新风口。"

"狗屁新风口。"乔中洲冷笑，"得了，赶紧收拾收拾东西。"

"收拾什么？"

乔中洲转过身，双手抱胸依靠在门框上："这是你回国后的第一个新年，我不可能让你一个人待在家里。"

宁瑶一愣："啊……我……"

"收拾东西，跟我回家。"说完，乔中洲皱着眉走到客厅另一边，将敞开的窗户关上，只留给宁瑶一个潇洒的背影。

宁瑶也没有想明白自己为什么会同意。

只是等她完全回过神来的时候，她已经站在乔中洲家门口了。

独栋的小别墅，院子里彩灯亮晶晶的，年味很足。

宁瑶早就知道乔中洲家是有钱的，不然当初乔中洲想要组建电竞战队，家里也不可能一下子拿出那么多钱给他当启动资金，但是看到这别墅，宁瑶还是"哇"了一声以示敬意。

"愣着干什么？"

乔中洲单手拎着她收拾出来的一大包必需品，伸手越过她的耳边按响了外部大门的门铃。

才响了一声，里头的门立刻就开了，一道红色的身影从房子里冲出来，小跑着过来开门。

"孙阿姨——"宁瑶才说了三个字,就被中年女人抱住。

"天哪,这是谁家的小姑娘啊,快让阿姨看看。好久没见了,瑶瑶,又漂亮了!"

乔妈妈身后,乔爸爸也跟了出来,满脸笑意:"瑶瑶来了,快进来吧。"

宁瑶被热情裹挟着,连一句完整的"新年快乐"都说不出来,只能跟着"嗯嗯嗯"。

乔中洲跟在宁瑶身后,一脸无语:"妈,你能别这么夸张吗?"

客厅里,茶几上摆满了水果。

电视里播着联欢晚会,乔中洲坐在角落里剥橘子,听着两个女人手拉着手一起忆往昔。

乔妈妈说着说着就要掉泪。

"我还记得你小时候,小脸胖乎乎的,怎么现在都快瘦脱相了,哎哟,这在异国他乡的,吃了多少苦啊。"乔妈妈伸手抹了下眼睛。

搞得宁瑶也很想哭。

两个女人执手相看泪眼,场面一直在失控边缘徘徊。

乔中洲倒吸一口凉气,将剥好的橘子一分两半,分别塞进两个女人的手里,麻利地起身去厨房找乔爸爸了。

宁瑶踌躇着要不要过去帮忙,乔妈妈一把拉住她,不在意地摇头:"让他们父子俩忙去。"

"对了,今天晚上别走了,就住在阿姨家。"

"我……"

乔妈妈没给她拒绝的机会,直接起身探头招呼乔中洲:"客房收拾出来没有?饺子怎么还没包完?你在厨房跟你爸说什么呢?是不是在说我坏话?"

乔妈妈干脆走过去,声音远去,宁瑶不着痕迹地松了口气。

她很怕乔妈妈会提起一些往事,但是现在看来完全是她多虑了。

饺子是乔中洲和乔爸爸包的,但是馅料是乔妈妈调的,味道很不错,宁瑶吃了十几个,最后还在乔妈妈期待的目光中,夹起了那个明显被硬币撑得大了一圈的饺子,故作无知地咬了下去。

"哎呀,什么这么硬。"

乔妈妈笑眯眯地说:"瑶瑶吃到硬币了,新的一年要走运了。"

晚会还没结束,她看得专注,没有发现乔中洲什么时候离开的。

直到倒计时的时候,手机突然响起,她心里似有所感,接了起来。

"宁瑶,看窗外。"

客厅的窗帘是拉开的。

"砰"的一声,烟花升空,巨大的花朵将整个别墅都笼罩在极致的璀璨之下,金色的流星雨自空中缓慢而温柔地下坠,还没等黯淡,又迎来了新一轮的绽放。

她的耳畔是乔家父母的赞叹声,逼近零点,电视机里氛围更加热闹,窗外接连不停地礼花连成一片,此起彼伏,无尽的喜悦透过他的眼底向她连绵不绝地传递着。

"宁瑶,新年快乐。"

他穿着长到膝盖的羽绒服,裹得厚实,笑得像个傻子。

她突然有点脸热。

"宁瑶,新年快乐。咦,你怎么不高兴啊?"

少女怏怏地趴在沙发上,声音沉闷:"我妈我爸还没回家,该死的宁池也不回来。"

她整张脸陷进了沙发里,说的每一个字都模糊不清,但是乔中洲光听她的语调能大概知道她在说什么。

看她这副想憋死自己的架势,乔中洲的手从她脖颈旁边的缝隙伸进去,钳着她的下巴将她的脑袋从沙发里捞起来,以防她缺氧窒息。

宁瑶顺势坐起来,看向窗外,幽幽地叹了一口气:"今年过年怎么那么冷清啊?"

"今年禁烟花呗。"

"唉,可惜,一点过节的气氛都没有。"

乔中洲想了想:"我给你放。"

宁瑶打起了点精神:"真的?"

他拉开窗帘,扭头看向她:"看我给你变个魔术。"

他伸出手掌,缓缓地在宁瑶眼前晃了晃,宁瑶支起身子,专心致志地盯着前方,势必要揪出魔术里面的破绽。

"注意看,烟花要来咯。"

明知道不可能,宁瑶还是忍不住期待地瞥了一眼窗外。

"啪!"

"哎?"

"噼里啪啦!"

乔中洲煞有介事地将手握成拳,一边张开五指,模拟烟花炸开,一边在嘴里配音。

抑扬顿挫,此起彼伏。

宁瑶忍无可忍,挥开了面前的手:"你是不是有毛病啊?"

他的手掌扣在她头顶,眼神含着笑意,轻声哄着:"等有一天可以放烟花了,我给你放最漂亮的。"

有乔中洲的陪伴,这个夜晚并没有那么无聊,最起码听到不好笑的相声的时候,身边还有个人能吐槽一下。

迷迷糊糊地,爸妈回来了。

宁瑶哼唧了一下,没醒,依稀中听见对话声:"怎么睡在沙发上了?"

妈妈埋怨着:"还不是咱俩下班太晚了。"

"小池这孩子过年也不回家,都没人陪着瑶瑶。"

"他心思野着呢,把瑶瑶叫起来吧。"

"睡都睡了,你叫她干吗啊。"

"得起来吃口饺子啊……算了,新年礼物都没买,还是别叫她了。"说着说着,妈妈没忍住笑了起来。

父母的声音有些模糊,可她无论是想清醒一点努力听清,还是放任思绪混沌一点,都会令这些声音更加遥远。

宁瑶动弹不得,不知不觉,眼泪从紧闭的眼角滑落。

"咚咚!咚咚咚!"

敲门声不急不缓,将宁瑶从睡梦中叫醒。

男人的声音懒洋洋的:"起来了,宁瑶。"

晨光熹微,时间还早,但是门外已经很热闹了,宁瑶隔着门隐隐能听见热油下锅"刺啦刺啦"的声音,伴随着乔家父母的拌嘴声。

"我就说你要把水控干再下锅啊,油点子都溅到我身上了。我说你平时也不做饭,这一大清早跟着捣什么乱?"

"瑶瑶这孩子不是来了嘛,她……"门外乔妈妈的声音渐渐低下来,听不大清楚了。

宁瑶睁着眼睛看着天花板,心底给自己打气,一气呵成地起身跳下床。

大年初一,她收到了三份红包。

乔爸爸乔妈妈的红包都是一式双份,给了乔中洲,也给了宁瑶。让宁瑶意外的是乔中洲也掏出一份红包给她。

她有点纠结:"你就比我大两岁,我收你红包是什么说法?"

乔中洲优雅挑眉:"老板的奖励。"

她摸了摸红包的厚度:"可是收下让我良心不安啊。"

"那你新的一年里就当牛做马地工作。"

"既然你都这么说了,我不收就好像不给你面子。"宁瑶于是神清气爽地将红包揣进兜里。

"咳咳!"突然有人咳嗽了一声。

乔妈妈走过来，语气轻松地对乔中洲说："反正过年期间也没什么事儿，我跟你爸商量了一下，明天去南方海边度假，到时候你们俩好好——"

"你们订好机票了吗？我去帮你们收拾行李。"

话音未落，乔中洲人已经消失了，就像一阵旋风。

那迫不及待的样子简直没眼看，乔妈妈脸上的笑都快挂不住了。

好丢人的儿子。

——但她还是顽强地对着宁瑶的方向，在后者略带蒙圈的表情中说完了后半句话："你们俩在家好好待着。"

宁瑶下意识地点点头。

大年初一，拜年的人很多，宁瑶也不例外一上午都在编辑发给合作伙伴的拜年短信，每一条短信都是她斟酌很久，为收信人量身定制的，语言不一定优美，但一定走心。

宁瑶又登上 KIL 外网官方账号，将美工一早就做好的"恭贺华国新春"海报发了出去。

她正欣赏着各式评论，突然收到一条意料之外的回信：新年快乐，宁总监，我有一个新的合作提案，请问什么时候方便见一面？

写作"什么时候方便"，读作"越快越好"。

发信人赵宇，是橙心饮品战略发展部门的品牌总监。

真是稀奇，这人有生之年竟然还会主动见她，要知道就连拜年短信宁瑶都是群发给他的。

思量片刻，她攥着手机冲出去。

"乔中洲！乔中洲！"

"怎么了？"

乔中洲从厨房探出头来，一手还举着铲子。

乔家父母出去看电影了，中午只有他们吃饭。

宁瑶:"我要出一趟门。"

"哦,去哪里啊,我送你。"他作势要解围裙。

宁瑶眼睛弯了起来:"我要去一趟南武市。"

"今天?"

"对。"她手指在手机上点了几下,然后举起来,"我已经买好票了。"

她想了想,不大好意思:"帮我跟叔叔阿姨道个歉,我——哎,你干吗?"

乔中洲上前拿过她的手机看了一眼:"还来得及。饭做好了,先吃饭吧,然后我送你去机场。"

"怎么不问我是什么事啊?"

"看你的表情就知道不是件简单的事。"乔中洲又不紧不慢地补充了一句,"但是又让你热血沸腾。"

宁瑶:"你还记得当初那个橙心饮品吗?"

"嗯,不就是你当年给SPES拉的赞助吗?结果因为活动配合问题解约了,还闹得挺不愉快的。"

宁瑶点点头:"'橙心'的品牌总监约我见面。"

"我还以为他要跟你老死不相往来。"

"我也这么以为,所以我很好奇,他为什么主动找上门来。"宁瑶若有所思。

一到冬天,宁瑶就有手脚冰凉的毛病,思考的时候,指尖总是忍不住蜷缩起来,用手心的热度温暖一下指尖。

乔中洲垂眼,起身拿出一个暖宝宝插上电,热得差不多了又塞到宁瑶怀里。

"饭在桌子上了,你先吃,我去收拾点东西。"他看了一眼表,"慢点吃,我们一个小时之后走就来得及。"

宁瑶:"好……啊?你也要去?"

他回过头,笑道:"没事做啊,而且你都自愿加班了,我肯定也要表示一下。"

南武市离华亭市并不算远。到了南武市之后,在乔中洲的推荐下,两个人还去打卡了一家网红书店。

到了晚餐时间,乔中洲才将她送到了约定的餐厅。

宁瑶下了车,见乔中洲没反应,迟疑了一下:"你不进来吗?"

乔中洲耸肩:"你的战场。"

宁瑶点点头,同时也不由得松了一口气,他是俱乐部老板,如果他在场,赵宇不管想要说什么做什么,多少会怀疑她是否有能力自己作出决定。

"那你——"

"我去旁边吃口饭,你不用管我了,出来的时候给我打电话,我再来接你。"乔中洲将一切安排得很妥当。

"嗯。"

赵宇已经到了。

距上次见面已经三四年了,视线掠过他的发顶,宁瑶险些怀疑自己认错了人。幸亏赵宇为了表示礼貌站了起来迎接她,她才庆幸刚才没有露出什么异样的表情。

"新年好啊赵总。"

"新年好宁总监。"

就像两个来餐厅吃饭的寻常朋友,彼此寒暄了一下近况,气氛和谐友好,丝毫看不出来当年也曾经剑拔弩张过。

饭吃到中途,赵宇才表明了来意。

"我们今年有一笔营销资金,希望用到 LAC 上面。我们部门经过讨论,希望能跟 KIL 合作,举行一些线上和线下活动。"

宁瑶本就没吃几口,这时候顺势放下筷子,微笑道:"收到您的邀约我很惊讶,来之前想了很多可能性,但就是不包括您竟然还想跟我合作。"

"这有什么问题吗?"

宁瑶直言不讳："毕竟当时我还在SPES的时候，我们的合作并不算愉快。"

赵宇耸耸肩："没错，可是那已经是好几年之前了，而且KIL也不是SPES，我也相信宁总监如今会更成熟，做得更好。"

"为什么选择KIL？"

"比流量，现在国内赛区有几个队伍能比得上KIL呢？考虑到声量，我们其实也没有太多的选择余地。"

赵宇有备而来，从公文包里掏出一份合同从桌子上推过去。

中年男人慢条斯理地说："我跟你合作过，都知道彼此不是一个拖沓的人。合作条款都写在这里了，宁总监可以回去详细看看，希望你尽快给我答复。"

"好啊，我回去会仔细研究一下的。"宁瑶眯起了眼睛笑道，"希望这一次我们能合作愉快。"

赵宇很有绅士风度地结了账，两人告别之后，宁瑶率先离开。

不用她打电话，乔中洲的车已经停在路边了。

坐上副驾，宁瑶深深吐出一口气，不由得揉了揉自己的肚子。

一只手伸了过来，手指勾着一个食品袋子。

"吃吧。"

袋子里面是个热气腾腾的煎饼。

宁瑶惊讶不已："你怎么知道我没吃多少？"

"看了点评，这家店徒有其表，感觉你不爱吃。"

"你说得真对，全都是冷菜，本来就不合我胃口，赵宇没吃几口就开始跟我聊工作，我连筷子都不想拿起来了……"

车开得平稳，宁瑶一路絮絮叨叨，追忆了一下跟橙心饮品的恩怨情仇。

直到车停在一家酒店的停车场，宁瑶才意识到有哪里不对劲儿。

"我们不回华亭吗？"

乔中洲："来都来了。"

成年人真的很难抗拒这句话。

更何况乔中洲将行程安排得很好，从入住的酒店，到游览的景点，到好吃的餐厅，到可以买的纪念品……宁瑶都不知道他是什么时候做了这么周全的攻略。

在国外待了三年，宁瑶很久没正经过过一个节日了，没有工作的日子，只有吃喝玩乐，确实快乐，她深刻地理解了为什么人是需要假期的。

只除了晚上的时候有"亿"点点不自在。

出来玩的就他们两个人，吃完晚饭才七八点。

南武市不是一个夜生活丰富的城市，可这个时间睡觉又有点早，聊聊天倒是不错，可是不管是她去他的房间，还是他来她的房间……宁瑶表面不显，心里却总是跳得不大舒服。

最后，两人在酒店的行政酒廊里度过了这段尴尬的时间，浅浅喝一杯，随便聊聊过去的事。

乔中洲尤其好奇她这几年在H国的生活，宁瑶想到哪里讲到哪里，气氛也不错。

就这么玩到了开工。

已经不记得分开的时候乔中洲是怎么说的了，可是一大早宁瑶收拾好出门，看见乔中洲的车就等在小区门口的时候，她竟然没有太过惊讶。

直到坐上副驾驶位，她才开始反省，自己刚才抬腿上车的动作会不会过于流畅了，这才不过短短几天而已，她仿佛已经适应了一大早就看见乔中洲这张脸。

宁瑶轻咳一声："……走吧。"

乔中洲发动汽车："吃早饭了？"

"吃……吃了。"

一时没控制好音量，第一个字没说清楚，宁瑶条件反射性地又重新说了一遍。

然后就听见男人含笑的声音："怎么没给我带一份？"

她攥了攥手指,没回答。

一下车,宁瑶就感受到一道逼仄的目光,抬眼看到是谁后,吓了一跳:"你站在这里干什么?"

赵昕目光幽幽:"你们俩……一起上班?"

"嗯。"宁瑶点点头,面上一派自然,"赶紧上去吧,然后把包放下,五分钟之后来我办公室开会。"

一旁的乔中洲说:"你们去吧,我要先去基地。"说着,又冲赵昕笑了一下。

赵昕摸了摸鼻尖,总觉得自己是不是问错了什么话。

但不管怎么说,漫长的假期之后,来公司的第一时间就有工作安排,真是一件令人开心的事啊。

赵昕笑眯眯地跟上了宁瑶。

总监办公室里。

赵昕将合约翻来覆去地看了三遍才还给宁瑶。

"'橙心'的合同看起来没有任何问题,他们给钱,我们和队员配合活动,一场线下活动一场线上直播带货,合约金也很不错……"

宁瑶点点头:"问题就在这里。这合同我挑不出任何问题,可我就是想不明白,赵宇明明上一次跟我的合作很不愉快,最后解约的时候我为了SPES的利益,还成功向他索赔了一笔违约费,他为什么还会找我呢?"

"兵来将挡水来土掩呗,总不能因为怀疑他的目的就拒绝送上门来的合约邀请,而且只是两个活动,也不需要冠名,活动结束之后大家就一拍两散。"

"嗯……"可是宁瑶总觉得这件事有哪里不太对劲儿。

宁瑶心存犹疑,赵昕更说不出所以然,两张同样迷茫的脸四目相对,赵昕立刻正色:"你知道我为什么愿意跟着你回国吗?"

宁瑶试探着回答:"是因为我太优秀了?"

"那倒也不完全是。"赵昕话接得很快,"主要是我别无他选。H国很排外,我上头的人因为内斗走了,我留下也只会当个炮灰。可是跟你回国就不同了,你站稳脚跟,我就能站稳脚跟,我押宝在你身上。"

宁瑶点点头:"明白了,你就直接说让我自己看着办就得了,铺垫那么多?"

"还得是宁总监,我就说我要从您身上学的东西还多着呢。"

宁瑶又低下头,半晌将合约一合拍在桌子上,霸气地说:"怕什么,大不了就翻车!"

赵昕:"宁总监言之有理。"

橙心饮品活动合约落地,新的一年营销部KPI再添一笔。

第六章

撑腰

新的一年,新的工作量。

宁瑶最近太忙了,忙到几乎忘记了,在春季赛最后的常规赛里,KIL会遇到 CPU——也就是曾经的 SPES,她的老东家。

中单辛思邈还特意过来问了一下:"宁瑶姐,明天你要来现场看比赛吗?"

明天办公室里没什么要紧的事,中午她和一个商业合作伙伴约了商务餐,地点正巧就在比赛场馆附近。

天时地利与人和……仿佛就是专门为她量身定制的一场比赛。

也没什么需要刻意避开的理由。

宁瑶于是点点头道:"去,我会去给你们加油……也看看他们。"

只不过三年多了,SPES战队内部早已大洗牌,其实也见不到多少熟悉面孔了。

翌日。

宁瑶的座位位于场馆观众席中心稍微偏后一些。

在她的左边，KIL 的应援粉丝们人挨着人，密集的人群连成了一片巨大的红色海洋。相比之下，她右边的 CPU 粉丝区看起来稀稀疏疏，一眼望去，应援团寥寥几十人。

尽管粉丝人数上的差距明显，但 CPU 粉丝的加油声并没有因此减弱，相反，每个人都在用尽全力，声嘶力竭地为他们支持的人加油呐喊。

宁瑶到得很早，比赛还没开始。她坐不住，于是联系了随队的摄像师，准备就拍摄素材再沟通一下。

可是到了后台，路过 CPU 休息室，就听见一道不耐烦的男声传出来："都练两天了，这点动作还能记不住？"

门没完全关严，她从门开的缝隙中能清晰地看见休息室里的情景。

五个队员以一种编排好的动作站着，草莓站在中间，双手托腮，动作甜美，脸上却有些不知所措。

CPU 的领队嘴里不停地责怪着："我说没说过，你们得先按照顺序出场，站到比赛场地中央才能开始做动作？你们是眼睛瞎了，看不出来没走齐？还有你草莓，本来长得就不好看，你这笑还跟哭似的。"

"今天比赛对手是 KIL，草莓压力很大……"徐元想站出来打圆场。

领队却冷笑一声，表情更加嘲讽："她什么时候压力不大？而且对方是 KIL 啊，再来五个你们都打不过，压力有什么用？打不过 KIL 就算了，开场让你们整个活都一脸不愿意，你们还能干什么啊？趁早回家得了呗。"

"喝点水，消消气。"

旁边一个稍微矮点的男人走过去，弯着腰递过去一个水瓶，连盖子都拧开了，声音带着点讨好："要不就算了吧。选手登场我看挥挥手就挺好的，别的队伍不都这么做的吗？"

"这怎么能算了？我早就在粉丝群里说了队员们今天的出场会有惊喜，他们不跳不就等于我骗人了？趁还有点时间，你赶紧带着他们再练习一下，我是管不了了，一群蠢货……"

后面的几个字含含糊糊的,可是在场的人都知道他在说什么。

周围人表情都不大好,尤其队员们都是年轻的孩子,在这样的氛围里一个个都绷紧了脸,草莓的眼眶都红了,可是没人吭声。

那瓶水领队只喝了一口就放下了,他面色烦躁地坐回椅子上,掏出烟盒点了一根烟,在十来平方米的休息室里吞云吐雾起来。

门外,摄像小哥皱起眉头,压低了声音:"这CPU的领队也太……"

宁瑶垂下眼,制止了他的话:"走吧。"

只是他们的脚步声还是引起了里面人的注意,矮个子男人的视线对上宁瑶,登时就愣住了。

CPU领队探头看了他们俩一眼,皱起眉,起身过来"砰"一声关上了门。

宁瑶沉默片刻,一句话也没说就带着摄像小哥离开了。

推开KIL的门,又是另一番景象,热闹到有点吵了。

宁瑶忍住掏耳朵的冲动问:"乔中洲呢?"

教练回应:"乔哥今天有事儿没来。"

"有事?"

"嗯,到处都找不到他人,不知道去哪儿了。"

其实很少有投资人会到现场看比赛,偶尔决赛来一次就算是重视了,可乔中洲不同,因为他没事儿干,总是溜达着溜达着就溜达来比赛场馆了,KIL的资深粉丝基本都知道他。

录了点素材,嘱咐摄像师及时将素材发给宣传组后,宁瑶冲众人点点头,就回观众席了。

一场普普通通的常规赛,甚至跟"激烈"都贴不上边。

CPU意料之中0-2输给了KIL,从操作到运营被全面碾压。赛后,KIL超话戏言,就连CPU选手们登场时跳的一段舞都比他们的比赛精彩。

大巴车就停在场馆前,KIL的队员们一出来,就受到了提前等候在这里的粉丝们的热烈欢呼。

野火一边上车，一边低声跟队友讨论今天的比赛："我真是搞不明白 CPU 的赛训组是怎么搞的，这两场 BP 做出来，我都替他们捏了一把汗。"

白雪跟着点头："确实奇怪，徐元和草莓也是配合多年的老队友了，今天下路打得乱七八糟的。"

辛思邈："听说……他们内部出了点事情。"

气氛莫名地有点沉闷。

KIL 队员们撤退的时候，宁瑶并没有跟车走。

目送他们离开后，她一转头就看见了几个遮遮掩掩的身影。

宁瑶叹了口气，招招手。

一个还穿着队服的女孩子当先走了出来，想要看她又不大好意思似的，眼神躲闪："宁瑶姐。"

"草莓，好久不见了。"

草莓身边的徐元扯唇冲宁瑶笑了笑，只是那笑容怎么看怎么都有几分苦涩："好久不见了宁瑶姐。"

宁瑶摸了下草莓的头顶："我看了你们今天的比赛，打得真臭。"

草莓闷闷地点头，说："没办法啊，本来实力也不如 KIL，输也是意料之中的事。"

"但还是要加油。"

CPU 本次春季赛的成绩不佳，而这一场被 KIL 干脆利落地拿下之后，成绩甚至可以说是队史最差，要晋级季后赛需要极其苛刻的条件，解说含蓄地称之为"理论上还有季后赛的可能"。

但是这个时刻没人想再提起这件事。

草莓笑眯眯地说："宁瑶姐，我们请你吃饭吧。"

宁瑶没有立刻回答，而是侧头看着她身后的人。除了草莓和徐元，还有今天没上场的替补蓝毛，以及一个矮个的中年男人，是之前 SPES 的领队。

宁瑶远远地冲他点头招呼:"刘哥。"

宁瑶说:"不用了。"

意识到草莓还在忐忑地看着她,宁瑶温声说:"当然是我请了。"

一行五个人,吃的火锅。

考虑到这附近看比赛的粉丝们很可能还没离开,宁瑶特意预约了一个包间。

浓香的底料在锅中沸腾着,空气中都弥漫着一股辛辣的味道,水蒸气附着在玻璃上,将屋内屋外分割成两个世界。

"宁瑶姐你多吃点牛肉。"草莓殷勤地夹菜,笑容满面,"我怎么感觉像是在做梦,好像回到了原来在 SPES 的时候。"

蓝毛说:"但那个时候宁瑶姐为了帮战队拉赞助商忙得很,很少能一起吃饭。我当时还埋怨过你,为什么不来,是不是不把我们当自己人……啊!草莓你踩我干什么?"

草莓瞪他一眼。

一顿饭的时间,蓝毛一直在絮絮叨叨:"自从你走之后,因为第二年盈利惨淡,老板就把俱乐部卖了,什么 SPES,什么希望战队,他自己都不相信我们未来会有希望。

"新的资方进来之后第一件事就是把战队名称换了。宁瑶姐你知道我们现在为什么叫 CPU 吗?不是因为有特殊的意义,而是单纯好记。

"那个时候我就应该看清的,他们投资战队只是为了赚钱。追梦?那是什么?队里原本主 C 的中野都被他们卖了赚钱,我也成替补了。他们看中了徐元哥的人气,一个月一百五十个小时的直播时长,闹得徐元哥都没办法好好训练了,管理层还嫌不够听说下个月还要加。

"还有草莓的手伤,他们根本就不放在心上……粉丝群里有一大批她和徐元哥的 CP 粉,领队就硬逼着他们互动……

"刘哥本来是要走的,可是不放心我们几个想要继续留下来,管理层吃准了刘哥不会主动离职,不但换了领队,还降了刘哥的工资,什么脏活累活都给刘哥干。"

刘哥摆摆手,一口牛肉咽了下去,笑着安抚蓝毛:"大好的日子,你说这个干什么。"

宁瑶一直安静地听着,没有半分不耐烦。

虽然她已经不再跟他们并肩战斗了,但是依旧上心。她对草莓说:"我认识一个康复中心的医生,他治疗关节损伤很有一套,你有时间就去看看吧。"

草莓连连点头:"谢谢宁瑶姐。"

但是他们不再是伙伴,多余的事情,她也不好再插手。

吃得很开心的一顿饭,但是终究跟以前不一样了。

宁瑶举杯,以水代酒:"祝你们挺进季后赛。"

徐元几人重重点头:"一定!"

宁瑶是最先离开的,蓝毛最机灵,立刻起身送她。

这家火锅店的甬道长且昏暗,蓝毛跟在宁瑶身后,沉默着。

她突然想起什么,停住了脚:"对了,谢谢你替我说话。"

"啊?"蓝毛呆呆地看着她。

宁瑶提示道:"你发的微博。"

她一向关注网上的信息,也留意到了那条并不显眼的微博。

"哦哦……"蓝毛小声说,"应该的。"

看着宁瑶离开的背影,蓝毛抹了抹眼睛,转身朝自己的队友们走去。

深夜的风透着寒意。

宁瑶走到马路边,正要打车回基地,突然身后有人按了两下喇叭。

看见车里面的人,宁瑶惊讶地问:"你怎么在这儿?你今天不是有事吗?"

车窗半落,乔中洲坐在驾驶位上仰着头看她,没有开口。

一开始宁瑶不知道他在看什么,后来才意识到他是在观察她的表情。

宁瑶觉得有点好笑。

她上车系好安全带，调侃道："怎么，怕我难过，特意来接我？"

"怕你触景伤情，毕竟当时你非要去SPES，可是他们没有给你'希望'。"

"你这么说是不是太刻薄了？"

乔中洲没再答话。

夜晚的马路空旷，她按下车窗，抬起手感受着。

就像涌进来的这阵风，带着微小的波纹、细微的张力，她触碰不到，指尖却还是能感受到它的温度。

冬天快要过去了。

立春。

从一大早开始，宁瑶的右眼皮就一直在跳，跳得她有点心烦意乱。

赵昕敲门进来："两个消息，一个坏消息，一个——"

宁瑶及时伸手制止："我要先听好消息。"

赵昕微微一笑，中指准确地推了一下鼻梁上的镜框："不好意思，没有好消息，另一个是普通消息。"

宁瑶深吸一口气："说。"

"普通消息是，'橙心'发来了两个活动日期要跟我们确认，然后他们就要开始准备搭建活动展台了。"

"这是日常工作范围，你特意过来跟我汇报的原因是？"

"这就涉及另一个坏消息了。"

虽然赵昕开着玩笑，可眼底的慎重却让宁瑶心感不妙，她连忙深吸一口气，

"橙心饮品——算了，你还是自己看吧。"他看了一眼墙上的时钟，"反正几分钟之后就要官宣了。"

十三分钟之后，于4月13日成立的Q3战队，在下午4点13分官宣了新的冠名商——橙心饮品。

"他们保密工作做得很好，所以我也是现在才知道。"

这件事可不止表面上看到的那么简单。冠名和普通的赞助并不一样，更何况这不是简单的冠名，Q3官博的消息一出，没一会儿圈内就传遍了，Q3的俱乐部经理亲口承认橙心饮品入股了Q3，成为他们俱乐部最大的股东。

从初次接触到公开，至少已经运作了半年的时间。

而橙心饮品的赵宇从年前提出合作计划到现在还不到两个月，换言之，赵宇一早就知道"橙心"要入股Q3战队，但还是向她所在的KIL抛出了橄榄枝。

宁瑶拨通赵宇的电话，声音冷肃："赵总，您这是什么意思？"

电话对面的男人丝毫不意外，笑呵呵地说："抱歉啊宁总监，这是集团的决定，我也是才知道。"

信他才是蠢货。

按下心底的冷笑，宁瑶问："那我们的合约——"

"我们的合约自然还是要履行的。"赵宇似笑非笑，"如果这次违约，那可就是宁总监您自己的责任了。"

宁瑶终于懂了，这份合同到底有哪里不对劲儿。

里面没有竞业条款相关的内容。

因为她根本就没有预料到会发生这样的事情，当时也就没在意。

可现在情况已经不同了，同样参加橙心饮品的活动，Q3跟KIL之间的关系，就像品牌代言人和品牌推广大使之间的Title区别一样。

这次活动对KIL的名声非但没有加成，俱乐部还有可能受到粉丝们的诟病。

确实是她没有考虑周全。

吸气，呼气，再吸气……

宁瑶双手攥成拳，疯狂地跺了几下脚，发出无声的呐喊。

本着快刀斩乱麻的念头，宁瑶跟"橙心"的线下活动日期敲定了最近的一个日子。

刚好 KIL 这时候已经打完春季赛常规赛的最后一场，中间有将近半个月的时间休息，正等待季后赛的赛程，一连两天的线下活动也并不算费力。

队员们和随队的工作人员提前一天飞到了橙心饮品总部所在的南武市。

这几天南武市的温度骤降，冷不丁来了一个倒春寒。

活动当天，KIL 众人早上七点四十分就到了活动场地，宁瑶一下车就皱起了眉头。

明明她收到的流程单是八点半正式开始，可是现场布置得比想象中的简陋许多，周围许多工作人员仍在紧张地搭建着主舞台，电子设备都没进场。无论他们动作多么迅速，活动都不可能在一个小时之内开始。

赵宇派来对接的人是橙心饮品企宣部门的主管安妮，宁瑶跟对方一直是邮件交流，倒是留了一个电话号码，但是现在宁瑶根本就打不通。

她只好拦住了一个工作人员问："请问现场负责人在哪里？"

"不清楚哦。"

"那 Q3 的队员们呢？"

这场活动是 Q3 和 KIL 两队打友谊赛。

"我不知道。我不负责协调，你去中控区找找吧。"

那人说完就走了，看起来只是个外协的员工，一问三不知。

于是，宁瑶又去了后台，这回总算找到了一个年轻女人，穿着职业套装，化着精致的妆，大冷天也踩着一双高跟鞋，一副精英模样，一看就像是现场管事的。

宁瑶伸手打招呼："你好，我是 KIL 的运营总监，带队员来参加活动。"

那女人抬起头，视线在宁瑶身上看了一番，鼻子里不轻不重地"嗯"一声，又垂头看着自己手里的单子，很忙的样子。

"知道了，你们先去一边等着。"

宁瑶："我看现场八点半的时候应该是准备不好，是出了什么问题吗？"

这个女人摆明了不想答话。

比起被忽视的憋闷，宁瑶只觉得她不专业。

于是宁瑶稍微提了一点音量："你是橙心饮品的人吧？请帮我们核实一下，我们得到的流程单上标注八点半活动就要开始了。"

女人被迫抬头又看了宁瑶一眼，这回面上的不豫毫不遮掩："都说了让你们等着，没看到现场还没布置完吗？请你不要再给我们添麻烦了。"

宁瑶扯唇，毫不避讳地跟她对视："你能代表橙心饮品吗？"

女人终于放下手中的单子，冷哼着，双手抱胸，冲宁瑶翻白眼："怎么了？KIL的营销经理就摆这么大谱？一个不如意就要为难我们打工人？"

宁瑶点点头："我知道了。"

"你知道什么？"

宁瑶不再跟年轻女人废话，回到入口附近。

赵昕这个时候也转了一圈回来了，蹙着眉头："不太对劲儿，我刚才找到了一份现场流程单，里面没有任何关于Q3的活动信息，时间也没写。而且按理说橙心饮品那么大个公司，活动应该都是由本公司出人组织的，可是现场基本都是外包公司的员工。"

宁瑶："我也只找到一个橙心饮品的人，但是对方并不配合。"

"现在怎么办？"

宁瑶停了一会儿，轻声说："今天太冷了……"

KIL的人都等在原地，就这么一会儿工夫，几个人已经不由自主地跺起了脚，所有人都在等着她的决定。

宁瑶蹙着眉头，视线在周围转了一圈，忽然看到了场地一侧的大厦。

她冲跟来的行政小姑娘招招手，说了几句话。

那小姑娘有点犹豫："可是……"

宁瑶从包里掏出钱包，翻找出一张卡递了过去："听我的，大家都去。"

小姑娘看着宁瑶的眼睛亮晶晶的，清脆地"哎"了一声立刻就跑了。

宁瑶摇头失笑："我们也走吧。"

一群人离开很明显,现场的工作人员立刻就察觉到了,之前不愿意理会宁瑶的女人这时候倒是匆匆走过来,一脸怒气地瞪向宁瑶:"你们干什么呢?"

赵昕挡在宁瑶身前,也没说话。

宁瑶沉着脸,不急不缓地说:"等你们准备好了,我们再来。"

"哎?你去哪儿?你们给我回来!"

没人理会她。

走了几步,宁瑶就听见身后传来尖锐的声音,有些激动:"有病吧她?狂什么啊?"

场地旁边的大厦好巧不巧就是当地最豪华的一家五星级酒店。

行政小姑娘已经开好房间:两间套房,面积很大,大家分了两拨各去休息。

套房的客厅里有书桌,将笔记本电脑一架,正好用来办公。

时间一分一秒地过去。

宁瑶特意让行政小姑娘订的低楼层的房间。

从窗口望下去,还能隐约看见那些搭建展台的人。

临近中午,周围开始有了围观的观众,直播设施也架好了,宁瑶甚至看到了一个眼熟的赛事主持到了现场,一个精英模样的女人走过去跟他打招呼,两个人不知道说了什么,主持四下张望片刻,但很快又被她叫住聊天了。

酒店的饭菜送上来,跟订套房一样,都是宁瑶自己掏的腰包,还特意让行政小姑娘留好发票。

此时距离约定时间已经过了三个多小时。

宁瑶看起来丝毫不慌,甚至连扒饭都扒得十分从容。

辛思邈有些担忧:"不要紧吗?"

宁瑶头也不抬:"嗯。"

"对了。"她伸出手,再次出动金卡,指使刚吃完饭的赵昕,"楼下估计有很多为 KIL 来的粉丝,你大概点一下人数,去附近的奶茶店买些热奶茶送给

他们……记得开发票。"

赵昕："……哦。"

"我也去。"行政小姑娘自告奋勇,"我一定核实好'粉籍'。"

有人出主意:"出示超话主页面就可以,五级以上就差不多了。"

宁瑶摇摇头,说:"不用,现场问就可以了,只要对方说是KIL的粉丝,都可以发。"

她一边说,一边顺便按掉了电话。这几个小时里,她的手机铃声频繁响起,来电都是同一个陌生号码,宁瑶大概知道是谁,但是并不在意。

赵昕手脚很麻利,不到半个小时,底下的粉丝群骚动了一下,很快就人手一杯奶茶。

几批奶茶发完的时候已经下午一点了。

门铃被按响。

宁瑶抬起头看了一眼时间,下午一点半,已经过了约定时间五个小时。

宁瑶眼神一闪,看来下午两点左右才是活动真正开始的时间。

她又有些生气,整整五个小时!不敢想象这样的天气,要是让队员们一直在室外站着等该有多么冷。

没有宁瑶的示意,没人去开门。

终于,敲门声停止了,有道男人的声音透过门板:"宁总监,我是橙心饮品请来搭建站台的人,我们可以聊聊吗?"

宁瑶冷静地说:"聊个啥。"

"你们现在应该下楼去参加活动了,你们有合约……"

宁瑶:"狗屁合约。"

男人噎了一下:"你不要蛮不讲理。"

"蛮不讲理?我只是在坚持自己的观点我有什么错?你以为你们的观点就永远正确吗?你知道我们经历了什么吗?你有什么资格指责我蛮不讲理?朝着

正确的方向坚持也是一种勇敢,你自己反省过你是正确的方向吗?你明白听不同的声音的重要性吗?"

一堆乱七八糟乍听之下很有道理但是根本经不起推敲的情绪输出,那人也被带出了几分火气:"你急了?"

宁瑶站在门前表情纹丝不变:"急个什么啊,对你这种不尊重我的人根本无所谓,我要是急了,也是因为你的问题太可笑了。而且你凭什么就说我急了?你能读心啊?这就是你的论证方法吗?这种低级的挑衅都敢拿出来说,有那个时间还是好好想想怎么提升自己吧。"

外面的脚步声似乎转了个圈,男人急了:"我早就说电竞圈就不该有女人,一点都不知道以大局为重!"

宁瑶:"昨天刷到新闻,说我们国家近年出生率低,今天看到了你我是不认可这点的。"

"你骂谁?"

"我哪个字骂了?"

对方自知说不过她,没过一会儿,脚步声渐远,外面的人离开了。

一向成熟稳重的辛思邈还是担心:"宁瑶姐,我们这么对合作方,没问题吗?"

宁瑶冷笑一声,双手抱胸,背挺得倍儿直。

"门外那个明显不是橙心饮品的人,赵宇从签合同就开始捣鬼,他手下的人也不安分,现在终于觉得摊上麻烦了,推个外包过来挡箭,你看我理不理他就完事儿了。"

队员们突然意识到不太对劲儿。

表面看起来沉着淡然的宁总监,现在貌似有点上头了。

她甚至很平静,颇有一种不在乎任何事情之后人格都升华了的疯癫感,这一幕拍下来甚至可以寄给以抽象闻名的某导演作为优秀表演素材。

大概又过了十分钟，底下已经开始放起了音乐，门再次被按响。

这回换了一个女声，压抑着什么，显得有点闷："是我，让我进来！"

宁瑶一颔首，门终于打开了，早上在现场见过的女人此刻一脸怒容地冲进来，一张口就让人听着不爽。

"你们有没有责任心？知不知道底下很多人都在等你们？这就是联盟人气战队？你们粉丝知道你们私底下是这个德行吗？"

劈头盖脸就是一通指责。这种严厉的话语让平时习惯了欢脱气氛的 KIL 众人一时间都有些讷讷的，反应不过来。

宁瑶缓缓起身，理智的最后一丝屏障就此打破。

当着她的面，欺负她的"崽"是吧？

宁瑶走到那女人身前，微微扬起的下颚透露出一股不容忽视的锐意："你是谁啊？"

那女人莫名其妙："你跟我装傻是吧？我告诉你，今天的事可不是你装傻就能——"

"我是说——"宁瑶把一早收到的流程单拿出来，罩着她的面门摔过去，"这是橙心饮品的对接人员给我发来的流程单，你连今天的活动环节都不知道，我有理由相信你不是橙心饮品的人，你是来搞诈骗的吧？赵昕，报警。"

那女人眼前一黑，一个趔趄："你有病吧！我就是跟你对接的安妮，邮件都是我给你发的！"

"所以你是故意的。"

宁瑶突然恢复了平静。

"你是不尊重我，还是不尊重 KIL？不过这都不重要了。"

宁瑶上前一步，逼近安妮："按照你的安排是不可能的，让你们赵总给我打电话，要不然今天这活动你们爱怎么办就怎么办！"

"你——"

"走！"简简单单一个字，但是语气却像是在说另一个字。

此时此刻的宁瑶周身气势冷冽，颇有一种人挡杀人佛挡弑佛的狠劲儿。

队员们都大气不敢出一声，彼此疯狂地交换着眼神。

——牛哇牛哇。

——这就是营销女王的气场吗？

——666！

没过三分钟，这两天无论如何也打不通的号码，此时此刻主动打了过来。

宁瑶冷笑一声，没着急，等铃声足足响了十几秒之后，才接了起来。

电话那端，赵宇紧着嗓子："宁瑶，你这是什么意思？"

宁瑶好整以暇地走到窗边，冲着楼下看去。此时展台终于搭建完成，主舞台左右两边都搬来了电脑，观众观看区已经围满了人，闻讯而来的竞媒已经架好了摄像机……万事俱备，只等主角登场。

宁瑶垂着眼，慢悠悠地说："赵总，我其实很理解橙心饮品入股Q3的做法，电竞嘛，朝阳产业，谁不想入局？"

"你——"

"请您先听我说完。"

宁瑶寸步不让："我充分理解在商言商这个词的含义，所以我明知道是你们隐瞒了集团决策，并在合同上做手脚，让我们战队给Q3抬轿，我也没有多说什么，但事实就是，是你不讲究。"

橙心饮品入股Q3的消息原本没有那么多人在意，中下游战队罢了，可是一捆绑上KIL，讨论就爆表，传来传去，吃瓜群众都说Q3"嫁入豪门"，好日子在后头呢。

KIL吃了个闷亏，宁瑶甚至动了赔付解约金解约的心思，只是随后活动流程发了过来，上午是和Q3打几场游戏，下午跟报名的观众一起做几个小游戏宣传"橙心"的新品。打比赛KIL队员不会输，做活动他们的性格也很好，十分吸粉——看到活动形式还说得过去，宁瑶姑且就忍了。

后来对接的时候,"橙心"又出了幺蛾子,原本只签了一天的线下,对方再次请求 KIL 提前一天到现场参加额外的采访活动。

宁瑶不是锱铢必较的人,再加上行程不算紧张,她也忍了。

可是没想到,一再退让,换来的是对方的得寸进尺。

宁瑶:"Q3 今天不会来对吧?让 KIL 热场才是今天真正的活动流程,对吗?"

那边没有作声。

"我们官博都是按照之前得到的流程宣发,好不容易安抚了粉丝的心情,如今想让我们的队员做前菜衬托别人,这种引战的做法,你有没有考虑过 KIL 粉丝的感受和 Q3 粉丝的承受能力呢?"

似乎是觉得宁瑶这番话很好笑,赵宇慢悠悠地说:"那又有什么关系呢?电竞不是凭实力说话?不论是什么比赛你们只要能赢不就好了吗?这么在意粉丝的感受,你怎么也开始搞'饭圈'那一套了?"

不在意粉丝的反应,所以才这么肆无忌惮地更改流程。

宁瑶低声笑了笑:"赵总可别小看粉丝,如果不是粉圈经济有利可图,'橙心'也不会选择 Q3 吧。"

Q3 虽然成绩不佳,但队里基本都是签了两年长约的选手,很有兄弟情义,而且队员们一个个都眉清目秀的,没什么不好的风评,周边更是卖得如火如荼,隐隐有一小撮人还戏称他们为"小 KIL"。

"您就不怕这些小动作引起 KIL 的粉丝抗议吗?"

"你是担心会被粉丝骂?"赵宇完全不觉得有什么,"粉丝闹就闹呗,反正没过几天他们也就不记得这件事了,当年 SPES 的情形,你也经历过的,我相信你没问题的。"

"确实,比 SPES 时期十倍、百倍的恶名,我也能承担,所以您不用为我担心,但是您呢?您可以瞧不起'饭圈',但是既然你们入场了,就必须尊重这里的规则。"

宁瑶的每一个字都说得很清晰："我是营销出身,说句不客气的话,流量?舆论?我比您略懂,如果赵总真的不以为意,再这么搞小动作,不如我送您一个热搜——橙心饮品入股Q3的消息还在官博上置顶着呢,您可以试试看,是我先承受不了粉丝的骂名,还是您的大名出现在'橙心'官博和Q3超话。"

电话对面的呼吸声窒了一瞬,宁瑶听见赵宇压抑着不爽的声音。

"宁瑶,你这是威胁我?"赵宇冷声问,"你这么疯,乔中洲知道吗?"

宁瑶嗤笑一声:"别说知不知道了,要是换他来,早就不跟您在这里多费口舌。我们第一时间就微博见,让所有人都来评判一下到底孰是孰非,这事摊开来说我们丢人,但您更丢品德。"

拼得一副鱼死网破的架势。

话音落下,对面沉默了很久。

赵宇换了副语气,迟疑地问:"你到底想怎么样?"

宁瑶不着痕迹地松了一口气,一直垂在身侧的拳头这才缓缓松开。

她勾起唇,眼底踌躇满志。

"首先,我这有些发票,麻烦赵总找人给我报销一下。"

…………

下午三点半。

活动比预期要晚了一个多小时,但是没什么人在意,KIL五个人鱼贯而入的时候,场下爆发出巨大的欢呼声。

粉丝们其实都很好哄,只要能见到自己喜欢的选手,所有路途中的辛苦都显得微不足道。

就连已经准备好安抚观众的安妮,看到这个场景都是一愣。

主舞台上,Q3的几个小孩儿看起来像是被临时揪到这里的,脑袋顶上的呆毛都没压下去,跟随着主持人一令一动,宁瑶一看就知道他们根本不知道今天要出来参加活动。

主持人宣布了规则，活动流程的临时更改没有造成很大的影响，玩游戏嘛，都是两队的队员的日常了。在粉丝们的呐喊助威声中，两队队员分开坐在两侧。

只是相比较 KIL 的有说有笑，Q3 的队员则稍显沉默。

刚被 KIL 在赛场上吊打，线下又要挨打，Q3 五个男孩子脸上的菜色几乎一模一样。

台上已经进入 BP 环节，台下，宁瑶跟赵昕远远地站着。

赵昕抱着肩望向台上："打听过了，我们和 Q3 拿到的活动流程不一样，Q3 拿到的是明天跟观众们一起做活动，没有比赛环节。

"而今天'橙心'安排的是 KIL 队员跟现场观众的表演赛，而且要打很多场，我们把脏活累活都干了，明天他们再让自己队伍闪亮登场，既蹭到了 KIL 的流量，又不用被我们单方面爆打，打得一手好算盘。"

"不意外。"宁瑶点点头，"但'搞事者人恒搞之'。"

"不愧是 K4 有史以来最年轻的营销总监，这手段，真是简洁明了啊。"

宁瑶："你就说唬没唬住吧。"

最高端的商战往往只需要最朴素的威胁。

"对了。"宁瑶心头有一个挥之不去的疑惑，"你打听打听……"

"打听什么？查查看他们到底为什么这么针对你吗？"

赵昕也觉得不大对劲儿，虽说宁瑶跟橙心饮品之间曾经有龌龊，但是毕竟已经三四年了，对方的报复心真就这么强？

宁瑶想了想，还是摇摇头："算了。"

两天的活动下来，宁瑶最大的感受就是：粉丝的爱真是高尚的爱。

无论是支持 KIL 的还是支持 Q3 的，粉丝们从天南地北赶过来，自己一路风餐露宿的，不顾天气多么阴冷，早早就等在场地周围，却只关心队员们穿得有点少了，生怕他们冻着。

明明他们什么也得不到，却像是得到了这世界上最甜糖果的小孩子。活动结束的时候也久久不愿意散开,依依不舍地目送队员们上大巴车。

KIL 的队员们一路收了很多鲜花和信,粉丝人群中,一个四十来岁的大哥扯着嗓子大喊:"世界赛加油!"

如同热油里滴进了一滴水,一时间周围的男男女女也都跟着喊起来。

不说连连点头道谢的 KIL 队员们,这幅场景给赵昕都看得眼眶红红的。

活动结束,热度却刚开始发酵。

当天晚上 KIL 和 Q3 的超话热度以及网络声量都旗鼓相当,因为是活动表演赛,双方打满了五局。

KIL 毫无意外地五局全胜,被粉丝们大肆称赞,但是 Q3 的队员们也凭借着五张痛苦面具的表情截图直接出圈。

Q3 本来就打不过 KIL,粉丝们对此也适应良好,只是还是有一部分粉丝痛骂主办方:选手在赛场上输了也就算了,为了配合你们的活动,线下还得打这种没有意义的比赛……

世界纷纷扰扰,在这种情况下,新的资方是谁倒显得无关紧要了。

按照宁瑶的话来说,这何尝不是一种流量呢?只是不知道橙心饮品上级对赵宇这一次安排的"开门红"是否满意。

活动结束之后,宁瑶并没有跟着队伍一起飞回华亭市。

乔中洲也是第二天晚上才知道这件事的。

他这两天不知道在忙什么,始终没去过战队,甚至人都不在华亭市。回到战队之后,他才从领队的口中得知事情的经过,这时候宁瑶还在天上,电话打不通,乔中洲只能焦躁地在俱乐部里转圈。

晚上六点多,宁瑶回到俱乐部。

人还没站稳,眼前就一花,乔中洲的俊脸过分逼近,双眼漆黑一片,在她身上来回睃着。

宁瑶任由他看,没有什么不自在,只是有点莫名其妙:"怎么了?"

乔中洲："听赵昕说你活动结束后去找橙心饮品那个赵总了？他为难你了？活动都按照他们的意愿办完了，那个赵宇还想怎么样？眼界狭隘，心眼儿比针孔都小，早知道我陪你去了，你为什么不给我打电话呢？"

宁瑶企图安抚住他过于躁动的心："这件事就这么算了……"

"不行，不能就这么算了。"乔中洲撸起袖子，一副要出门找人干架的模样，然后从兜里掏出了手机。

宁瑶被他的动作晃了一下，太阳穴突突地跳："你干什么？"

"订票，去南武市，我要去橙心集团问问他们到底什么意思……"

"你先冷静一点。"

"我冷静不了一点！你在H国的时候我是管不了，但是你回来了，我就看不得别人欺负你！"

乔中洲言辞激烈，人高马大的男人此刻眼眶都因激动而泛着红，宁瑶甚至怀疑他根本就不知道自己在说什么，但是被人维护的感觉……确实不差。

她目光一软："好啦好啦，不是你想象的那个样子。"

这副样子落在男人眼中就是委曲求全。

乔中洲深吸一口气——

…………

宁瑶面无表情地捂住了耳朵，她发誓这辈子就没听见乔中洲骂得这么脏过。

乔中洲甚至都没见过赵宇，他就已经成为这个世界上最面目可憎的男人。

五分钟之后，宁瑶递给乔中洲一瓶水："消消气，你先坐下。"

乔中洲冷着脸站在原地，攥着手机的手紧攥着水瓶，像是攥着一块砖头。

"坐下来说嘛。"

乔中洲还是一动不动。

"你给我坐下！"宁瑶骤然加大音量。

乔中洲腿一屈，立刻矮下了身子。

135

男人喝了口水,锋利入云的眉梢耷拉下来,神色不自然地嘟囔:"坐下就坐下呗,你喊那么大声干什么。"

在宁瑶木然的视线中,乔中洲偃旗息鼓。

宁瑶叹了口气:"多大的人了?还像上学的时候吗?我让人欺负了非得让你去找回场子?我有这么没用吗?"

"我只是……"

"我知道。"

一群人在楼梯口探着脑袋往下望。

"听不清了。"

"你别挤我啊。"

身后的教练"啧啧"两声:"他俩就像悠悠球的那个球和线。"

"什么意思?"青芒的童年没有悠悠球,挠挠头问,"那谁是球谁是线?"

"总有一个是球,总有一个是线。"

教练的回答突出一个高深莫测。

一个受委屈了,另一个总想出头。

一个上头了,另一个总能拉住。

教练:"唉……"

青芒:"你'唉'什么?"

"青梅竹马的威力啊!"叹息完,教练收回视线,"得了,没咱们什么事儿了,走吧。"

几个年轻人还想看热闹,脚步拖拖沓沓不愿意离开,被教练一人一拳敲在头上。

"今天的 Rank(游戏术语:参与排位赛)打完了吗?别以为这两天跑商务就可以不训练!"

楼下。

将事情的原委说了一遍,看着因无法为她讨回公道而瘫在沙发上萎靡不振的男人,宁瑶又有点嫌弃,凑近伸手把他不知道什么时候塞在里面的领子翻了出来。

"当时我的处理方法也是钻了空子,要是他们真的不妥协,吃亏的还是KIL。毕竟光脚不怕穿鞋的,我们KIL这么大的流量可不能让他蹭上了,这样的结果我已经很满意了。

"而且除了受到点怠慢,我们也没吃什么亏。赵宇说穿了,只是心里头不爽,给我使点绊子,想要看我倒霉。那个安妮是他的得力爱将,揣摩着上司的心意做事,他们俩只不过是一对傻缺而已,倒也不是什么太坏的人。

"吃一堑长一智,这次合作之后,下次我就多长个心眼了。"

乔中洲直起身子:"还有下次?"

宁瑶又连忙拍拍他的肩:"不气不气。"

"别让我有机会见到赵宇,不然……"

"可不是?以后你出席的场合,他肯定得避着点呢……"

两个人的声音都渐渐低了下去。

窗外的风渐渐止住了,天气晴朗,月影横斜,新抽出的嫩芽像是丝绸的一角,柔软又飘逸,在夜色中轻微地簌簌摇曳,俱乐部门前的路灯安静地照着,昏黄的灯光显得静谧又温和。

华亭市的春天来得令人猝不及防。

第七章

盛开在沉默里的花

伴随着今年的第一场春雨，春季赛最后一场常规赛也结束了。

今年的春季赛跟往年不大相同。

往年越到赛季末，积分榜越发明朗，最后几场比赛往往都左右不了季后赛的晋级名额，大家打个开心，打个热闹，打出风采就好。

可是今年不同，除了头部的几个战队，其余战队的积分"缠缠绵绵"，随着几个中游战队接连翻车，下游战队频频以下克上，绝地翻盘，积分榜每一天都在疯狂变化，压线进入季后赛的队伍一变再变。

最终排名跌破了很多人的眼镜——CPU成为幸运儿，踩着尾巴进入了季后赛。

解说员口中"理论季后赛可能"真的实现了，这件事过程之离奇、结果之玄幻，甚至还上了个热搜。

CPU超话里的粉丝又是感谢上苍又是拜锦鲤又是转发抽奖，热闹得像是过年。

十年老粉口出狂言：知道我们之前叫什么吗？SPES！希望！归来吧我的SPES，继续创造你们的奇迹吧！

这一条点赞过了一千，底下的回复从祝愿到祈祷到神秘咒语不胜枚举，一个一个梦想简直飞出了天际。

宁瑶也很为他们高兴，虽然冠军只能有一个，但是逐梦的路很长，能继续奔走在自己热爱的道路上总是值得庆祝的。

虽然她的精力没那么多，但还是特意在日历上勾画了他们第一场季后赛的日子。

每时每刻的确都会有希望，只是并非每个希望都能实现。

奇迹没有发生。

十支季后赛的队伍，季后赛赛制是BO5（五局三胜），先分成两组，第四、五、八和九名为一组，第三、六、七和十名为一组，由排名最末的两支队伍开始打起，胜者再一路向上打。

作为第十名的CPU在季后赛首轮迎战常规赛排名第七的极度战队。

双方鏖战至第五局，比赛拖到了大后期，极度战队的中单选手强势先手，徐元和草莓躲闪不及被秒掉，随后CPU无奈被打出团灭，输掉了决胜局。

宁瑶看着电脑直播里CPU战队的基地被推掉，关掉了电脑。

除了赛后发了一条宽慰短信，宁瑶并没有再过多关注，只是没想到，一个隐雷随着这一次失利终于发酵出来。

当天晚上，一篇来自CPU粉丝的长文意外掀起了讨论。

长文是发布在她自己的微博上的，后来又被转载到了CPU的超话。

比赛之前，虽然嘴上说着要相信啊，说不定奇迹会发生呢？可是其实心底里虚得厉害。

人们常说电子竞技，成绩说话，可是你们从来都没有拿过冠军，甚至在最有希望的四年前，最好的成绩也不过是四强。但是我从来都没有问过自己，为什么会喜欢上一群"失败者"，因为我清楚、明确地知道为什么。

五年前的春季赛，当时的阵容才组建完成不久，你们对战KIL，开局就崩盘，一路被对方优势滚起雪球，两个解说都说你们这局没有机会了，可是你们没有放弃。那一局打了一个小时，刷新了当时联赛的最长比赛时长和最大经济劣势翻盘的纪录，到现在还时不时被人提起。

当时我刚毕业，我的专业不好找工作，连续投了很多简历都石沉大海，我妈总是打电话劝我回家，虽然老家是三线城市，但是胜在安稳，我动摇了。可是当我看着你们绝地翻盘后热泪盈眶地抱在一起，我也跟着哭了，我想，我还是不要放弃吧，再努力一次，说不定下一次就成功了呢？于是我又投了简历，也被现在的公司录取。

我喜欢你们从不言弃的精神，喜欢你们无论何时都不放弃彼此的情谊，"喜欢上"是有原因的，可是喜欢是一个状态，当它成为一种常态，就再也说不出原因了。

我想要为你们做更多的事情，于是当上了超话主持，为你们准备现场应援，跟俱乐部的外协建立联系，组织粉丝配合你们的活动。

那时候大家多开心啊，虽然比赛也有输有赢，可是所有人都像战队的名字"SPES"一样充满希望，每个人都在朝着一个共同的目标努力——我们SPES一定要得冠军啊。

六连胜、五连败、领先一万经济被翻盘，落后一万经济偷家胜利……这些名场面都历历在目，有时候跟超话的姐妹们调侃，大风大浪都见过了，绝对没有什么能再动摇我了。

可是事情是从什么时候开始变化的呢？从什么时候起，我在你们身上，很难再找到曾经那支鲜衣怒马战队的影子了呢？

大概是从SPES被收购，改名叫CPU起吧。

本以为是更进一步，却不想是噩梦的开端。

新的管理层来了之后，他们做了什么呢？

能打但没有人气的小胖被卖到外卡赛区就不管不问了；让蓝毛替补，绝口不提补强；让徐元年年拖飞机，他当初也是被誉为天才少年的人啊，就这么一年一年蹉跎在 CPU 这个烂泥里；草莓前年就在采访里说她竞技水平下滑了，想要退役了，可是管理层为了留下所谓的团宠粉、CP 粉，硬是把她按在首发席上，怎么？每次看到她输比赛自责的流眼泪你们就满意了？就连领队都换上你们的人，管理层还嘲讽刘哥天天赖在战队里打杂，要不是为了队员们，谁稀罕留在你们这个破队伍里？新领队还天天在粉丝群里安抚粉丝，翻来覆去就是一些"一切都会好的"之类的废话，别安慰粉丝了，安慰安慰徐元吧，徐元都快抑郁了。

管理层的做法我算是看透了。打得好有商业价值的，低价留下；打得好和有商业价值只占一边的，高价卖出；两者都做得不太好的，也不会解约，非要榨干他的所有剩余价值，再把队员像个垃圾一样扫地出门。

这些问题存在已经不是一天两天了，但是我总抱有幻想，万一呢？万一还能等到改变的那一天呢？万一还能赢呢？

可是今天还是输了。

输可以接受，但是这么输，我不能接受。

每一个知道真相的粉丝都应该不能接受。

因为管理层根本就不在乎他们的比赛，就在前天，CPU 的主力队员还跟某直播平台的主播们进行了友谊赛。

可是那天应该是草莓复查手伤的日子。

可是那天徐元本来感冒了，连直播都想要在赛后再补回来，却还是被逼着参加了活动，当晚就高烧，根本没办法休息。

还有蓝毛，无论多少次进入了全服前十，都换不来一个首发登场的机会。

我看了 CPU 五年的比赛了，从来没有这么绝望过，也从来没有这么确信过，我心爱的选手们再也没有未来了。

　　赛场内的原因当然是有的，实力不够，哪怕迈过了极度战队这一步，也很难在下一场继续取胜。可是赛场外的阻力却更大，从资方到管理层，根本就不认为季后赛会赢，也根本就不在乎会不会赢。

　　那我还有存在的必要吗？我找不到我存在的意义了。

　　可能你们未来依旧拥有支持你们的粉丝们，但是未来的路我就不陪你们一起走了。

　　比起"脱粉宣言"，更像是心灰意冷之下的告别信。

　　放下信件，默默离场。

　　点进这个粉丝的主页，不断往前翻，几乎全都是跟CPU有关的微博，她的微博记录着CPU的每一场胜利，每一场失败，每一次比赛场上的照片，每一天直播里的剪辑……可以说，除了她自己的工作，她全部的闲暇时间都奉献给了这支战队。

　　这封信在超话里掀起了轩然大波。

　　粉丝们议论纷纷。

　　△管理层纯不当人。

　　△我就说为什么今天下路组状态都很差，原来一个手不舒服，一个昨天还高烧。

　　△你们觉得粉丝说的危言耸听吗？可你们知道他们从前是什么样子的吗？远的不说，如果三年前你们是SPES的粉丝的话，就会理解她在说什么。

　　有一部分粉丝的话题就此歪了。

　　△当年SPES时期明明状态也不错，为什么突然易主了？

　　△这就不得不提到那个女人了。当年SPES的商务主管，现任KIL的运营总监，SPES的财务状况，应该就是她离职后才崩盘的。

　　△CPU管理层估计也想走KIL的路子吧，利用粉丝流量挣钱。

△人家KIL好歹年年成绩都不差,跟你一个年年进不去季后赛的队伍有什么好比的?想要流量是吧?没有KIL的命,得了KIL的病。

…………

起承转合KIL,这就是流量队的宿命。

KIL的宣发很快就注意到这股风向,并且在上班之后就拿给宁瑶看。

乔中洲正好送她上班,说是"送",其实就是从俱乐部基地步行到办公楼的距离。

两个人一路就宁瑶到底是应该继续住在俱乐部基地楼上的客房里,还是应该在附近租个房子展开了激烈讨论。宁瑶觉得自己的薪资足以负担她在附近租一个公寓,也方便放置东西,进出也不用担心打扰别人,可是乔中洲就是不乐意。

她不满意地瞪他:"你自己在旁边有房子,还时不时回家住,干吗非要把我拘在俱乐部里?我卖身给你们KIL了吗?"

乔中洲双手插兜,一副浑不懔的气人模样:"那你也可以住我的房子,住我家。"

"我为什么要住你的房子?"

"那你就继续住俱乐部呗。"

"你……你真是不讲道理!"

乔中洲嘲笑地看着她:"你也配说这话?你什么时候跟我讲过道理了?"

宁瑶脑瓜子被他气得"嗡嗡"的。

还好宣发姑娘及时切入谈话。

宁瑶正在烦躁的边缘,借口处理工作就要把乔中洲推走,奈何后者往沙发上一坐,双臂摊开,长腿交叠,突出一个游刃有余。

宁瑶的话卡在了嗓子眼儿里——没有一个员工能阻止自家老板关注工作。

乔中洲也看了一遍CPU超话里的粉丝长文。

他一只手摩挲着下巴,笑着说:"这位粉丝小姐姐文笔和你一样好啊,要不找来KIL工作吧,正好让她换个主队。"

宁瑶横了他一眼："别开这种玩笑。"

宁瑶不觉得这位粉丝在短时间内会喜欢上其他的队伍。

在对自己关注的主队倾注了这么多年真挚情感之后，怎么可能轻易地转变自己的真心？这不仅是对曾经付出的否定，更是对她热爱的蔑视和践踏。

但是乔中洲有一点没说错，宁瑶文笔确实好，这是公认的。

早些年宁瑶还在SPES的时候，国内电竞小圈子里就流传着一句话：宁瑶有三宝，赞助联名故事好。

"故事好"指的就是她的小作文功力，她是国内顶尖大学传媒系毕业的，文字功底日积月累，说是"出口成章"也不为过，今年春季赛的宣传片都差点找到她写文案，但是因为不给钱，宁瑶没有同意。

赵昕也进来了。

"CPU管理层的作风我也有所耳闻，他们资方这几年亏损得厉害，倒是投资的电竞俱乐部，虽然年年成绩不好，但是因为吃到联盟红利，再加上将队员和粉丝的价值都挖掘得淋漓尽致，每年的盈利都很可观。

"他们俱乐部很多安排都挺离谱的，之前CPU的粉丝也不是没闹过，但是能有什么办法呢？他们管理层太精明了，选手的合约年年都提前续，一续就是两年起步，不然就卡着合同不让上场，对选手来说，一个赛季不能登场是致命的。'崽'在人家手里，粉丝讲话都硬气不起来，这次估计……也没什么用。"

宁瑶没有说话。

她大概知道CPU的环境不太好。回国之后，宁瑶其实有意识地避开关于CPU的消息，因为知道得越多，越担心那群小孩儿的处境，可是她无能为力。效力的战队不同，她没有资格插手别人的职场。

直到CPU官宣白友仁加入之后，因着一些隐秘的担心，她才让宣发对他们战队的情况多加关注。

宣发小姐姐犹豫地问："不光是CPU的粉丝，别的战队的粉丝也都在讨论

这件事情，两条帖子里就有一条会带上我们 KIL，我们要不要做点什么？"

思量良久，宁瑶还是摇摇头："不用了。"

她的视线落在还在不停刷新的微博界面上："都说我们 KIL 是流量战队，这倒也没错，而且我从来都不认为这是个坏词，喜欢你的粉丝越多，讨厌你的黑粉也越多，流量战队就是会被人议论的，如果事事都要回应都要干预，那我们要累死了。"

"我明白了。"宣发小姐姐点点头，"我也赞成赵主管的说法，CPU 应该不会有正面回应了，就像以前一样冷处理呗，那这次风波应该会慢慢平息的吧。唉，这么一闹，CPU 估计以后更没什么粉丝了。"

宁瑶没有附和，只是心中隐隐觉得，CPU 这事还没完，因为那个人到现在都没有任何消息。

他去 CPU 真的只为养老？

宁瑶心底冷笑一声，不可能的，赌徒除非手中没有任何筹码，否则永远不会戒赌。

这只是 KIL 运营部门很平常的一天。

就在乐子人们从早到晚通宵吃瓜的时候，一个意想不到的人开启了直播，正是宁瑶"心心念念"的白友仁。

收到消息时，宁瑶正在俱乐部基地收拾行李箱，她还是决定搬出去。

在 K4 的时候，她身边都是 H 国人，除了工作，跟他们也很少有交流，早就养成了独居的习惯。

回国之后，她自己家离俱乐部太远了，而且进入一个新的环境，总要花费双倍的精力才能尽快融入，所以才暂时住在俱乐部基地楼上的客房里。

可是如今也算是走上正轨，天天睁眼闭眼都能见到一堆打游戏的小孩的生活，真是……太闹腾了！

二队的辅助小姑娘新月今天没有训练赛，也过来帮忙。

乔中洲冷着一张脸，抱胸站在门口，不情不愿地等着给宁瑶拿行李箱。

接到宣发的电话，宁瑶立刻掏出平板电脑，打开了某直播平台。

直播刚刚开始，热度还不高。

听到那道熟悉的声线，宁瑶反射性后仰，嫌弃之情溢于言表。

乔中洲走过来，脸上没有一丝波动，从她手里接过平板电脑，端在自己胸前，让她看得更方便一些。

"是按这里开始吗？啊，已经开始了吗？这个美颜怎么关啊？哈哈，谢谢，国内的直播系统真的太先进了，我还没习惯，谢谢谢谢。"跟旁边的工作人员交流了一通，一张男人的脸才出现在直播框里。

这是一张相当普通的脸，看起来三四十岁，没什么记忆点，但是自从入镜之后就一直笑眯眯的，还算是有几分亲和力。

闻讯而来的第一批观众都是 CPU 多年来的死忠粉，发送的弹幕不大友好，很多脏话经过系统的屏蔽只剩下一堆星号，但白友仁也只是挑了几个"中性"的逐个回复。

"对，没错，我是 CPU 的战队经理……但我不是负责赛训的经理，我是负责运营的。"

"为什么是我来开直播？我们 CPU 不算是个大俱乐部，所以职能划分没那么清楚，大家平时都是当家人和朋友相处的，我有想对大家说的话，就开直播了。"

"队员们？队员们还在训练……当然要训练啊。"白友仁笑了笑，"虽然这一次季后赛输了，但是我们也要为了夏季赛做准备，后面还有机会的。"

一连有几条弹幕问他为什么要在这个敏感的时间节点开直播。

白友仁把这个问题读了一遍，明显沉默了一会儿。

在弹幕已经忍不住开始刷问号的时候，他才叹了口气开口："其实，我们关注到了这两天发生在超话里的事情。"

他的直言不讳令许多人都感到惊讶。

这时候第二批观众也陆续涌入了直播间，这些人有 CPU 的粉丝，也有别家的粉丝,甚至还有谁也不粉的单纯乐子人,只好奇他要说些什么。

"是的,我知道大家本身就因为输比赛不开心,又知道了选手们输比赛的众多原因里,还有俱乐部的原因。如果我是粉丝,我也忍不了。俱乐部本来就是应该做好选手们的赛前赛后保障工作的,却为了所谓的流量活动,本末倒置,影响了选手的竞技状态。"

"这些我都能理解、赞同,但是看到超话里那么多揣测,大多数是空穴来风的,所以我就想说,给大家伙儿开一场直播吧,大家有什么问题都可以提出来,我知道的就回答你们,不知道的,也可以找管理层去帮你们问问。"

他看起来很诚恳,哪怕满屏人身攻击的话语,他也只是沉默地看着他们刷屏,不断地安抚着,倒让人禁不住生出两分欺负老实人的愧疚来。

渐渐地,也有粉丝愿意正常交流了,开始询问为什么管理层会做出这种"脑残"决策。

"这一次确实是我们没有协调好,主要是管理层跟赛训组的沟通有脱节……"白友仁像模像样地介绍了一下CPU战队的运营模式,很多专业名词说出来,虽然直播间的观众们听不大懂,但是下意识地觉得有点道理。

开始有观众打赏,数额不大,但是白友仁一一念出名字感谢,又顺势提起CPU的财务状况。

"你们骂都是应该的,我们就应该承受这个舆论压力,这样队员们身上的压力就不会那么重了……其实战队这两年入不敷出,我来之后看他们的财务报表,只能说一塌糊涂,并没有大家以为的那么好。"

"我之前在K4工作,CPU的老总跟我吃过饭,听他聊了很多关于战队未来的发展,我也比较认可才过来这边的。"

"我知道现在说什么都像是在找借口,可是我们真的已经在改变了,但是改变都是有阵痛的,我们也需要时间来了解每一个人,夏季赛我们肯定会做得更好的。"

"是的是的,你们说得没错,要好好照顾队员,对了——"

白友仁朝着镜头外,不知道说了些什么,没过一会儿,刘哥的脸也入镜了。

"我了解过 CPU 战队前几年的故事之后,也觉得挺感动的,所以我跟管理层又商量了一下,把原来的领队开除了,还让刘哥继续做孩子们的领队。"

刘哥太久没有出现在这样的场合,笑得有点拘束,但是一笑起来,眼角的皱纹分外明显,让屏幕前的很多老粉都不由得鼻头一酸。

其实以前 SPES 的粉丝对刘哥的印象不算好,总觉得他一天天没什么事干,就仗着跟队员关系好在战队混日子。

可是在战队改名之后,比起关心队员们的生活,新来的领队只在意自己能不能精准地完成领导的任务,经常不顾队员们的意愿,独断专行,安排各种活动。

甚至有一次徐元半夜发烧想去医院,但是找不到人——本应该住在俱乐部里的领队当天溜出去约会了,临走前还把俱乐部基地的大门锁了,电话也打不通。

蓝毛听到动静起来的时候,徐元已经快烧得晕过去了,于是连忙拨打了120,又找了人把门锁撬开。

最后,换门锁的钱从徐元的工资里扣除了。

出了这件事之后,本来已经离职的刘哥,某一天早上,又拖着自己的行李箱回来了。

他赔着笑,跟管理层说,自己不需要工资,只希望还能留在这里照顾他的"孩子们"。

这件事是蓝毛在自己的直播里讲的。那个时候他还在跟另一个新签约的选手竞争首发,直播出了事之后,他就再也没有打过一场比赛。

老 SPES 的人,有一种相依为命的感觉。所以刘哥能得到公正的待遇,确实给粉丝们注射了一针强心剂。

白友仁态度好,还做了实事,无论如何,CPU 这一潭死水已经开始改变了。

白友仁继续说:"我入职 CPU 的时间不长,但这段时间以来,我最大的感触就是我们的队员真的很不错,每个人虽然都面临着困难,但是我能从他们的眼神中看到想赢的心，电竞就应该这么纯粹，不是吗？请大家再给我们一次机会。"

弹幕飘过一堆"泪目"。

一堆"相信"。

一堆"白经理牛"。

△CPU年年这个成绩，未来很难靠比赛成绩盈利，那肯定是要改变的，白经理的到来估计就是俱乐部下的一步大棋。

△有没有人注意到，白经理和KIL那个女的都是从K4出来的，难道说真能复刻KIL的情况？

△我圈子里的人脉跟我说，白经理在K4就是管理层，管宁瑶的，肯定比她牛啊。

△那我觉得可以期待一下。

对CPU的粉丝们来说，白友仁是一个完全陌生的人，网上信息也不多，扒来扒去也只知道他是从K4跳槽过来的。

那可是K4啊，出来的人似乎天生就被镀了一层金。

这些言论看得宁瑶生理性不适。

不想再看白友仁后面的表演了，宁瑶伸手就关掉了直播。

宁瑶冷笑："我还以为他能翻出点什么花呢，这一套稳定人心的说辞我孩子时期就会说了。"

乔中洲的目光幽幽地望过去。

仔细想想，她童年和少女时期确实挺会甜言蜜语的。

"什么开除领队，只不过就是推出来一个无关紧要的人挡刀，这跟公司爆了雷推实习生出来挡枪有什么区别？用刘哥换掉现在的领队，甚至工资都能省两千。

"把屎包装得再华美再甜蜜，它的内核也只是一坨屎。"

"啧。"乔中洲蹙眉看她。

宁瑶立刻回看:"怎么?"大有乔中洲说得不如她意就要跟他Battle一下的气势。

乔中洲冷哼一声,举起双手以示清白:"我不是反对你说脏话,我只是觉得为了那种人不值得。"

宁瑶这才收回目光。

看见一些真真假假夹杂着引导风向的"脑残"言论的时候,宁瑶就知道,白友仁开始发力了。

宁瑶从不小看白友仁的能力,再加上白友仁是个豁得出去的人,无论他做出什么事情,都不令人感到意外,但宁瑶还是没想到,这人现在的底线已经凹进了地平线以下,他甚至还学会了演戏。

有粉丝偷拍到他亲自带着草莓去医院看病——草莓手上缠着绷带站在医院走廊里,表情有点蒙,而白友仁站在她身边,满脸担忧。

宁瑶看到之后冷笑一声,很难说拍摄者是真粉丝,很难说这张照片不是摆拍。

选手一年到头都在用鼠标键盘,一天有十几个小时都在坐着,这种状态很容易有职业病,所以基本上所有的职业战队,都有合作的理疗师,甚至像KIL这样的大型电竞战队还会有长期合作的私立医院。

宁瑶上次吃火锅的时候给草莓介绍的理疗师就是出自跟KIL有合作关系的康复中心,哪里就非得要经理带着到三甲医院的骨科挂号?

内行人明白这个道理,外行人就只能看到被包装之后的"故事"。

果不其然,类似的事情做了几次之后,有一批不知内情的粉丝,在网络上几乎喜极而泣。

△草莓的手伤终于有人在意了,我看她赛间经常揉手腕都心疼死了。

△改变就是好事,我们CPU有救了!

△没有时间再为春季赛的失利而感到遗憾，接下来赶到战场的是夏季赛！

△我好像找回了当初粉SPES时期的激情，我的崽子们新赛季冲啊！

这里面有多少真粉丝不得而知，但是表面上一派欣欣向荣，不知情的人还以为CPU赢比赛了。

管理层长期失职，明明是一件很严肃的事，却随着白友仁的频繁发声而泛娱乐化，高高拿起，轻轻放下。

单从结果上来看，这称得上是一场合格的危机公关。

扔开手机，宁瑶深吸一口气，在沙发上静坐了一会儿。

莫生气，莫生气，气出病来谁如意……

可拳头还是攥得"咯吱"作响，宁瑶有气无处发，又把自己才收拾好的衣服翻了几件出来，在洗手间"吭哧吭哧"地搓。

宁瑶收拾好已经深夜了。刚搬到新公寓没两天，空气中总是有股陌生的气味，她翻来覆去到很晚才睡着。

她感觉自己好像睡了很久，又好像才闭上眼。

最后她是被来电铃声吵醒的。

"宁瑶，我有件事要跟你说一下。"电话背景音嘈杂，有人不停地在周边讲话，但都不是华国语言。

那道女声也不管宁瑶有没有回话，飞快地说："还记得我帮你处理遗产的时候，当时你父母购买的一种金融产品价值走低，没有售卖的价值，所以就留下来了。今天有个金融圈的朋友告诉我这个产品今年市场持续走高，我建议你可以及时出手，不过具体的我这有些资料，还需要你亲自看一下。"

宁瑶把手机拿下来，看到通话人的名字，是早些年帮她处理财产官司的律师。

她拍拍自己的脸，让自己尽快清醒过来："嗯，我知道了，你随时找我吧。"

"应该是一大笔钱，恭喜你啊。"

"……谢谢。"

两个人彼此沉默了一下。

终于意识到自己走流程走得太着急了,俞岚清清嗓子:"抱歉,我好像说错话了。"

"老朋友了,不用这么小心。"宁瑶揉揉脑袋,掀开被子下床。

俞岚笑道:"都十来年了,的确是老朋友。下周我回国,怎么样,见个面一起吃一顿饭吧?"

"当然可以,你回国找我。"

"我这儿有点忙,那先挂了。"

宁瑶一个"好"字还没说出口,对方的电话已经撂了。

宁瑶:……不愧是大忙人。

她按照自己以往的步骤,有条不紊地洗漱、吃早饭、穿戴妥当,刚准备出门的时候,看了一眼墙上的钟表。

宁瑶突然停住脚步。

"哇啦哇啦哇啦嘎了嘎……"手机屏幕亮了起来,她定的闹钟才响。

早上七点。

宁瑶后知后觉地侧过头,天还没亮透,窗外雾蒙蒙的。

俞岚过的是西半球的时间。

宁瑶推开窗,深深地吸了一口清晨的冷空气,明明才睡了四五个小时,可是她现在丝毫没有困意。

她最后还是出门去上班了,提前了一个多小时,她是第一个到办公室的——本应该是,结果一进办公室就跟赵昕大眼瞪小眼。

宁瑶:"……你到这么早?"

"昨天打游戏,连跪十局,一气之下没睡着。"

宁瑶笑了,看看他眼底分外明显的黑眼圈:"你要泡咖啡是吧?给我也带一杯。"

"你又是怎么回事？今天也没什么要紧的工作吧。"

宁瑶低头随意地翻着某部门的报告，没抬头："睡不着，不如来公司。"

赵昕："宁瑶。"

等了一会儿没等到下文，宁瑶抬头，面露茫然："怎么了？"

"你最近……"赵昕犹豫了一下，"算了。我是说，你中午休息一下，身体是革命的本钱。"

"放心吧，还能再做你上司五百年。"

上午的时候，宣发给宁瑶看了一个采访。

是白友仁接受联盟专访的文字稿件，通篇采用 Q&A（问与答）的模式，又配了几张他在 CPU 基地跟队员们一起拍的图。

恰好乔中洲也看到了，直接打电话来叫她来俱乐部基地。

宁瑶本来不想去，但架不住他一句："多个人陪你一起骂不爽吗？"

乔中洲那张嘴是尽人皆知的刻薄。

在他的诱惑下，宁瑶当即就穿上外套，赵昕也想看热闹一起跟去。

乔中洲在俱乐部基地也是有自己的办公室的，虽然布置得更像休息室和电竞房的综合体。

他们一起点开采访，略过几段近期回顾和吹捧。

Q："是有什么样的契机接触到我们 LAC 联赛的呢？"

A："我以前就喜欢打游戏，可惜技术水平太差了，只能当成业余爱好，连电竞赛事是什么都不知道。但可能是命运的安排吧，我遇见了一群志同道合的好朋友，还是他们带我进入了 LAC 联赛这个领域，当时也年轻，就想着进来看看，结果没想到一待就这么多年，现在反而离不开了哈哈。"

Q："我们都知道 K4 是联赛里顶尖的俱乐部，您在 K4 有大好前途，为什么会选择回国呢？"

A："感谢 K4 管理层的信任，但是人各有志，我想将我的才华施展在国内电竞战队，帮助华国电竞更好地发展……"

宁瑶无语。

算了，有点看不下去。

她高估了自己的忍耐力，甚至连乔中洲的吐槽都听不进去了。

满篇的巧言令色，仁义挂在嘴边，其实就是个徒有其表的利己主义者。

赵昕同样一脸无语："白友仁是不是笃定国内没人知道他的底细，才敢吹这么大牛皮。"

宁瑶冷笑一声："就算知道，谁没事非要说出来得罪他呢？整个圈子里估计也就我这么一个跟他不对付的。"

但那又怎么样，有她一个就够了。

可是就像她不会放过他一样，白友仁也绝对不会让她好过。

橙心饮品的事，宁瑶也没忘。

在南武市的活动结束之后，为了缓和合作方关系，她重新邀请了赵宇用餐，又特意叫上了他手下的安妮。

无论是在 KIL 还是在 SPES 时期，她和赵宇之间都是些无关痛痒的小摩擦，不至于结成仇，而且在橙心饮品进入电竞圈之后，难保日后还会有合作，闹僵了没什么意思。

赵宇也是个聪明人，饭桌上两个人言笑晏晏，如同多年老友，反倒是安妮忐忑不安起来，最后一咬牙，非要敬宁瑶一杯赔罪。

走出餐厅之际，宁瑶才试探地提起了活动期间遭遇的种种阻碍。

赵宇："是我一念之差，有人说你在 K4 走了一圈就膨胀了，我就想稍稍给你点颜色瞧瞧。"

又"爹"又"普信"，宁瑶心里头冷哼，脸上却绷住了："也不知道是从哪里传出来的谣言？"

"我也记不清了，不过……"赵宇意有所指，"你说，你在 K4 的事情还有谁最清楚呢？"

在分别的时刻，赵宇向宁瑶伸出手，带着一丝感慨说道："希望将来还能有合作的机会。"这次的语气中，多了几分敬佩，也多了几分真诚。

宁瑶自然地虚与他握了一下。

"当然。"

会在中间捣鬼的除了白友仁，绝对没有第二个。

她的存在对于白友仁来说就是一枚定时炸弹，非要拆了才能安睡。

回到基地后，宁瑶还在想着这件事。

而且白友仁一旦出手，肯定有后招，她现在跟 KIL 息息相关，上回跟橙心饮品的合作就栽过跟头了，这一回不能不提前防备，毕竟不怕贼偷就怕贼惦记。

想到这里，宁瑶突然顿住，转身往外走。

"等我一下。"

她表情很冷静，所以一时间没人反应过来，基地里的众人表情呆呆的，不明白她为什么突然要离开。

还没走到门口，宁瑶就忍不住弯腰吐了出来。

乔中洲脸色一变，连忙起身。

"你怎么了？"他脸色很难看，有那么一瞬间满脸都是莫名的惊惶。

宁瑶只是低着头摆摆手。

吐出来之后，她感觉胸口舒畅了许多。乔中洲的手牢牢地扶住她，灼热的触感，让所有的焦虑与不适在此刻消散。

保洁阿姨过来收拾，也关心地问："这是怎么了？要不要去医院看看啊？"

见宁瑶没有反应，乔中洲抿了下嘴，只说："谢谢，麻烦了。"

赵昕的目光落在宁瑶身上，不自觉地微微皱起了眉头。察觉到宁瑶抬头看来，他又迅速调整了表情，仿佛什么都没有发生。

宁瑶："怎么？"

赵昕："没什么，差点以为你俩发展如此迅猛。"

宁瑶愣了一下，反应过来笑骂："你有病啊赵昕。"

宁瑶喝了半杯热水，呼吸间，逐渐平复了心口的不适。

她恢复得很快，缓了缓就继续刚才想说的话："我记得，联盟的人也想找我做专访，对吧？"

赵昕："对，但是你不是已经回绝了吗？"

宁瑶刚刚入职的时候，还什么都没做，就凭借全明星大会的一张照片，在热点上"大杀四方"，这种话题度不是人人都有的，也算是一种天分。

才刚入职 KIL 的时候，联盟就有人找上门来，想要给宁瑶做一次采访，可是当时宁瑶认为幕后工作者最好不要走到台前，所以拒绝了。

常规赛结束的时候，联盟又来找了一次，又被拒绝，很难说现在的白友仁不是她的"代餐"。

宁瑶："打个电话过去吧，就说我答应了。但是，我的要求是采访稿我要自己写。"

赵昕点头说："能完成 KPI 还不用自己工作，他们一定乐意。"

赵昕离开去打电话了，乔中洲在原地站了一会儿也转身出去了。

楼下，乔中洲拦住了赵昕："出去聊聊。"

乔中洲的气质起初总令人觉得高冷难攀，可是熟络起来，就会发现他是个挺"皮实"的人。

他虽然是战队的最大股东，但是从来都没有架子，这是赵昕第一次看见他眉眼如此冷淡兼具压迫感。

赵昕意会，两个人一前一后走出俱乐部，在拐角的篱笆前站定。

乔中洲："怎么回事？"

赵昕："什么怎么回事？"

乔中洲扭头看他。

乔中洲什么都没说，气势也并不比往常凌厉，只是空气有一种无形的高压，令赵昕一滞。

赵昕叹了口气："虽然大家平时谈天说地没有什么距离感，但是总归这是宁瑶的私事。我只是个下属。"

"宁瑶入职KIL的时候就提出要带着你一起来，我不怀疑她的眼光，但这段时间你工作完成得出乎意料的出色，让我很感激你能来KIL，也感激你在H国就能跟她共事。"乔中洲言语淡淡，"那时在异国他乡，可能在你们眼中，有太多的事都比身体健康重要，我能理解。但是现在你们已经回来了，你是她的朋友，我……我也希望她一切都好。"

赵昕含混不清地"嗯"了一声。

乔中洲递过去一根烟，赵昕没接，沉默片刻，他深吸一口气，不再犹豫。

宁瑶半天等不到赵昕的回信，于是下楼来找，隔着窗户看到了他们，只是隔着纱帘，两个男人的身影显得鬼鬼祟祟的。

推开门，宁瑶探出头，不满地问："我说怎么半天都不回来？你们两个在外头干什么坏事呢？"

赵昕还没反应过来，手里就多了一根条状物体，冒着缕缕白烟。

他侧头，乔中洲不赞同地看着自己，还嫌弃地伸手挥了挥。

宁瑶蹙起眉："抽完再进来，别让选手们吸二手烟。"

乔中洲："宁总监说得对。"

乔中洲："外面起风了，咱们先进去吧，一会儿我带你去喝点粥怎么样？养胃的……"

乔中洲一面说着，一面在入户垫子上蹭了蹭鞋底的灰，跟在宁瑶身后，双手揣着兜就晃悠进去了。

赵昕：……这工作没法做了，得加钱。

第八章

触摸金色的雨

竞圈每天都有无数的新消息，大如 CPU 大粉开团引起竞圈热议，小如某队选手在直播中操作失误遭到嘲讽。

但是比赛不会因为任何事情任何人而停止，赛场内，只论输赢。

这一天是晴天，阳光透过树梢的缝隙洒下，形成斑驳的光影，给整个街道增添了几分温暖和明亮，春光满溢的五月中旬，季后赛终于迎来了胜者组决赛。

这也是今年春季赛最后一场比赛了。

决赛的两支队伍是在开幕式就碰见过的 KIL 和金锐。

彼时刚拥有了星驰的金锐，跟他们的战队名字一样，锐不可当，轻取 KIL，而 KIL 也在迎来了新的 AD 之后，磨合迅速，一路高歌猛进。

这两支队伍都以敢打敢拼著称，外界各有看好，但普遍预测会打满精彩的 BO5。

宁瑶跟乔中洲一起去现场观赛。

气氛热烈，场上的呐喊声此起彼伏，两个人十分低调地坐在了观众席的一角。

"也不知道教练的PB（Pick Ban，指选择和禁用英雄的环节）能不能做好，战术储备够不够。野火容易上头操作变形，辛思邈太稳健了，不如对面锐利，支援速度肯定要慢一些的，那白雪跟阿狂就要扛过对线期的压力，青芒喜欢抓线但是如果没抓到的话就会影响节奏……"

乔中洲絮絮叨叨的，紧张的情绪根本就藏不住。

KIL不是第一次进入决赛，可是他们总是在通往冠军的路上棋差一着，如果再拿一个亚军，队员们的心气肯定都会受到影响。

"你安静点吧，腿别抖了。"

宁瑶看似心有成竹，甚至还能宽慰乔中洲："反正你也没那个能耐上台替他们打比赛，就安心看着吧。"

乔中洲低头看了一眼揪着自己大腿的手，唇角抽了抽："你再揪我我就喊人了。"

宁瑶飞快地收回手："不好意思啊。"

这一天，LAC华国赛区春季赛总决赛很早就登上了热搜。

宁瑶一面在心里"抖腿"，一面还得监控着网上的舆情，以防赛事组买什么奇怪的热搜。

如果真的局势不妙，她坐在这里，可以随时冲到后台去打爆他们的头。

可能是受了台上的影响，光是想想这个场景，宁瑶就觉得热血沸腾。

瞥见她紧握的拳头，乔中洲不由得深深地叹了一口气，继而笑着摇摇头。

总决赛不愧是总决赛，战况异常激烈，你啃下一分，我咬回一分，双方果然战至第五局。

决胜局，在平均游戏时长三十分钟左右的情况下，双方硬生生打到了五十分钟。

两队装备都已成型，不分伯仲，十名选手都异常谨慎，只要任何一个人出现一个微小的失误,就有可能被抓住机会一波带走。

第五十三分钟,青芒绝命开团,但被对面迅速反应过来,三个位置的大招同时砸下,青芒丝毫没有操作空间,瞬间就被秒掉,但几乎同时,野火趁机开到对方C位,完成以一换二。

场上剩下3V3残局,金锐占据技能优势疯狂追击,KIL冷静反打,小规模团战之后,游戏地图上只剩阿狂和星驰,两个人技能都已经耗尽,只剩下普通攻击,没有一个人让步,灵活走位,决绝输出,最终阿狂丝血击杀了星驰。

这两个曾经效力于同一战队,在转会初期就开始被比较的两个AD,终于在此刻再分胜负。

俗话说得好,先阵亡先复活,青芒第一个赶到正面战场,终于在第五十四分钟,跟阿狂一起推掉了金锐的基地。

解说兴奋地呐喊着:"恭喜KIL,他们是冠军!KIL的五个小伙子们终于捧起了梦寐以求的奖杯!"

在解说激动的声音中,KIL的五名选手摘掉耳机,阿狂和白雪拥抱在一起,青芒和辛思邈碰拳,上单野火突出了一个"单"字,紧握双拳仰天呐喊,然后才反应过来,乐不颠地找队友们庆祝去了。

他们走到舞台中央,每个人的手都搭在了奖杯上,五个人一起口喊着"一、二、三",共同捧起了期待已久的奖杯,"嘭"的一声,漫天金色的彩带从棚顶撒下,他们共沐这一场声势浩大的辉煌乐章。

观众席——特指KIL粉丝专区,也是一片沸腾。

"耶!Yes!耶!"宁瑶跳了起来,跟着人群激动地呐喊着KIL和每一位队员的名字。

乔中洲拽住了她。

男人此刻却冷静下来,他的手攥成拳冲着宁瑶伸过来:"宁瑶,给你变个魔术。"

一些被记忆支配的画面再次浮现,宁瑶冲他大声喊:"我现在不想看你用手指头放的烟花。"

　　他张开手,手心里不知道什么时候接住的一枚彩带,金色的彩带落在他手心里,熠熠生辉。

　　"不是烟花,是雨,金色的雨。"

　　宁瑶将这枚彩带紧紧攥在手里:"真好,你们终于得冠军了。"

　　乔中洲看着她:"真好,你回来了。"

　　欢呼声太大了,宁瑶没听清:"你说什么?"

　　乔中洲不再吭声,只是目光灼灼地看着宁瑶。

　　她反射性地攥紧了手中的金色彩带,下一瞬间,目光飞快地转向台上,笑容满溢。

　　好像有什么应该在此刻发生。

　　但是他们都没有让它在此刻发生。

　　这一天晚上,俱乐部准备了大餐,队员们跟所有的赛训组、工作人员一起,庆祝了俱乐部成立以来的第一个冠军。每个人都围观一番之后,奖杯被教练珍而重之地放进展柜里面,然后锁死。

　　他乐呵呵地说:"要是这群小孩儿手没轻没重的给摔坏了怎么办?"

　　队员们一边嘲笑一边互相打趣,宁瑶也跟着笑。

　　月光高悬,枝头春风温柔,夜色恬静,俱乐部内欢声笑语,气氛热烈非凡。

　　这是她进入电竞圈以来,过得最好的一个春季赛。

　　KIL俱乐部对这一场胜利渴望已久,具体表现在周德甚至提前定制了一批"冠军周边",就等着今天。

　　周边只送不卖,KIL的员工人手一大袋,见人就发。但是大家平时接触到的,基本也都是各个俱乐部的工作人员,周边一点儿发不出去,纷纷滞销。

　　所以宁瑶见俞岚的时候也带了一小袋周边送给她。

　　餐厅窗明几净,窗外飘起细雨,景色清幽。

餐厅里，菜都上齐了，宁瑶还在王婆卖瓜："你看上面还有队员们的签名呢，LAC联赛S7赛季春季赛冠军成员们的哦，很有收藏意义。"

"哇！"俞岚假笑收好，用很浮夸的语气感谢道，"好珍贵啊，我好喜欢啊。"

宁瑶双眼笑成了月牙。

饭间，两个人聊起彼此近期的工作和生活。

俞岚是个女强人，大学就读于国内拥有最好法律系的院校，毕业不到五年就闯出了名头，后来又放弃了红圈所合伙人的诱惑，自己独立出来，开了家律师事务所，同样风生水起。

宁瑶之前能从K4全身而退，也是得到了俞岚的帮助。

原本这场遗产官司的事，现在已经不需要俞岚亲自处理了，可是这么多年，两个女人之间还是有一份惺惺相惜的情谊。

散场的时候，俞岚雷厉风行地结了账，根本就没给宁瑶拉扯的机会。

俞岚："我下午还有事，需要送你回公司吗？"

这前半句和后半句连起来听，就算宁瑶再没有眼力见也不会说需要。

宁瑶失笑摇头："不用，我下午正好也有事。"

俞岚突然意识到什么，低头看了一眼自己的日程本确定了日期。

俞岚："抱歉，忘记今天是什么日子了。"

"没关系，不必在意。"

"那，替我问好？"

"好。"

俞岚来也匆匆，去也匆匆。

宁瑶隔着窗户，看着她高跟鞋"嗒嗒"踏在濡湿的地面，冒着小雨冲到自己车上，周身的气息都在散发着对未来的掌控和自信、坚定。

这样的状态真好。

走出餐厅，宁瑶刚撑开伞，伞下就挤进来一个人。

宁瑶："哎？"

见她不动，乔中洲佝偻着背催她："快点走啊，还愣着干什么？我肩膀都被淋湿了。"

宁瑶："那你就去车上等着啊，干吗下来，我还要去一趟旁边的花店呢。"

乔中洲一把接过伞："不用去了，我都已经准备好了。"

他嘴上嚷着要淋湿了，伞却往宁瑶这边更加倾斜，小心翼翼地将她送上了副驾驶位。

车内萦满花香，宁瑶一回头，后座上安静地放着三束鲜花。

花瓣上的露珠晶莹，透出勃勃生机。

乔中洲开着车一路向着城外驶去。

一路上都没怎么堵车，车窗外春雨霏霏，细密如织。

宁瑶弯弯唇角："好应景啊。"

乔中洲没有回话。

目的地是本市一处公墓。

两个人撑着一把伞，一路行来，雨滴敲击着伞面，远处种着成片的松柏，深深浅浅的绿色与一排排白色的墓碑交相辉映，宁静肃穆，让这份探访显得格外深沉。

走到那个位置，面前是三座几乎相同的墓碑。宁瑶停下脚步，将怀里的花束逐一放到墓碑前。

这里被人照料得很好，可是她还是觉得不够，她蹲下来，用衣袖擦了一下墓碑边角的灰尘。

旁边一只手伸过来，男人手上拿着几张湿巾。

宁瑶接过湿巾："谢谢。"

她专心致志地挨个将三座墓碑都擦干净，哪怕下一秒，又有雨水打在上头。

乔中洲也不说话，就撑着伞闷声站在她身旁。

不知道过了多久，宁瑶终于起身。

"我做过很多次一样的梦，梦见爸爸、妈妈、小池，都回到了我身边。每次都知道是在做梦，可是每次我都梦得很投入。"

时间一分一秒地过去，她没有再说更多的话。

直到乔中洲握住了她的手。

乔中洲："走吧？"

"嗯。"

抵御着风雨，也不含风月，他的手掌宽厚、干燥、温暖，和他表面给人的感觉大相径庭。

宁瑶侧头看他："我觉得你像一种坚果。"

乔中洲目露茫然："啊？为什么？"

宁瑶摇摇头："不告诉你，自己想去吧。"

他像一颗碧根果，坚硬的外壳实则不堪一击，不但有营养，加工之后还透出一种意外的清甜，哪怕碾碎成渣，喝奶茶的时候还能撒在奶油顶上增加风味。

她真的很喜欢喝奶茶。

这样想着，宁瑶突然有点渴了。

宁瑶："我们回去的路上找找有没有奶茶店吧。"

虽然不懂她的思绪为什么这么跳跃，但乔中洲还是点了点头："知道了。"

今天的日程还没有结束。

反正都是买奶茶，宁瑶一口气买了十多杯，都提在乔中洲手上。

宁瑶边走边回头思量："看看俱乐部还剩几个人在吧，多出来的就——"

"我都喝掉。"

"很好。"宁瑶点头表示认可，"不要浪费。"

乔中洲想吐槽，但又有一种深入骨髓的服从感。

KIL 电子俱乐部。

春季赛夺冠了，原本应该好好放一场假，夏季赛赛程出来之后再收假训练就行，但是因为还有签约过的线上活动，队员们这两天都留守在俱乐部基地。

宁瑶和乔中洲回去的时候，赵昕已经在了，话不用多说，赵昕就一马当先选了自己爱喝的。

野火吸溜了一口奶茶，犹犹豫豫地开口："宁瑶姐，你还好——唔……"

他一个"吗"字还没问出口，就被白雪一手捂住嘴巴，两人用眼神交流。

——你是不是脑子有问题？

——我这不是想安慰一下宁瑶姐嘛。

——用得着你这种情商为负数的人安慰？

宁瑶没在意，视线略过队员看向他们身后的白墙。

这几天，周德又在训练室重新搞了点软装，主要是一些定制的贴画贴纸，队员的Q版形象诠释着走过来的路，还有非常"鸡汤"的话，乍看之下，洗涤心灵。

所有贴画上都有所有赞助商的名字和LOGO——毕竟也算是周边的一种，要送人的。

宁瑶品着品着，豪情顿生，伸手一挥："看，这是朕为你打下的天下。"

乔中洲不太赞同："难道不能是我们俩的家族企业？"

宁瑶手指向队员："那他们是什么，我们的儿子？"

"一个春季赛冠军只能短暂地延续我们之间的亲子关系，其他的还要看他们今后的表现。"

冷哼声从两个人的背后幽幽地传出来。

青芒代表发言："拜托，你们俩说话能不能小点声，你们礼貌吗？啊？"

两位当事人通通装傻。

活动时间是下午五点，线上打一场欢乐的主题赛，目的是为了宣传赞助商的产品。

时间还没到，等待的工夫，青芒在电脑前又坐不住了。

他一手撑着下巴，小狗眼冲着宁瑶眨巴眨巴："宁瑶姐，我带你打游戏吧，你别怕，随便选，进了游戏之后就跟着我。"

"我，峡谷野王，带妹从未失手。"

话已至此，青芒的高傲体现得淋漓尽致。

宁瑶盯了他一会儿，扯扯唇笑："行啊。"

训练室最不缺的就是电脑。

出乎所有人的意料，宁瑶竟然有游戏账号，段位还不低。

青芒招呼着："五排五排，队友二等三，这还多一个人，要不辛思邈你别来了，反正这版本中单都是工具人，不用 carry 的，让宁瑶姐来打中单吧？"

宁瑶斟酌了一下："我还是玩打野吧。跟你们一起玩，感觉你们对线就能打爆对面，这样我随便刷刷野怪就能赢了。"

青芒万万没想到，提出这个建议的自己被"优化"了。

他只能站在宁瑶的椅子后，眼巴巴地看着她和他的队友们征战峡谷，一边唉声叹气一边感慨，不愧是在 LAC 搅弄风云的女人啊，大局观如此优秀。

只是，明明说好了靠线上的能力赢比赛的，她为什么要笨拙地走过去分队友经济？虽然不清楚原因，但是宁瑶老师这样做一定有她自己的原因，绝对不是因为不会玩打野！

打了一局，宁瑶不过瘾，又自己开了一局，俨然一个涉世未深的网瘾少女。

训练室里不知不觉地安静了下来。

一开始是辛思邈。

他摆弄着手机，时而看手机屏幕，时而抬起头欲言又止，有些心神不宁。

宁瑶按掉了几个来电，面色不变，抬头继续操作着游戏人物在地图里驰骋。

最后就连发信息跟女友聊天的青芒都发现了不对劲儿。

又过了两分钟，赵昕接了个电话，"嗯嗯啊啊"了一会儿，放下手机冲着宁瑶说："主办方说，因为不可抗力，今天的活动暂停了，让我们的官博通

166

知一下，商议之后改期再举行。"

宁瑶："嗯，知道了，你通知宣发吧。"

她操纵着游戏人物推掉对方基地，才拿起自己的手机刷了一会儿。

宁瑶："你再给对方打个电话，表示感谢。今天活动暂停对我们来说是一种保护，不然一旦开了直播，选手肯定会被弹幕骚扰的。"

赵昕："我知道了。"

两人的对话是训练室里唯一的声源。

赵昕离开后，宁瑶站了起来，向训练室里的人道歉："对不起，耽误你们时间了，本来以为要到明天才能发酵出来，结果没想到情况比我预想的要激烈。"

究其原因，是一篇来自联盟对宁瑶的采访通稿爆了。

并非一瞬间的横空出世，而是热度经过慢慢攀升，终于在某个临界点爆发出惊人的力量，如同积蓄已久的火山猛然喷发，讨论铺天盖地。

训练室里空气沉闷，所有人仿佛都被一层厚重且凝滞的气氛笼罩。

宁瑶面上坦然："这个采访是我自己要求这样写的，不管有多少理由，也不能否认我有私心。如果后期舆论翻车，我会引咎辞职。"

也不知道是跟谁说，没有人接话。

队员们只是负责打好比赛。赢比赛还好说，但输比赛的时候，舆论也好不到哪里去，就连线下 Gank 的极端粉丝都有，日积月累，心理承受能力也锻炼出来了。

教练也不吱声，从某种程度上来说，他跟宁瑶就像是一个公司两个部门的员工，彼此互不干涉。

虽然不是特意说给乔中洲听的，但是这里也只有他有资格就这个问题跟宁瑶对话。

乔中洲的脸色愈来愈冷，仿佛是冻结的湖面，眼中划过一缕寒意。在对上宁瑶的眼神时，他紧抿着嘴唇，起身就走。

宁瑶没有追出去。

她不自觉地抠着手心,指尖泛白,一时有些茫然。

宁瑶不合时宜地想起了 K4 前任运营执行总裁离职前对她说的话:"冒进对别人是缺点,对你却是优势。"

从那位前任身上学到了很多东西。

大胆前行,对他人或许是险境,于宁瑶却是锋芒所指。可一往无前的背后,也藏着无路可退的孤注一掷。从 K4 到 KIL,她一直都在践行这一点。

这一次的采访稿,她考虑到了她所能想到的一切,时效性、情感共鸣、热门标签、营销号矩阵联动,话题爆是大概率事件。

宁瑶对这个结果是满意的,可乔中洲为什么这么生气?是不是因为他生气她没有事先商量?可是这是她的职责范围,她认为自己有权力做出决定,也有能力承担后果。

是她做错了什么吗?

宁瑶一时间心烦意乱,强笑道:"我先去办公室了,你们随意吧,后续有活动的消息我会再通知你们。"

训练室的门开了又关。

短暂的沉默后,青芒率先低下头,再次打开刚才收到的别的战队成员给他发来的文章链接。

《我在电竞圈这九年——KIL 战队营销总监宁瑶专访》。

洋洋洒洒的万字 Q&A 长文,以 KIL 近期运营状况为切入点,宁瑶先是给 KIL 战队打了一波广告,而后开始讲述自己在 LAC 职业电竞联赛中的经历,又说起这都得益于她职业生涯的两个阶段。

时间向前回溯。

一个是 K4,她说她在 K4 学会了真正的电竞战队成熟的运营模式。

记者问她是不是跟某位前同事学到了些什么,就差直接点出白友仁的名字

了，宁瑶却只是轻巧地避嫌。

——"不太熟，我跟那位白先生在工作上没有往来，不太清楚他的情况，但是我在 K4 工作的三年都没有见过他。"

另一个阶段是在 SPES 的时候。根据宁瑶的叙述，她将自己的才华最早投入到了 SPES。

记者问："是有什么样的契机接触到 LAC 联赛的呢？"

这是一个跟白友仁无关的问题，也是宁瑶特意给自己安排的。

"说来话长，大概九年前，我遇见了一群志同道合的好朋友，那时候联赛刚发展，还没有规范，我们曾经一起尝试着闯进职业联赛，虽然结果不如人意，但之后我还是在这个领域扎根了。我进入职业联赛不是偶然，我认为是命定，我就该属于这里。

"那个时候女人从事电竞领域并不容易，尤其是作为战队的管理层，我的履历不足以让许多战队对我敞开大门，在经历过无数次碰壁之后，只有 SPES 接纳了我。

"SPES 是一个升班马战队，跟一些大型战队比不了，但是他们有得天独厚的优势——他们彼此依靠，都有同一个梦想，整个战队的氛围惊人地融洽。他们像一群孩子，除了游戏内容上的事都一窍不通，明明是才认识的人，却对我交付了百分百的信任。'托卿社稷，还君江山'，你知道吗？当时我内心就是这个感觉，莫名其妙就很燃。

"我在 SPES 工作了三年，是见证了他们成长的三年，可是三年，六个赛季，他们从未夺冠，他们输掉了很多关键局。或许他们实力不足，或许他们身上缺少了一些运气，或许他们注定要用失败来铸就自己的故事，或许他们不是那些闪耀舞台的明星，但在我心中，他们仍是电竞舞台上的勇者。

"因为在电竞的世界里，即使失败了千百次，他们都拥有重新再来的机会，而每一个机会，理论上都有一半的可能性会取得胜利，电竞选手就应该追逐胜利不是吗？可是显然，CPU 的管理者不是这样想的。"

起承转CPU管理层，宁瑶露出了真实目的。

"我离开SPES的时候，没想过这一支乌托邦一样的战队会变成如今这个样子。比改变战队的名字更令粉丝无能为力的，是彻底消除这个战队的精神。

"在电竞运营中，管理层应该始终抱着保护和促进队员成长的态度。可CPU的资方过分强调商业利益而忽视了队员们在比赛中的努力与付出。这种片面追求经济利益的做法，不仅对于战队、队员们的成长和发展构成了威胁，也让整个电竞运营的环境变得不健康。

"我不知道CPU管理层到底出了什么问题，但肯定有哪里不正常了，可能是良知，也可能是脑子。

"近期我也留意到了CPU管理层和粉丝之间的风波。有人说，看到了他们的改变，未来又有希望了，可是真的有用吗？

"CPU是从根就烂掉了，战队运营的核心思想不转变，哪怕处理了表面的伤口，也会不断滋生新的腐肉。骗骗谁呢，骗骗粉丝吧，毕竟周边都滞销了。"

以上只是其中一部分，在宁瑶的要求下，采访稿都原封不动地放上来了。

有热度还不用当出头鸟，谁不愿意呢？

办公室里。

宁瑶俯身伏在办公桌上，用额头有一搭没一搭地撞击着桌面，脸上流露出了一丝懊悔之色。

写的时候一气呵成，热血沸腾，现在以一个旁观者的角度去看，嘲讽意味拉满，哪怕在电竞圈里，也是太有攻击性了。

现在一刷自己的微博主页，都是关于这篇采访的各种截图，效果是超乎预期了，可是谁也不知道这股舆论风暴会卷着她去向什么地方。

外行看热闹，内行看门道，虽然这个小作文的主角是宁瑶，但是实际上，她只是起到了一个串联的作用。

讲述了KIL氛围的融洽，讲述了K4的联赛的专业化，讲述了CPU前世今生的巨大反差。

跟前两支粉丝众多的队伍不同，CPU的知名度略逊一筹，却也因此少了粉丝一言堂的回护，讨论度更大。

△这采访又臭又长，LAC是不是快要凉了？联盟怎么开始捧流量队伍臭脚了？

△有人看完吗？我在这里郑重宣布，从今天开始宁瑶在我心里不是一个女人，而是一个狠人。

△我们电竞圈有自己的"双城记"，她就差直接说白友仁是个废物了。宁瑶是跟白友仁有仇还是跟CPU有仇？这采访发出来不就等于直接翻脸，她到底想干什么？这么做不会是为了她老东家出气吧。

△不是徐元的粉丝，但看了这一篇文章我真的哭了，这不仅是宁瑶的九年，也是一个少年的九年，就算是最普通的人，又有多少人能够为了一个梦想坚持这么久呢？冠军只有一个，但是每个人的追梦路不应该被践踏。

△她这是为CPU选手站台吧？

△一个女人，说话这么不客气，让我幻视了一些膀大腰圆靠直播挣钱的主播，绞尽脑汁也要博人眼球。

△这是她的意思，还是KIL的意思？都是电竞圈的人，一点情商都没有。

也有人发现了盲点。

△是我数学不好吗？为什么是九年？KIL勉强算一年，K4三年，SPES也算三年，加一起不是七年？还有两年时间她在哪里？而且她今年还不到三十岁，她大学的时候就接触职业电竞了？

LAC联赛发展至今也不过是第七年。

约等于在没有形成正规联赛之前，宁瑶就已经在电竞圈混了。

这样的疑问只是寥寥几句，暂时没人解答，也就沉寂在无数新的话题讨论之中。

但不管怎么说，宁瑶站出来了，直接绕过表面，痛击管理层，直指CPU背后的资方。

她是第一个,但不是唯一一个。

沈无敌,圈内人都叫他老沈,AIR 的经理,也算是战队的半个投资人,在某次酒后直播中,被弹幕询问怎么看待宁瑶的这篇采访。

他不光读出了这个问题,还当着直播间那么多人的面,隔空冲着徐元抛出了橄榄枝——

"来 AIR 参观一下吗?我们战队没有直播指标,更不会发烧锁门不让人去医院,我们是把选手当选手的。"

弹幕一堆:保护,害怕。

老沈酒后突出一个口无遮拦。

"CPU 管理层做得还能更过分呢。我记得前年吧,他们俱乐部正缺钱的时候,竟然还想出了推出所谓的参观票这种玩意儿,美其名曰给粉丝的福利,一个赛季三万块钱,可以预约任何时间段来俱乐部参观,并且指一名队员作陪。这哪里是卖票?这根本就是在卖人!幸好联盟还有点良知,及时发出了警告。

"CPU 的资方也不是什么好东西,前身是娱乐公司,自己经营不善不知道反思,就想着怎么压榨旗下的员工,资方不退场,CPU 也没救了。"

这场直播回放底下的评论破万,首当其冲的就是 AIR 的 AD 发了个"哭哭"的表情。

热二评论是 AIR 的粉丝:知道你没脑子,但你也不看看这是什么情况,这件事跟 AIR 有什么关系啊,你闭嘴吧,别蹚浑水。

对于这个让他闭嘴的粉丝,老沈的回复是:"既然知道了事实,总不能让一个女人冲锋陷阵。"

不合时宜又有点"中二"。

有一有二,很容易就有三有四,关于 CPU 管理层的讨论纷至沓来。

紧接着 CPU 的前领队被爆出私联女粉丝。"私联"只是一个好听些的说法,他们的聊天记录被爆出,女粉丝想要跟徐元吃顿饭,前领队直接发过去一个酒店名称和房间号。

资方公司也被爆出他们明年的计划就是在 CPU 身上再捞一笔钱就撤退,准备进军 MCN 领域了,据说已经联系好了几个女主播组建直播工会,白友仁在直播里画的大饼根本就不可能实现。

甚至最后还有官方解说进行内涵。

在还没结束的次级联赛中,对于某支发挥不错的战队,比赛中该解说直接说:"毕竟这不是 CPU,选手们都得到了充分的休息,状态自然好了。"

该解说赛后被无情罚款,但是随后他在自己的微博晒出了罚款单,手动给自己点了一个赞。

一时间群情激奋,CPU 相关管理层和资方负责人被无数网友口诛笔伐,这个风向就是宁瑶想要的,甚至比她想象中的更好。

而且——

宁瑶深深地吸了一口气。

腥风血雨,才是她的战场,在等待风向尘埃落地的时间段内,好像浑身的血液都燃烧起来了。

粉丝的爱都是无私的爱,他们只要清楚了整个事件的脉络,就会义无反顾、不畏艰辛,为自己喜欢的选手们征战攻伐。

CPU 的官博被冲了几千层楼,就连两个赞助商的官博都被冲了。"墙倒众人推"用在这里虽然不太合适,但确实是眼下状态最好的诠释。

接下来的活动,一些被粉丝深扒干净的工作人员结束后都不敢走正门,只能灰溜溜地从后门绕到大巴车里先等着。

通道两边的粉丝高喊着:"好好照顾他们!"

刘哥悄悄抹了把眼泪。

宁瑶在 CPU 的超话里看到了这张粉丝抓拍的照片,心底唏嘘了一声,收起手机抬起头。

"宁瑶姐,你多吃点。"

草莓连连往宁瑶碗里夹肉。

火锅热气氤氲,蓝毛被辣得直哈气,嚷嚷着让徐元给他倒一杯水来。

宁瑶忍不住摇头,又是火锅,从汤底到菜品再到蘸料跟上次比赛之后吃的简直是一比一复制,她其实也不是很明白为什么电竞选手都这么喜欢吃火锅,但这次是徐元请客,请客的人说了算。

这顿饭是为了感谢宁瑶。

"明年确定CPU会有新的资方接手,战队到时候还会改名,最近这段时间就跟做梦一样……"

徐元轻声叙述,无论是SPES,还是CPU,还是未来的某一个名字,他脸上的神情始终保持着那份惯有的温和,多年来未曾有过丝毫改变。作为战队的中流砥柱,作为队长,他一直尽可能地照顾着大家。

"打了两年的申请了,管理层终于松口同意草莓打完今年的夏季赛就退役,蓝毛的解约官司进展也很顺利。小胖你还记得吗?被管理层卖到外卡赛区了,他今年合约到期,会回国内战队重新试训。"

"至于我……"徐元苦涩地扬起嘴角,"我从出道就在SPES,不管后面是谁接手,这里就是我的家,我也打不了几年了,只要队伍需要我,我会在这里退役。"

宁瑶点点头:"我能理解。"

"谢谢你宁瑶姐,我知道你接受这个采访有我们的因素在,你本可以不用挨网上那么多骂的。"虽然大部分人能明白宁瑶的仗义执言,但不是所有人都具有分辨对错的能力,尤其是隔着一根网线,很难挣脱第一印象看清事态的全貌。

宁瑶摇摇头,也高兴不起来:"压垮骆驼的最后一根稻草知道吗?是CPU先烂到骨子里了,不是今天,也会是未来的某一天,我也只是加速了这一天的到来而已。而且……挨点骂不算什么,他们今天骂我,明天就去骂别人了,网络风向不就是这样吗?"

火锅吃到尾声,突然有人拽了拽她的袖口。

"宁瑶姐,我想……我应该跟你道歉。"

草莓终于鼓起勇气,但依旧不太敢看宁瑶的眼睛:"我现在知道了,热爱可以很单纯,但联赛不是一件简单的事。那时候,你尽心尽力为我们好,但是我们没领会你的一片苦心,表现得那么任性。"

可是离开了SPES的舒适圈,总是被逼着做不情愿的事之后,她才逐渐意识到,在联赛这样大的舞台,逐梦需要资本,不是光凭一句简单的热爱就能拥有。

"对不起,还有,谢谢你,宁瑶姐。"

宁瑶摸摸她的头:"我们谁都没有错……小傻瓜。"

这顿火锅跟之前的火锅气氛不尽相同。

少了一分苦涩,可沉闷不减,只是这种沉闷被有意识地包裹在欢声笑语中间,宁瑶也保持沉默,并不戳破。

不破不立,应该是一个好的词汇,只是年轻的选手都会迷茫,他们隐约知道未来会有所不同,但是未来太过虚无缥缈,难以把握,不确定未来会把他们指引向何方。

宁瑶举杯:"东隅已逝,桑榆非晚,祝你们一路顺风。"

第九章

凝望月亮

又是一个周一。

宣发小姐姐敲门进来跟宁瑶汇报工作。

"乔哥说已经给队员们放假了,他们其中有人家挺远的,坐飞机一来一回不方便,可以的话,三个叉的活动尽量就往后延一延。"

宁瑶点点头:"我知道了……但是他为什么让你来说?"

他明明之前也没少往她办公室跑,而且这点小事,给她发个信息也可以啊。

宣发茫然地摇摇头:"刚刚乔哥在公司门外徘徊,我正好经过,他就让我来告诉你。"

"没说别的?"

"没有了。"

宁瑶心底泛起一丝微妙的涟漪。

自从采访爆出那一天起,将近一个月的时间,两个人还没有见过面。

始终惦记着这件事,下班之后,宁瑶穿过一个横道,径直去了俱乐部基地,直奔三楼乔中洲的休息室。

门没关严,她象征性地敲了两下:"我能进来吗?"

话音未落,她已经推门走了进去。

乔中洲正在打游戏,扭头瞥了她一眼,又收回目光,面无表情地敲着键盘,虽然看不清他的操作,但手法颇为"绚烂"。

宁瑶看了一会儿,还是没忍住。

——"你这走位……算了。"

——"开大招啊,大招留着过年吗?这波你开大就赢了……算了。"

——"别送人头了,再送就不值钱了。"

——"你要不然在基地挂机吧,队友四打五本来还是优势。"

随着己方基地被推掉,彩色屏幕转为黑白,乔中洲起身,特意绕开了宁瑶,去接了一杯水,背对着她,仰起头"咕噜咕噜"喝了半天,也没见杯子里的水少。

宁瑶盯着他圆溜溜的后脑勺,从那几缕翘起的头发中,读出了"她来找我了该怎么开口要不还是不说话等等看她要说什么吧"的意思。

莫名其妙地,宁瑶心里偷笑一声,殷勤地走过去:"喝完了吧,我帮你把盖子盖上。"

服务相当贴心,乔中洲瞥了她一眼,又绕过她回到座位上。

宁瑶站到他身边。

"怎么了?生我气了?"

乔中洲不理她。

"怎么不说话啊,你不说话我怎么知道你是不是在跟我闹别扭?"

乔中洲还是不理她,为了逃避她,干脆趴在桌子上,背佝偻得似虾米。

宁瑶随之蹲下来,仰着脸看他:"不是吧,真生气啦?

"别生气了,虽然你生气的样子也很帅,但是你知道吗?你笑起来的时候,整个世界都亮了,你的笑容比星星还要耀眼,比阳光还要温暖。所以为了不让这世界失去光彩,你还是多笑笑吧。"

乔中洲明显地呼吸一滞,抬起头横了她一眼,脸色更差了。

不好使?她分明听过赵昕就是这么撩小姑娘的。难怪一把年纪还单身,说什么工作为重,分明就是小姑娘没瞧上他。

宁瑶调整好状态,又说:"你是不是因为我的采访牵扯了KIL所以不太开心?但我不是也解决了吗?这事儿虽然有风险,但是从长期来看收益也更高啊,更何况我们也算为民除害了对不对?

"好吧,就算你生气,可是我那是作为运营总监做的决策,你作为战队投资人,可以不满,但是你也不能因公废私啊。

"现在不是上班时间了,我们难道不是朋友了?"

宁瑶说了一箩筐的好话,可是乔中洲就是不为所动。

他看天看地看黑白屏幕,就是不看她。

宁瑶无奈:"你再不跟我说话,我可就走了。"

话音刚落,乔中洲像被烫到似的抬头。

他的目光在一瞬间变得锐利而深邃,闪烁着让人捉摸不透的暗芒,宁瑶心头蓦地一蛰。

"好。"乔中洲站了起来。

他本身就比宁瑶高一个头,阴影罩在她身上,如同一座高耸的山,裹挟着沉重的、令人窒息的压迫感。

乔中洲:"现在不是上班时间,那你有没有话要跟我说?"

他脸上没什么表情,嘴角紧抿,眼神中一片深沉的默然。

宁瑶心头困惑,为什么这次回国之后,他的心思变得这么难猜?

她试图探究,却怎么都找不到破绽。

宁瑶："我应该跟你说什么？"

一阵漫长的沉默。

乔中洲："说，你在 H 国的时候，看过心理医生，吃了两年药。"

宁瑶一瞬间哑口无言。

原来是这件事。

看到宁瑶呆愣的模样，乔中洲不由得自嘲地笑："我曾经说 SPES 不是一个好的选择，但你还是去了，离职之后你突然又要出国，是我送你去的机场，三年里，你一次都没有回来过。去年中秋我给你打电话问你未来有什么计划，你什么都没说，直到全明星大会的时候你不打一声招呼就回来。你从来都是自己做决定，不考虑其他。

"我试图说服我自己，每个人都是不同的，没有人会按照别人的心意行事，可我还是会忍不住想——"

说到这里，他的声音不自觉地变得低沉："你选择 KIL 不仅仅是因为你说过的战队优势，或多或少也是因为，我在这里，你是为了我选择的 KIL。但是近来，我又开始怀疑这一点。"

"我只是……"她一时词穷。

乔中洲静静地看着她，并不急于开口。

宁瑶深吸了一口气："我不是不考虑你，我来 KIL 当然也有你的原因在。"

乔中洲面色有所缓和。

宁瑶继续说："可是看医生的事……我不跟你说，是因为这件事已经过去了，你别听赵昕瞎说，你看我现在不是好好的吗？"

乔中洲缓和了一半的表情又冻住了。

宁瑶目光真诚："中洲，我没有那么软弱。"

她还是不明白他到底在意什么。

乔中洲嘴唇轻启，似乎想说些什么，但终究没有发出声音，只是深深地吸了一口气，将那些未说出口的话连同复杂的情绪一同咽了回去。

这也是赵昕对他说过的话。

俱乐部门外，烟还是点上了的，一人一根。

两个男人指尖的动作几乎如出一辙，一点猩红，一缕烟雾袅袅。

接了他的烟，赵昕说了实话。

"你想没想过，宁瑶没有那么软弱。

"宁瑶的身体在H国时就有问题了，也不能说是身体，主要是心理方面的问题。一开始我也没放在心上，毕竟现在这个年代，各方面压力都很大，没点精神类疾病，都不好意思说自己是行业精英。

"但有一件事让我印象很深。有一天早上，她状态不好，但是那几天工作量很重，没人能请假。宁瑶开会开到一半，突然冲出去了，那时候她还不是管理层，被当时的运营执行总裁骂得狗血喷头，宁瑶也没解释。"

想到那个场景，赵昕摇头笑了笑："她拿了个塑料袋撑开放在桌面上，就继续开会，当场又吐了一次，你是没看见执行总裁的脸色，让她赶紧滚去看病。

"后来我们熟悉一点了，我才知道，那个叫心理性呕吐，可能是焦虑症一类的吧，宁瑶自己去看的医生，具体的我也不太清楚，只是平日里看见她大把大把地吃药。可除此以外，她没有表现出任何跟常人不同的地方，她比所有人做得都好。

"我最佩服她的就是这一点。她从来不需要别人的帮助，不需要别人拉她一把，她自己心里有一根救命的绳子，她把绳子递给自己，拉自己上来。"

"所以……辛苦你了。"赵昕意有所指。

这是那一天他们之间的最后一句对话，紧接着宁瑶就来了。

赵昕跟宁瑶共事这么多年，或许了解她的现在，但是不够了解她的过去，更不了解他。

乔中洲始终知道，宁瑶是一个独立的个体，喜欢她，就要接受这样的她，他也一直都是这样做的。

可是这样的生活过久了，他也会害怕，害怕她在那些他无法靠近的时间里，蜕变成了他完全难以触及的模样。

只有未来，不再怀念过去。

乔中洲长长地呼出一口气。

再抬头，看一眼浑然无知的女人。

宁瑶："中洲，我不是过去的我了，我不跟你说是不想你担心。好吧，我承认，最近因为白友仁频繁出现在我眼前，我压力很大，但是这都在可控范围内，我放松调整一下就好了。我自己的事自己解决，为什么要告诉你，你不相信我？"

"为什么你总觉得，你还需要像小时候那样，保护我，为我收拾残局呢……"

说得很有道理，反正不管有没有道理，她在他面前总有道理。

总能喋喋不休，说着他根本不爱听的话。

乔中洲的耐心已经到达极限，终于忍不住了，他走近一步，几乎跟她贴上，感受到她说话时呼吸的急促起伏。

他决定顺应自己内心的渴望。

"我真的唔——"宁瑶猝不及防，瞪大了眼睛。

男人伸出两根手指头，上下一夹，把她两瓣嘴唇捏成个"鸭子嘴"。

"行。"乔中洲点点头，面无表情，"你真行，不会说话就别说。"

宁瑶："唔？"

留下一脸不满的宁瑶，乔中洲扭头就走。

宁瑶无语，这里是他的办公室，要走也是她走吧。

不对啊。

宁瑶后知后觉地反应过来，她这次本来是想要求和的，怎么说了一通之后，乔中洲反而更生气了？

乔中洲这一次是真的生气了，到处都找不到他人，发短信也不回。

为了防止自己胡思乱想，宁瑶企图用工作填满空白，可是工作都是有限的，她没事找事给自己加了几天班，公司范围内还引起了一阵小范围的恐慌。

在赵昕明里暗里提过两次之后，宁瑶只得放弃。

自己辛苦可以，但是卷到别人就不好了。

中午，宁瑶多吃了两口饭，想要四处溜达一下，等反应过来的时候，人已经站在俱乐部基地门口了。

绝对不是她特意要来的，只是来都来了，干脆进去晃悠一圈，宁瑶在楼上楼下转了个遍，只有二楼尽头的训练室里还有人在。

一推开门，吵闹声潮水般地涌入耳中。

有人回头，惊喜兼具惊吓："哎？宁总监，怎么放假还来这儿啊？"

一队二队的选手都放假了，是几个青训的小孩儿，日常还在训练。

宁瑶转悠了一圈，对上几双茫然的眼睛，她脸颊有点烫，表情却不显："我来随便看看。"

"我们这几天都有好好 Rank，教练可以为我们做证！"

"嗯，加油。"

"嗯嗯，好的。"

宁瑶没有灵魂地夸赞了两句就准备离开，还没走远，就听见这小孩儿对同桌说："怎么回事，宁瑶姐刚才为什么冲着我说加油？我最近表现不好吗？我是不是要被劝退了？"

"别瞎想，我 Rank 成绩比你还差呢，要劝退也是先劝退我。"

"呜呜，不要啊，我好像和你一起打职业联赛呢。"

"好兄弟,一辈子!"

宁瑶:你们电竞圈的人果然都有点毛病!

才瞌睡就有人送来了枕头,下午的时候,宁瑶接到了乔妈妈的电话。

乔妈妈热情地问:"瑶瑶啊,今天有没有时间过来一趟啊,阿姨出去玩刚回来,给你买了点纪念品。"

虽然是询问,但是乔妈妈也没给宁瑶拒绝的机会就挂了电话。

宁瑶这次做了准备,下班之后买了一束鲜花,又带了一篮子时令鲜果,礼数周全地前去拜访。

乔妈妈早早地就在门口等她。

"瑶瑶,快进来。"

"瑶瑶来了。"乔爸爸也凑了过来。

夫妻俩一笑,一齐露出满口白牙。

宁瑶差点吓一跳。

这夫妻俩都晒黑了一圈,所以显得牙齿格外白,加上两人都是一身沙滩装,站在装修现代化的别墅里,看起来颇具喜感。

一番寒暄之后,宁瑶坐在了客厅的沙发上,只觉得比过年来的时候更空荡荡的。

因为少了一个人嘛。

宁瑶手里拿着小叉子,无意识地在切好的苹果上戳着洞洞:"那个……"

乔妈妈一挑眉:"哪个?"

宁瑶:"乔中洲不在家吗?"

乔妈满不在乎地回答:"没回来,他应该在俱乐部吧。"

宁瑶闷闷地"嗯"了一声,他才不在,可是又不好说她刚从俱乐部出来,本来也不是什么大事,而且闹别扭这种事对着长辈说,总觉得难以启齿。

乔妈妈:"留下来吃饭。"

这是通知,不是商量。

宁瑶没拒绝。

还是乔爸爸掌勺,三菜一汤,乔妈妈还特别给宁瑶订了一份甜品。

"这是我们家附近的餐厅做的,别的地方都没有,你平常也不好买,就在这儿尝尝。"

于是继中午吃撑之后,宁瑶晚上又吃撑了。

吃过饭,乔妈妈让宁瑶去拿礼物,自己则进厨房帮乔爸爸收拾去了。

礼物都堆在乔中洲的卧室里,乔妈妈有理有据地说:"放在客厅多乱啊!"

宁瑶有些无语。

这楼上楼下面积这么大,看上去也不缺个储物间的样子。

但是孙阿姨这么做一定有她的道理。

原本对于"进入乔中洲卧室"这件事,宁瑶心里还有点异样,可是一推开门,那点小心思就烟消云散了。

他应该不常住在家里。

不只是宁瑶的礼物,乔中洲自己的东西也都胡乱堆在卧室里,这边一个大箱子,那边一堆小箱子,这里不是储物间,却胜似储物间。

宁瑶在墙角找到了孙阿姨所说的礼物……"们"——一箱当地特色的伴手礼、两件沙滩裙、一瓶在免税店买的香水,面膜和化妆品,竟然还有一个精致华丽的娃娃。

东西太多了,一口气抬起来几乎遮住了她的视线,所以宁瑶没能及时留意脚下,不慎被绊了一下,脚下的一个小纸箱随之翻倒,原本就不太严实的盖子被甩到一旁,里面的杂物七零八碎地滚落出来。

她只得先蹲下来收拾。

不是故意窥探乔中洲的隐私,实在是那一摞卡片之类的东西都得一一捡起来，很难不看到上面的内容。

一沓车票，都是往返于余州市的，看着上面的日期，宁瑶突然联想到乔中洲那些行踪不明的时间，他那时在哪里，现在终于解开了谜团。

车票底下压着一张忘记归还的酒店房卡，宁瑶听说过这个酒店的名字，是一个国内知名的连锁酒店品牌，虽然不算高端，但是以情侣房间为宣传卖点，很受年轻人喜欢。

此外，还有一沓信用卡账单，其中很显眼的是一众电子产品和外设，一看就是很受女孩子喜欢的款式，且价格不菲。

角落里还滚过去了一个纸团，像是被人随手扔在那儿的，宁瑶捡起来展开，是一张备忘录，字迹凌乱但不失秀丽，像个女孩子写的，上面罗列的正好是账单上的品类，最后还有一句留言：直接送到我直播间就好了，谢谢乔总。

结尾还画了一个大爱心。

合在一起，很容易分析出，乔中洲购买了昂贵的外设送给某直播平台的女主播。

宁瑶呆呆地站了一会儿，将字条揉起来扔进纸篓里。

辞别乔家父母，回到公寓的时候，天已经黑透了。

洗完澡出来，宁瑶一边吹着头发，一边视线不受控制地不断瞟向手机，心神不宁。

回来的路上，她只稍稍搜索了一下这个直播间的名称，就知道了这位女主播的直播平台和房间号。

宁瑶忍不住幽幽叹了口气，她要是不这么聪明就不会有现在这种莫名其妙的烦恼了。

吹干头发的同时，宁瑶决定放过自己，顺应心意点开了女主播的直播间。

看一眼，就一眼，满足了自己的好奇心，然后就退出来。

一点开,动感的音乐节拍争先恐后地涌入她的耳膜,入眼的是布置得眼花缭乱的直播间和打扮得花枝招展的女主播橙子。

宁瑶还没看清她的脸,先听见一道甜腻的声音:"欢迎……asdchi 什么什么我没看清,总之欢迎妹妹。"

宁瑶很久很久之前注册过这个直播平台的账号,自己都差点忘记 ID 名了,直播间进进出出的观众没有一刻停止,也不知道怎么就单单她的 ID 被主播青眼。

可能是特别的缘分,橙子跟随着背景音乐摇摇晃晃着身体,欢快地问:"妹妹想看什么?我给妹妹跳个舞好吗?"

弹幕瞬时刷过一堆:

△橙姐的腿不是腿,是塞纳河的春水。

△橙姐总能扭到我的心里。

△都是兄弟,橙姐不要见外,接着奏乐接着舞!

眼花缭乱的弹幕还伴随着纷飞的礼物特效。

橙子跳了两支舞,唱了一首歌,间隙一刻都不停地陪着直播间里的观众聊天,甚至还会讲笑话。

宁瑶被逗笑,充值给她送了一个虚拟礼物。

虚拟烟花在屏幕上炸开,女主播冲着镜头来了一个飞吻:"谢谢妹妹。"

宁瑶看得津津有味,反应过来的时候,才发现已经看了一个多小时。

她盯着手机屏幕,表情有点难以言喻:到底是谁发明的直播?简直是个天才!

退出来的时候,宁瑶特意留意了一下,此时橙子的直播间热度已经顶到了平台前五。

橙子是个很有个人魅力的女人,能当上头部主播也是有道理的。那他……也合理吧。

到底什么合理?宁瑶又不敢去细想。

第二天一大早，宁瑶就被手机吵醒。

她模模糊糊还以为是闹铃，结果随手一按，耳边却传出男人的声音："喂？起床了吗？"

她立刻就清醒了。

乔中洲："你昨天去我家了？"

寻常的一句问话，可是因为他们之间最近气氛不好，听起来有一种别扭的冷淡。

宁瑶昨天本来睡得就晚，再加上第二天是周末，她特意没定闹钟，就是想睡个自然醒，如今非但被吵醒，还被迎头泼了盆冷水，这事儿放谁身上都不乐意。

她于是坐起来，硬邦邦地怼了回去："怎么，不行吗？又不是去找你的。"

对面的人顿了一下，琢磨着问："你月经期？"

"我有病，我疯了，绝症，行了吧。"

"宁瑶！"乔中洲突然出声呵斥。

她说她自己都不行吗？生什么气，会大声说话了不起了是吧？宁瑶愤愤地撂下电话，左右睡不着，干脆起身去洗漱了。

这股怒气一直持续到她侧头看到镜子里的自己。

女人的脸色因没休息好一片惨淡，眼下青灰，嘴角抿成青白一线，看上去很是憔悴。

宁瑶不由得愣了一下。

她最近变得有点奇怪。

不就是看女主播吗？三十岁的老男人了，想谈恋爱不也很正常吗？如果他结婚，做了这么多年朋友了，她肯定要包个大红包的，等他有了小孩儿，她或许还会再送一份礼金……

"烦死了。"

嘟囔声在空气中飘散。

另一边——

一个女人叫他:"中洲,你可以过来看一下吗?"

乔中洲头也不回:"你昨天晚上不是直播了吗,怎么还起这么早?"

女人满脸笑容:"睡不着。这不是你来了我太开心了嘛,走吧,我们一起过去。"

"嗯,好。"嘴上答应着,乔中洲却眉头紧皱,盯着黑漆漆的手机屏幕。

她怎么那么暴躁,是不是他说得太过了?

工作日,宁瑶才放下包,财务就敲门进来。

"宁总监,公司的账目有些对不上,能不能帮忙看一下?"

宁瑶点头:"拿给我吧。"

她原本是不管财务的,可是今年许多进出的账目都会经过她手,财务发现账目对不上的时候也会找她来问问。

财务一脸愁容:"有一笔资金缺口,我怎么都对不上,肯定不是我们部门批的。"

缺口不大,但是这对于财务人来说简直是噩梦。

宁瑶仔细看过之后表示毫无印象,爱莫能助。

财务思忖着还有什么可能性,一拊掌:"那就只剩下乔总了!"

宁瑶突然想到了前两天在乔中洲家看到的账单,数目大约也就是这个量级,难道是乔中洲支走的?

可是给女主播送礼,走公账?

"这马上就月底了,要是账目没搞明白,我还真不敢开资。"财务不由得面色焦急。

宁瑶伸出手:"交给我吧,我帮你找乔中洲问问。"

"谢谢宁总监！"

"不用客气。"

宁瑶搓了搓手，摩拳擦掌，她现在可是有正当理由了。

乔中洲的踪迹难找但又没那么难找。

余州市就在华亭市隔壁，电子商务产业发达，账单上那些外设的生产厂家地址就在余州市其中的一个商业园区。

循着地图找过去，宁瑶站在园区门口四下一望，果不其然，周围就是一家情侣酒店。

宁瑶忍不住再次感慨，她如果不做运营，做私家侦探也是相当够格的。

正要提步，身后突然传出一声充满不确定性的招呼。

"宁……瑶？"

她一回头，就看见一个穿着紧身长裙的女人。

女人化着很少在通勤时能看到的浓妆，身材和颜值同样出挑。有点眼熟，总觉得在哪里见过但是又想不起来。

宁瑶还没来得及开口，女人已经紧着两步走过来，涂着炫目长指甲的手抓住她的手腕上下打量，语带惊喜："你是宁瑶没错吧？我的天哪，宝贝，你怎么会在这里？"

哪位啊？

自来熟得吓人，过分的热情甚至让宁瑶头脑发昏，忍不住抱紧了手里的包随时准备跑路。

直到听见——

"你是来找乔中洲的吧，跟我进来吧，他也没说你会来啊。"

她认识乔中洲？这个认知让宁瑶愣了片刻，一时不察就被女人拉走。

女人熟练地冲着园区的门卫招呼一声，挽着宁瑶的胳膊就进去了。

189

一路上，许多进出园区的工作人员都跟她认识似的，错身的时候总是熟络地打着招呼，有个年轻人随口一问："橙子姐，今天不直播啊？"

女人笑答："天还没黑呢，直播给谁看啊。"

宁瑶突然想起来在哪里看到过她了——这不就是让乔中洲给她买外设的那个主播橙子吗？

有点像，不确定，再看一眼。

宁瑶偷偷打量的目光被看了个正着，女人侧头看她："怎么啦？"

宁瑶："你是主播橙子？"

"对呀。天啊，我这么出名吗？"

宁瑶点点头："我看过你的直播，还给你刷了礼物。"

橙子惊讶地张嘴："你平时工作那么忙竟然也看我直播？你有牙牙账号吗？我关注你吧。"

"不用不用，我平常不怎么用直播软件的，就偶尔看看。"

"怎么这么拘束啊。我可是久闻你大名，我一看你就觉得我们俩早就该认识了，你该不会是觉得我没有直播间里漂亮就不喜欢我了吧？拜托，那是有美颜滤镜的，再说了现在哪个主播不用美颜啊，你让他们关了美颜过来看看，也没几个比得过我吧……"

不愧是一个人掌握一个直播间的主播，这话太密了，宁瑶完全招架不住。

呼吸之间尽是橙子身上浓烈的花香香水味道，手臂被橙子紧紧抓住，挨在她柔软的一侧，宁瑶晕晕乎乎之间，眼前一暗，被她带进了一个类似工厂车间的地方。

车间虽然面积不大，但内部布局紧凑而高效，墙壁上涂着淡灰色的油漆，天花板上悬挂着一排排明亮的 LED 灯，明亮的灯光照着一排排整齐排列的工作台。

车间中央的流水线上，自动化机械臂和传送带按照既定的程序工作着，这些机械臂精准地抓取零件、组装。

角落里还有几个质检员，正围着刚组装好的电竞椅进行检查。

这是一个生产电竞椅的流水线车间。

她们到这儿来干什么？

宁瑶张口欲问，可是橙子却东张西望地高声喊起来："中洲？乔总？人呢？"

尾音拖沓悠长，带着一股熟稔的亲切。

才喊了两声，橙子就锁定了目标，拉着宁瑶快步走到一台机器的后面。

宁瑶刚站稳就看呆了。

谁能来告诉她，为什么当今炙手可热的KIL战队投资人、英俊潇洒人模人样的乔总，会穿着工服，戴着安全帽，手上戴着一双劳保手套，正蹙着眉看着自己手里的某个零件，很有钻研精神的样子。

这场景跟她想的不一样，就连做梦都不敢这么做。

橙子："喂，差不多得了，这公司没你也黄不了，看看谁来了？"

思绪被打断，乔中洲微微皱眉抬起头，在瞥见宁瑶的那一刻，男人的目光不由自主地闪烁了一下。

乔中洲："……我是在做梦吗？"

橙子毫不客气地嘲笑："我看你是在车间待得昏头了。走吧，出去呼吸一下新鲜空气。"

橙子将两个人推出车间，留下一句"我去找质检看看电竞椅效果"就转身回去了。

乔中洲抓抓头发，眼神落在宁瑶身上，又在她看过来的时候不着痕迹地移开，假装盯着地面。

"走吧，带你去休息室。"

休息室在车间旁边的一栋小楼里，只有几平方米的一间小办公室，里面只有一套不算新的沙发茶几，角落里一张简陋的单人床，此外看得见的就只有一台饮水机和一个装了一半的文件柜，跟 KIL 俱乐部里的环境简直是天壤之别。

乔中洲用一次性纸杯给宁瑶接了一杯温水。

乔中洲："什么时候来的？"

"刚刚。"

热水的余温停留在掌心，实际上宁瑶现在已经隐隐理清了头绪。

她抬头想要说些什么，看到乔中洲不自然别开的侧脸，又顿了下，从包里翻出湿巾，拆开递了过去。

乔中洲："干吗？"

宁瑶扬扬下颌示意："你脸上脏了。"

"脏就脏呗。"他嘟囔了一句，摆明了不打算擦。

可宁瑶忍不了，冷淡地勾了勾手指："过来一点。"

"……哦。"

乔中洲身子俯了过来，自然地把侧脸送过去，半点看不出刚才不乐意的样子。

宁瑶一边抓着纸巾胡乱在他脸上抹着，一边说："怎么，该不会俱乐部的财政状况真的出问题了吧？有什么我能帮得上忙的？"

他轻嗤一声："你又知道了。"

男人顺手接过用完了的湿巾，"嘭"的一声，湿巾划过一道优雅的弧线，被精准地投入不远处的垃圾桶中。

乔中洲满意地点头，双手交叉枕在头后，懒散地往沙发上一靠："你怎么找过来的？"

宁瑶："你别管。"

女人目光灼灼，透着一股不达目的誓不罢休的劲儿。

乔中洲手指挠了挠自己的脖颈，声音带着点漫不经心："别想那么多，养你们还是养得起的。"

"想学霸道总裁，也要看自己有没有那个实力。"

宁瑶冷笑一声，又正经起来："不以俱乐部盈利为第一目的，的确是一件保有初心的好事，可是俱乐部的体量放在这里了，如果年年都不盈利，很难走得稳定、长久，一旦俱乐部人员更迭频繁或者成绩下滑严重，收支平衡的情况肯定会被打破。我之前一直就有这个隐忧，但是因为联盟分成尚可，赞助也撑得住，也就没着急问你，今天正好一起聊聊。"

宁瑶变身成宁总监的时候，语气越发锐利和强势。

乔中洲不喜欢跟她聊这些俱乐部的发展，总有一种学生时代被老师盯住的束缚感。

他企图逃避："你来找我难道不是为了道歉？"

想到真实原因，宁瑶心虚了一瞬。

但反正没有别人知道，她很快就挺起了腰板："一码归一码。"

"好吧。"男人认命地低下头，"你想知道什么？"

…………

情况跟宁瑶所猜测的大差不差。

随着 KIL 在联盟跻身上游，乔中洲也凭借对电竞行业的理解和投资电竞俱乐部的经验，洞察到了电竞周边市场的潜力。

他将目光放在了电竞设备上，键鼠、耳机、电竞椅，这些都是属于有资本入行，就可以大干一笔的生意。启动的时候情况肯定是复杂的，但是不管前期多艰难，公司还是成立起来了。

公司初期品牌定位小而美，生产一些技术难度不算高的电子配件。去年还有一款出圈的耳机产品，以软萌的外观和可以 DIY 的动物耳朵，深受消费者喜爱。

宁瑶知道这款耳机，青芒自己就买了全系列五款，跟直播间里的粉丝们炫耀的时候，绝对想不到从老板这里挣到的钱竟然又这么不知不觉地还了回去。

乔中洲："今年挣到了点钱，我们就在这里租了三条生产线，扩大规模，一条生产电竞椅，还有两条生产电子产品。"

他前段时间动不动就不在华亭市，也是因为这个。

说到这里，乔中洲的声音里带着一丝无奈，轻叹一声："也不是故意想瞒着你，本来是想等做出来点名堂之后给你一个惊喜……现在就这么被你戳破了，还算什么惊喜？"

说着说着，男人略带幽怨地瞪了一眼宁瑶，却见后者眼神亮晶晶的，仿佛有星光在闪烁。

乔中洲不自然地清了下嗓子："你看什么呢？"

"看你啊。"

宁瑶交叠着双腿，一手托着下巴，眼睛眨也不眨地看着乔中洲。

她对他刮目相看。

不是因为他取得了什么辉煌的成绩，而是她从中窥见了他的渴望，他为之默默投入了两年。

旁人可能很难理解宁瑶这种心态。

他们认识许多年了。

她说不出乔中洲喜欢什么，吃的穿的用的，他都随意。或许被她的爱好所同化，她决定什么、建议什么，他都全盘欣然接受，因为两个人从来都是这种相处模式，小时候宁瑶也没觉得有什么不对劲的。

真正意识到乔中洲有异于常人的生活观，还是在两个人高中的时候。

那时候他们上的是不同的高中，乔中洲搬家之后，经过父母的衡量，把他送进了一所私立学校,而宁瑶在第二年考进了一所离家近的重点高中。

在宁瑶高二、乔中洲高三的这一年,她去了乔中洲的学校。

不是专门去看望乔中洲的,而是那一年的市高校联合辩论赛就是乔中洲所在的高中承办,而宁瑶是学校辩论队的主力队员。

比完赛之后,宁瑶央着乔中洲带她在校园里头逛逛。

乔中洲就读的这所私立高中,以其国际化的教育特色著称,每年的学费高达数十万元,这还不包括各种附加的活动开销。

学生不算多,但校园面积是宁瑶高中的两三倍,从建筑风格到教学资源,整个校园从内而外散发出一种贵族学院的氛围。

教学风格也独特,宁瑶还是第一次见到有学生上课上到一半因为学累了,跟老师申请去操场跑两圈。

宁瑶边逛边啧啧称奇,嘴里几乎一刻都没有闲下来。

——"你们学校真是太漂亮了,之前你说有剧组过来拍戏我还不信呢。"

——"你们辩论队的那个队长叫……他跟我自我介绍来着但是我忘了,哎呀,不重要,他莫名其妙地跟我说他要去留学,他跟我说干什么,我们又不认识。"

一直沉默着的乔中洲突然问:"宁瑶,你想考什么大学?"

这个问题在宁瑶刚上高中的时候,他就问过她,那个时候宁瑶还不确定,但是现在……

"国内的吧,我不会离家太远,我想学文学相关,这样看华都大学不错。"宁瑶顺口又问,"那你呢?"

乔中洲:"可以。"

"可以"并不是一个回答。

宁瑶正要再问。

"乔中洲!"一道中气十足的声音从两人背后响起。

她回头一看,三个男孩儿朝他们走过来。

几个人额头上都挂着汗，其中一个人手上还拿着篮球，站定的时候随意拍了拍球，招呼道："这是谁啊？"

乔中洲简洁地回答："我朋友。"

丝毫没有要把宁瑶介绍给他们认识的意思。

"防备谁呢，我们又不是坏人……"为首的男孩儿嘟囔一句，面露不满，但没多说什么，"对了，我下个礼拜成人礼，我爸妈要给我在五星级酒店办，你也来吧。"

乔中洲面色淡淡地拒绝了："我家里有事就不去了，提前祝你生日快乐。"

"喊，真能装。要不是我妈非让我问问你，你以为我愿意请你啊？"

早就对他有怨言似的，男孩儿一开口就滔滔不绝："你自己算算，咱们都做快三年同学了，我约了你几次了？你什么活动都不愿意参加，我以后可是要在我爸公司上班的，你难道不是吗？我们搞不好还要合作呢，早点处好关系对我们都好，还是说你根本就没想过这些？"

乔中洲的情绪始终没什么变化，甚至没有半点反驳的欲望。

他这副目中无人的样子让那男孩儿忍无可忍，险些爆炸："乔中洲，你凭什么瞧不起人！"

那男孩儿的同伴及时扯扯他的袖子，劝："算了，我们走吧。"

三个人拉拉扯扯地走了。

宁瑶这才缓步上来："你同学啊，他们看起来……不太友好。"

乔中洲脸上依旧是那副波澜不惊的表情，他耸了耸肩，并不在意："他们一直都这样，不用多想。"

宁瑶："你怎么不解释一下，你不是瞧不起他，你就是单纯不爱凑热闹。"

乔中洲："解释起来就没完没了了，多无聊，随便他怎么想吧。"

"是挺无聊的。"宁瑶点点头，深以为然，"你们才高三呢，他的话就好像这辈子都定型了一样。"

微风卷地而起,如同细腻的手指掠过静谧午后,轻柔地拨动着树梢,拨弄着一片片梧桐树叶,发出沙沙低语,乔中洲的声音险些被淹没。

"每个人都有自己想去到的未来。"

好奇心驱使,宁瑶问:"那你呢?"

乔中洲摇了摇头:"我不知道……我好像也没什么想做的事。"

这实在出乎宁瑶的意料,她眼中的乔中洲,聪明、不羁,但可靠,他做任何事情总能成功,很长一段时间里,都是她信心的来源。

这样的乔中洲,怎么能没有梦想呢?

后来,他报考了宁瑶想要报考的华都大学,进入了金融系。

毕业之后,在舍友的邀请下,他短暂地涉足了互联网。

再后来,宁瑶决心在职业联赛中做出一番成绩,他也入股了KIL,投身电竞。

这些决定里多多少少都有别人的影子,乔中洲似乎的确没有对一个特定的事物感兴趣过。

宁瑶知道现在的乔中洲背负着很多的压力。

总的来说,KIL是一支流量大于成绩的队伍。

这并不是一个贬义词,KIL的队员们都很讨喜,这不是他们的错,可是很有节目效果的是,每个赛季这支队伍总会出现一些问题,不是五人中的某一个状态不佳,就是教练的BP或赛训组的战术储备不够,总有一个被对方突破的缺口,让他们常常与冠军失之交臂。

今年KIL的薪资超过了联盟规定的两千万奢侈线,乔中洲为此要额外支付百分之五十的"奢侈税"。

作为一个自负盈亏的电竞战队,这手笔实属是在倾家荡产的边缘徘徊,一个春季赛冠军不足以填平支出。

她想过他会孤注一掷继续冒险,想过他会调整策略降本增效……唯独没想过他会选择"开源"。

可是——

宁瑶问:"这是你想做的事吗?"

乔中洲微微一怔:"嗯,这是我想做的事情。"

她于是点点头,嘴角不自觉地上扬,又多了点笑意。

乔中洲别扭地别开脸:"别这么看着我,很奇怪。"

回程不用订票了,这一次为了装两箱样品回去,乔中洲自己开车来。

主播橙子是他的合作伙伴,一直把两个人送到停车场,才笑眯眯地冲宁瑶挥手:"常来我直播间玩啊。"

车窗升上,车内车外隔绝成两个世界。

乔中洲开车一贯平稳,宁瑶低头逐页看着乔中洲公司的产品规划书,看到新推出的电竞椅十分喜欢,正盘算着让乔中洲送她一把,冷不防驾驶位上的男人突然清了清嗓子。

"橙子是牙牙直播的头部主播,这么多年下来身价不菲,那个时候我手里也没什么钱了,正在寻找投资商,正好她也想要用存款做点实业,是老沈牵线介绍我们认识的,就彼此聊了一下发展规划,我们俩算是一拍即合吧。去年开始挣了钱之后,橙子就把她自己的直播间搬到余州市来了,平常工厂都是她在盯着,我处理外销和研发方面的工作。"

宁瑶头也不抬:"嗯。"

乔中洲顿了一下:"她那个人表面看起来热情过剩,但那都是她的职业病。橙子实际上很有分寸感,我们平时除了工作什么都不聊的。"

宁瑶:"嗯。"

乔中洲于是又沉默下来。

宁瑶想到什么,终于抬头:"就算你不需要别人帮忙,最起码也应该告诉我一声你在做什么,毕竟你自己一个人的精力是有限的。从 KIL 俱乐部账上支

资金这个失误可不能再犯了,财务账上差一分钱都是巨大的问题。"

乔中洲:"嗯。"

宁瑶蹙眉:"你别光嗯嗯啊啊的,听没听见啊?"

乔中洲想到什么,突然冷笑一声:"我自己的事自己解决,为什么要告诉你,你不相信我?"

这话似曾相识。

但是看在今天气氛融洽的份上,宁瑶暂时不想追究这男人突如其来的叛逆。

车辆在高速公路上疾驰了三四个小时,终于在夜色渐浓时抵达华亭市。

宁瑶正准备提议直接送她到公寓楼下,却见他将方向盘一转,车子驶向了通往商业街的方向。

她不由得侧头问:"去哪儿?"

男人侧脸线条硬朗,唇抿成浅浅一线,城市的霓虹灯光在夜幕下闪烁,透过疾驰中的车窗,斑驳地在他脸上掠过一道残影,有一种疏离的俊朗。

乔中洲自然地回答:"你中午就没吃饭,太晚了,我们还是先去吃饭吧。"

他的声音一响起,那原本朦胧的距离感瞬间又被拉近。

宁瑶心念一动,放在腿上的手不自觉地握了一下。

就近找了一家餐厅,宁瑶帮乔中洲做出决定,点了两碗面。

一碗西红柿鸡蛋面,一碗卤肉面,她正艰难取舍着,就见乔中洲招呼服务员又拿过来一个小碗,自然地将其中一碗挑出一半来给她。

"吃吧吃吧。"

宁瑶闷闷地说:"给我这么多干什么,我又吃不完。"

他嗤笑一声:"你那眼睛都快看不过来了,签合同的时候都没见你犹豫这么久过,不就两碗面?你能吃多少就吃多少,剩下的都给我就行了。"

她"哦"了一声,低头挑起一筷子面,没再说什么。

饭毕，从餐厅走出来，暖意从胃里蔓延。

暮春的夜晚，街道两旁的樱花树在微风中轻轻摇曳，风卷起一地衰败的花瓣，铺就了一条粉色的小径，空气中弥漫着樱花那特有的淡淡香气，混合着泥土的清新和夜晚的凉意。

宁瑶抬头看了一眼："等一下。"

乔中洲依言站定，她抬头，指尖轻巧地从他的发梢间拈去一片花瓣。

周围的空气都似乎轻盈起来。

"好了。"

乔中洲眼神一闪："走吧，送你回去。"

一路披星。

车停在她的公寓楼下。

车熄了火，车厢内空气寂静，乔中洲一直没说话。

他们两个人从不缺少共处的机会，可是今天总觉得有哪里不大一样，宁瑶搁在身侧的手又不自觉地攥紧，干巴巴地说："那我回去了。"

她作势低头要解安全带，乔中洲突然扣住了她的手腕。

宁瑶心头一跳。

男人的声音干哑："今天……为什么来余州？"

宁瑶低头去掰他的手，只有嘴上依然冷静："什么莫名其妙的，不都跟你说了嘛，替财务找你核对支出。"

他按着她的手不肯挪开。哪怕在黑暗中，男人的视线也灼灼，仿佛要将她烧出一个洞。

"你知道我在问什么，为什么要找我？"

宁瑶没作声。

"橙子跟我说你去她直播间的事儿了，你别想否认，我在她的收益里看到了你的账号，初中的时候宁池给你注册的，asd加上'池最帅'的拼音。你在乎我和橙子之间的关系,所以想要亲眼看看对不对?宁瑶,你知不知道这意味着什么?"

他的手掌有力,锢在她手腕上像钢筋似的,她根本就掰不开。

宁瑶索性也不挣扎了。

不该聪明的时候倒是挺聪明。

宁瑶抬眼:"那你觉得这意味着什么?"

狭小的车厢里,两人的呼吸几乎交融。

乔中洲探着身子,将宁瑶挤在一寸狭窄的空间里,看似是猎人强势将猎物追进了穷巷,却隐忍着迟迟没有下一个动作。

他习惯了等待,囿于等待,又因长久的等待筑起了一道无形的屏障。隐忍与爆发之间,让他身上形成了一种欲拒还迎的矛盾感,透着一股悍然的吸引力。

没人见过乔中洲的这一面,除了她。

她的背紧贴着冰冷的车门,身前男人的体温却非常炽热。

一念起,宁瑶突然身体前倾。

"吧唧"一声,清脆又异常响亮。

她毫无预兆地在他额头上亲了一口。

宁瑶终于给自己鼓噪了一整天的心找到了一个宣泄口。

她其实也没有想很多,只是觉得他的双眼真的很亮,让她想起了她曾经在宠物店窗外看到的一只缅因猫。她一直想养一只宠物,可是一开始是没有条件,后来是没有时间。

反正做就做了,宁瑶也没想着逃避什么。

"你——"

宁瑶刚说了一个字,眼前的人影猛地一缩,男人飞快地躲开她。

车门打开又被大力关上,一阵眼花缭乱之后,驾驶位空落落的。

乔中洲跑了。

他甚至没拉手刹。

宁瑶张了张嘴,半天都不知道该说什么。

夜色中,女人的声音划破寂静——

"乔中洲你回来,这是你的车,你去哪儿啊!"

第十章

疾风

乔中洲找财务"投案自首",补上了流程,财务很满意并希望他引以为戒。

"乔总下回还是得提前跟我们部门说,不然耽误开资。"

"好的好的,一定一定。"乔中洲束手站在旁边,唯唯诺诺。

宁瑶笑眯眯地敲门进来:"小吴,这是我们部门上个月的报销单。"

"好的,宁总监。"

"辛苦了。"说完,宁瑶的眼神自然地落在乔中洲身上,"乔总来接受批评啊?"

两人目光一对上。

男人的眼睛立刻瞪圆了,他紧抿着唇,一句话都没说,夺门而出。

目送他的背影一阵风似的消失在门口,宁瑶忍不住眉眼弯弯,唇角还没来得及压下去,就对上了一道幽幽的眼神。

宁瑶:……这人什么时候进来的?

赵昕的眼睛像探照灯似的在门口和宁瑶身上来来回回地扫视,暗示意味太强,宁瑶有点没绷住:"你要干吗?"

赵昕:"哼,这话应该我问你,你知道为什么很多公司,都讨厌办公室恋情吗?"

宁瑶别开脸:"问我这个干什么,你好莫名其妙哦。"

"你最好是真觉得我莫名其妙。"赵昕冷笑一声,空气中依稀传出磨刀的霍霍声,"我千里迢迢从H国跟你回国发展,你可不能对不起我。"

宁瑶顺手抄起一个文件袋扔到他脑袋上,囫囵道:"赶紧走。"

虽然赵昕的话有一种直白的愚蠢,但有一个观点是对的,不管发生了什么,不能影响工作,乔中洲要总是这么逃避她可不行。

想逃?呵,休想。

不过一条马路的距离,他能跑到哪里去?

午休的时间,宁瑶熟门熟路地走到了乔中洲的休息室门外,敲敲门,没人应,耳朵贴近门板,还隐约能听见游戏的音效。

再敲。

音效声似乎更大了。

宁瑶用商量的口吻:"你先把门开开呗?"

片刻后,拖沓声响起。门开了一条缝,男人穿着拖鞋一步一踢地坐回到宽大的椅子上。

乔中洲在电脑上玩的是俄罗斯方块,不过是非常简单的第二关,可眼看着又要Game over了。

玩得这么"菜",却成天还这么积极。

宁瑶:"啧。"

乔中洲头也不抬:"有事?"

他的目光与宁瑶短暂交汇之后,又迅速地躲闪。

这副冷言冷语的模样可骗不了宁瑶,她坐在沙发上,拄着腮,心里"啧啧"。

乔中洲的外表总给人一种散漫不羁的印象，性格上似乎也总是保持着一种淡淡的疏离，但谁能想到，他竟然还藏着一颗青涩而腼腆的心。

她现在闭上眼睛，满脑子都是他落荒而逃的背影。

宁瑶突然想到什么："当年我还奇怪过呢，你什么时候热爱上电竞了，明明是个连游戏都不打的人，竟然突然决定要投资电竞战队……是因为我吧？"

那个时候宁瑶正经历着人生的低谷，风浪一波波地袭来，她没有选择逃避，而是打算从哪个领域跌倒就从哪个领域站起来，为了一份工作，她几乎跑遍了联盟所有的战队。

小半年的时间一忽而过，等她跟 SPES 战队谈得差不多，终于有时间停下来看看周围的时候，她收到了乔中洲给她发的短信。

那一天的乔中洲收拾得格外精神，宁瑶一眼就看见了他头上发蜡抓出来的痕迹。吃完了饭，乔中洲才仿佛不经意之间捋了一把头发，自信开口："有个消息，也不是非要让你知道，就是想起来了，随口告诉你一下。"

宁瑶："我也有一件好消息。"

乔中洲："我入股 KIL 了，你可以——"

宁瑶："我拿到 SPES 的合同了！"

两个人的尾音几乎同时落下。

乔中洲顿时沉默。

宁瑶脸上闪过一丝茫然："你刚才说什么？"

乔中洲随意地往后一靠，别过脸，用一种漫不经心的语调说："没什么，我最近喜欢上一款游戏，顺便就投资了一个电竞战队。"

宁瑶也是后来才逐渐了解那段时间乔中洲到底都做了什么。

不同于他表现出来的云淡风轻，为了入股 KIL，他跟他父母几乎闹翻。

乔中洲家里是做传统制造业的，很难理解电竞究竟是个什么领域，父亲不同意，父子俩激烈争吵了两周，结果就是乔中洲从家里搬了出来，乔父自此找了职业经理人，显然对儿子继承家业这个可能性不抱太大希望了。

入职SPES之后，宁瑶的每一天都过得很充实，再加上SPES跟KIL也算是竞争关系的战队，她也尽量避免跟乔中洲谈论工作有关的事情。

她只是模模糊糊地怀疑过，乔中洲在告诉她这个消息的时候，是否想过要和她一起；听到她选择了SPES的时候，是不是也失望过？

可是他什么都没说过，对于一个言辞犀利令人不由得掩耳的人来说，他的沉默格外突兀，宁瑶不由自主地反省，她是不是对他有点……坏？

窗户半开，微风拂过，宁瑶有点惆怅。

乔中洲终于走过来，谨慎地跟她隔了一个位置坐下。

"倒也不完全是因为你……一半吧。"

男人回答了她刚才关于"是因为我吧"的问题。

他一手拄着头，拇指有一搭没一搭地点着鬓角："其实一开始我只是想体会你的感受，但是后来我发现我还挺喜欢电竞的。"

宁瑶："我的感受？"

乔中洲短促地笑了一下："我很好奇你一直不顾一切追求的，到底是什么。"

宁瑶其实并不是很明白他在说什么，但是她听明白了"挺喜欢"这三个字。

这就够了。

始于好奇，终于喜欢，有多少人能为了这两样而赌上一切呢？

乔中洲抓抓头发："不用露出这副表情，你别看现在俱乐部有上顿没下顿的，但是只要一个世界冠军，一切都不一样了。"

他的眉眼间依旧带着不羁的傲气，仿佛岁月未曾在他身上留下痕迹。

大概是宁瑶的眼神太认真，乔中洲眼神飘忽，心跳不由得快了几分。

空气突然微妙。

乔中洲："你要是没别的事就赶紧走吧。"

宁瑶"啧"一声："哎哟，不会是放完狂言脸红了吧。"

男人别开脸："你差不多得了。"

她特意凑过去:"真红啦?让我看看?就看一眼。"

"别过来啊。"

"别躲啊你。"

宁瑶还在闹。

乔中洲似忍无可忍,一把抓住她的手。

乔中洲:"宁瑶!我已经够克制了吧。"

男人手掌宽厚、温热,将她的手牢牢攥在手心。两人之间只隔着那个低矮的沙发靠背,他的力道不容抗拒,女人被迫弯下腰,视线低垂,却落在了他的喉结上。

空气中,他的呼吸变得有些沉重,每一分秒都让宁瑶觉得他的存在感变得更加强烈。

好像有点闹过了。

男人眼神发黯:"你明明知道的,我喜欢你,还来撩我。"

宁瑶低着头,嘴唇紧抿,但没有逃避。

宁瑶:"是的……我知道。"

酝酿中的风雨没有来临,倏忽云开雾霁,一室日光倾泻,他一脸满足地放开她:"你知道就行。"

啊?

"知道……就行?"宁瑶有点摸不着头脑。

她想了想,没有忘记自己今天来的目的:"我就是来找你聊这件事的。"

深吸一口气,宁瑶皱起眉头,颇有一副豁出去的模样:"我是个敢作敢当的女人,我会对你负责——唔。"

乔中洲伸手捂住了她的嘴。

在她诧异的目光下,男人双眼晶亮,口吻轻哄着:"没关系,我们慢慢来。"

好像有一缕温柔的风溜进了她的心里。

宁瑶将鬓角的碎发捋到耳后,眼睛飞快地眨了眨:"你还……你人还挺有耐心的。"

"嗯。"男人意味不明地轻笑一声。

宁瑶不由得扭过头，感觉自己的语言系统都被乔中洲这句话搞得紊乱了。

宁瑶："那就先这样吧，我回去了。"

这行为丝毫不逊色于乔中洲弃车而逃，她连门都忘了关。

休息室里只剩乔中洲一个人，他发了会儿呆，才缓缓地、深深地叹了口气。

他也是今天才意识到，自己真的很有耐心。

可这份耐心不是源于自信，相反，却是因为害怕。

他有点害怕，那个突如其来的吻仅仅只是她一时兴起，害怕她有心理负担，害怕她的"责任感"会反过来成为束缚她的枷锁。

宁瑶是个做事总是憋着一股劲儿的人，就是这一股气支撑着她翻山越岭，让她跨过刀山火海，让她不留余地，一心向前，去看更远的风景。

而现在她这一股劲儿都扑在工作上，她还没有做好长久地迈入一段感情的准备，乔中洲不想让她为他低头。

春光肆意，男人一手按住自己的心脏，感受着心脏在胸腔里跳动。

别着急，别害怕，她已经回来了，她回到了他身边。

对于 KIL 战队的粉丝来说，春季赛冠军是送给他们休赛期最好的礼物。

懂不懂什么叫作顺风输出的含金量啊？那可是脚踩极度，拳打金锐，直接叫嚣着把 K4 叫过来打一场，让世界看看谁才是当之无愧的 LAC 世界第一战队！

反感的观众也很多，但这也算是竞圈老传统了，按照粉丝的话来说就是顺风不输出什么时候输出？没有任何队伍会一直赢下去，既然早晚都要输一场，那肯定要在能赢的时候疯狂嚣张一把。

于是整整一个假期，KIL 的五名队员都沉浸在海水一样涌来的赞美声中，宁瑶趁机忽悠他们早点结束休假回战队工作，回馈粉丝。

宁瑶给他们接了一个神秘的新代言，也就是乔中洲创办的外设品牌"竞无界"。KIL选手们知名度很高,自家的羊毛,不薅白不薅。

除了代言费用分成,乔中洲还给所有的队员都配备了竟无界全系列的耳机和键鼠,还有新打样出来的电竞椅。所有人都很开心,只有本来就是忠实用户的青芒笑不出来。

此外还有三个广告拍摄,六个专访,不下十八宫格的营业硬照,超话粉丝连呼"够了够了,再多就腻了"。

在这种团结又欢乐的气氛下,队员们回归训练,一周之后,夏季赛开赛了。

不说舆论的大吹特吹替KIL"贷款"夏季赛冠军,队员们本身对夏季赛的兴趣也不大,用青芒的话来说:"夏季赛有什么意义,全是手下败将,赶紧把K4抬上来,老子要打K4!"

阿狂和野火跟着嗷嗷叫唤:"老子要打K4,老子要干翻金在赫!"

白雪就近捂住了阿狂的嘴,在他头上狂敲了几个栗暴:"你跟谁老子老子的,能不能学点好的?"

宁瑶笑眯眯地看着他们吵吵闹闹。

人不轻狂枉少年嘛。

夏季赛KIL的第一场比赛是对AIR战队。

赛前录制SOT(赛前预采访),经理斟酌片刻,派出了队里相对稳重的辛思邈。

采访间里,辛思邈一推眼镜:"我认为,这场比赛毫无难度,我们将证明,今后是属于KIL的时代。"

狂!真的狂!

可任谁都没想到,春季赛新科冠军KIL给大家伙儿攒了个大活儿,生动形象地阐释了什么叫作"骄兵必败"。

比赛当天,双方艰难地打满了一个BO3,最后KIL以1-2输给了春季赛季后赛的"守门员"AIR。

史诗级大翻车！

AIR 的经理老沈赛后激动得直接开启直播，滤镜都遮挡不住他的红光满面。

——"弹幕还有人质疑 AIR 夏季赛首胜的含金量吗？你告诉我 AIR 是不是起飞了！是不是？"

——"懂不懂休赛期世界第一战队的含金量啊！KIL 可是今年最有冠军相的队伍，我们赢了 KIL 那我们是什么？冠军中的冠军！今年就是 AIR 最有希望的一年！"

——"KIL 就是个二流战队，打起来没什么意思，把 K4 叫来，我让你们把 K4 给我叫来！"

老沈狂到没边，吓得 AIR 的几名队员连忙在自己的微博里撇清关系：直播言论仅代表老沈本人，不熟，真不熟。

粉丝嘻嘻哈哈，较真的没几个，毕竟也没人规定不能做白日梦嘛。

夏季赛赛程按部就班地进行着。

中间夹杂着一条无关痛痒的消息，某银行对 CPU 抛出了橄榄枝，双方有望在明年达成冠名赞助合作，想必又是一场大换血。

春季赛期间闹得轰轰烈烈的管理层大瓜放到现在看，已经是陈年旧瓜了，这条消息无人在意，除了 CPU 的粉丝和宁瑶。

一大早她就把赵昕叫到了办公室。

赵昕思忖着："我也正觉得奇怪，整个休赛期白友仁就像隐身了一样，我听到很多种传言，有的说他回 K4 了，有的说他被 CPU 开除了心灰意冷回老家了，甚至还有的说抛出橄榄枝的某银行就是他动用人脉给牵的线，为的就是从此以后在 CPU 掌握话语权。你说，他真的准备在 CPU 扎根了？那我们这一番心思不就白费了？"

"不可能的。"宁瑶摇头，"我太了解他这个人了，他只会趁势而为，不

喜欢打逆风局。"

　　明眼人都能看出来，现在的 CPU 正经历着改变的阵痛期，就算有新的资方愿意入场，战队也会经历一场大洗牌，除非奇迹般取得好成绩，否则短时间内只能靠着死忠粉撑着。

　　可奇迹之所以是奇迹，就是因为它大概率不会发生。

　　前路不明，且充满荆棘，对白友仁来说，他绝对不会甘愿付出时间与心血，跟这样一支战队共同成长，更别说帮助他们了。

　　那他会怎么做？

　　宁瑶把国内赛区的战队都在脑子里过了一遍，甚至还想到了形成规模的其他联赛，还是找不到什么头绪。

　　她喃喃自语："他也没什么好的选择了。"

　　她要把白友仁的底牌，一张一张抽走，把他扒皮抽骨，露出真面目，再也没有能力在这一行搅弄风云，这才对得起他们的"重逢"。

　　虽然宁瑶做了很多准备，但白友仁还是给了她一个"惊喜"。

　　夏季赛常规赛开赛月余，她收到消息，白友仁从 CPU "跳车"了，默不作声地入职了黑天使战队。

　　宁瑶知道这件事的时候还跟赵昕分析了一下，白友仁应该是在冬转的时候就离开 CPU 了，只是现在才公布。

　　但为什么是黑天使？

　　黑天使这个战队这几年以来一直不温不火，没什么钱，但也不是摆烂到底吃联盟低保的队伍。

　　这个战队秉持着"捡漏"的原则，几乎每年都是最后官宣大名单的，由于各方拉扯，总能叫它捡到那么一两个差一点就找不到工作的中上游选手，要么一带四，要么二带三，队员实力良莠不齐，队伍常年游走在季后赛边缘。

　　而且因为战队人员更迭频繁，宣发中规中矩，一直以来也没什么队粉。

可是常在河边走，黑天使今年还是湿了鞋，休赛期一个都没捡到，勉强踩在了联盟划定的"贫困线"组建好了班底，春季赛连季后赛都没进去。目前夏季赛三个大场都以 0-2 落败，名列全联盟倒数第一。

这样的战队，从专业宣发的眼光来看，也算是地狱开局了。

并且白友仁还并非只身来投，他给黑天使介绍了一个 H 国的自由人打野，ID 叫李贤，此人在按照联盟的规定提前报备之后，于夏季赛加入了黑天使战队的选手大名单。

宁瑶此前并没有在意这个战队的成绩，如今再看，在黑天使已经打完的三场夏季赛里，他们赢了两场，并且 MVP 都是李贤，看起来像是一场成功的引援。

引援合理，跳槽合理，可是这两件事合在一起看，怎么看都透着股怪味。

从 K4 到 CPU 再到如今的黑天使，白友仁完成了一次又一次的资源降级，这不是宁瑶了解的白友仁会做出来的事。

一连打了好几个电话，最后还是金在赫消息灵通，给宁瑶提供了有用的信息。

金在赫："李贤今年有队伍的，过了试训，可是没有签约，有人告诉过我，他去黑天使是主动降薪，奇怪，很奇怪。"

宁瑶表示感谢之后，金在赫却不肯挂。

男孩的声音陡然热情起来："宁瑶，我回首发了，你看到了吧，我们目前连胜，一小场都没输过，KIL 连二流战队都打不过，你回来吧，我会再给你冠军。"

"加油哦。"宁瑶轻车熟路地敷衍，又挂掉。

看她紧蹙的眉头，乔中洲老神在在："别急啊。"

宁瑶冷眼看着，男人坐在她办公室的沙发上，交叠着双腿，脚尖一点一点的，好不惬意。

她深吸一口气，瞪住乔中洲。

乔中洲："怎么有点冷？"

故意当作没听出他的话外之音，宁瑶唇畔勾起，却不见笑模样："你再接着玩会手机，手机玩久了也会发热。"

乔中洲："好主意。"

宁瑶实在是看不下去："队伍又输了你怎么还能跟个没事儿人似的？"

KIL这个夏季赛堪称过山车，赢一局输一局，赢得"千奇百怪"，输得"五花八门"，总在挑战粉丝的最高心率。

"那我有什么办法？"乔中洲双手一摊，面露无辜，"你自己也说过啊，我紧张有什么用？我又不能替他们打，又不能替他们调整战术。"

"一点用都没有的人还好意思啊？"宁瑶白他一眼，懒得再听他贫嘴，"赶紧走，别耽误我工作。"

宁瑶暴躁地轰走了乔中洲。

冷静下来之后，她脑海里萦绕的却也是跟工作无关的事。

想不通，白友仁为什么要去黑天使，为什么要带着一个打野选手一起去黑天使？这跟留在CPU有什么区别？CPU甚至在知名度上更胜一筹。

正巧宣发敲门进来找宁瑶核实一条官博内容，一低头就瞧见了宁瑶接电话时无意识写下的字。

"李贤？宁总监也认识黑天使战队的打野？"

宁瑶心神一动："也？"

"嗯，我听野火提过他，他们认识很多年了，关系应该不错。"

宣发可以说是KIL俱乐部的元老级员工，平时也负责官博更新，跟选手们关系也都不错。她想了想："宁总监想了解什么？不如去找野火问问？"

宁瑶犹豫了一下，摇摇头："还是不用了。最近选手们状态不稳定，下一站马上又要迎战强敌，这种事还是不要打扰他了。"

宣发以为宁瑶是担忧战队成绩，毕竟KIL还没打过黑天使，而后者夏季赛看起来又挺猛的，于是特意安慰："我们赛区还是很喜欢引进外援的，黑天使上个赛季成绩那么差，这赛季求变也在情理之中，但是外国人来本赛区都会有个适应过程，青芒对位李贤也肯定没什么压力的。"

宁瑶若有所思："或许吧。"

KIL 这赛季又添了一个赞助商，宁瑶最近有点忙，就把这件事放下了。

——后来回想起来，这是她犯下的第一个失误。

七月份，夏季赛常规赛赛程进入到后半段。在小暑这一天，春季赛新科冠军、"纸面实力"联赛独一档、被无数人看好的夺冠热门 KIL，迎来了大场的三连败，战绩来到了六胜七负。

这回就算粉丝心态再好，也不能把主队的输赢当作乐子看了，可是问题出在哪里呢？粉丝看不明白，教练组也看不明白。

王教练急得火烧眉毛："你们训练赛从来都是乱杀的，怎么一打比赛就打不明白了呢？"

他不明白，就没有一个人能明白了。

世界赛是采取积分制的，哪怕他们队伍是春季赛冠军，可是如果夏季赛名次很差，同样面临着进不去世界赛的危机。

调整迫在眉睫。

KIL 的不佳表现反而让几支中上游战队看到了机会。世界赛的名额有四个，"纸面实力"不错且有野心的战队，都企图在这个时间点上更进一筹。

金锐战队提拔了一个二队打野进入了大名单，新选手和首发打野一个擅长野核，一个擅长抓线，这是训练队伍储备另一套战术体系，为可能到来的世界赛做准备。

AIR 战队的经理老沈连夜飞往 H 国，请了一位待业的分析师过来，他对版本抓取能力十分出众，容易选出逆版本阵容也是 AIR 的老毛病了，明明队员实力都不差，但就是很难适应频繁变更的版本。

……………

所有暗流涌动都归纳成一句话：LAC 乱不乱，KIL 说了算。

与此同时，KIL 又迎来了艰难的一仗，对阵目前排名第一的金锐。作为春季赛的大小王，两支流量战队的对决承包了周日的黄金档。

金锐的 AD 星驰是老朋友了，赛前几个兄弟还合拍了一张，上传到了微博上，评论区的眼泪汇聚成了一片汪洋大海。

有个高赞评论：都是兄弟，赛场上手下留情啊！

一语成谶。

久旱逢甘露，阿狂和白雪的下路组合超常发挥，将星驰打得毫无还手之力，他们向所有人证明了，KIL 是一支输得起弱队也赢得过强队的神奇队伍。

宁瑶没去现场，只是在俱乐部的群里看到众人的撒花欢呼，跟着发了两个表情包之后她就放下了手机投入工作中去了。

可是万万没想到，赛后群访出了问题。

群访一般都是五名队员和教练一起接受众多电竞媒体的采访，大多会问一下赛前准备、赛场表现或者下场比赛的展望之类的，记者通常都会指名一个选手回答。

有个男记者问野火："你觉得你这两局发挥得怎么样？"

野火拿起话筒，憨憨一笑："一般，跟着队友混混就赢了。"

男记者没有坐下，继续问："那你认为你们战队之前频频失利的原因是什么？"

这种指向性很强的问题，一般都会给到教练或者是队伍中的指挥位，野火很少被问到这样的问题，也呆了一下，挠挠头，回答得很中肯："我发挥得不好，有几把游戏如果我对线没有失误的话，我们应该都会赢下来。"

这个赛季野火在数据上确实不够好看，但这是五个人的游戏，一场游戏的失败一定不只是一个人的原因，野火的回答算是一种"揽锅"行为。

本来两次针对野火的问题已经很奇怪了,可是这个记者依旧不依不饶:"你反思过自己为什么会表现不佳吗?跟场下因素有没有关系?"

野火莫名其妙地皱起眉:"我不知道你在问什么。"

说完他就放下了话筒。

台上的队员们都冷了脸,台下的记者们也都向问话的男人投去怪异的目光。比赛总是有输有赢的,他们是正经记者,从来不会问这种居心叵测一看就是要博人眼球的问题,这是哪儿来的脑残?

这一段赛后采访发出来之后,外界褒贬不一,当然有看到什么都不顺眼要来喷两句"菜还不让人说"的人,但是总的来说,绝大部分观众认为这个记者问这种明显是刁难选手的问题,既不专业,又不礼貌。

按理说这种小节奏每天都有,是不必放在心上的,但宁瑶还是留心了一下,让赵昕去打听了一下是哪一家电竞媒体旗下的记者。

每个出入采访间的记者都要有工作牌,一找登记记录就找到了。

赵昕皱着眉头:"他叫张康,大电竞旗下的记者,据说还在实习期。"

宁瑶看着照片上的男人的脸,出于私心进行了一些外貌攻击:"这记者看起来就没什么职业素养,以后他预约的专访都小心着点。"

——人都找出来了,但没有及时深究张康针对野火的目的,这是宁瑶犯下的第二个失误。

只是孽缘来了,躲都躲不掉。

没过几天,宁瑶就在办公楼楼下见到了这个叫张康的记者。

宁瑶眼力很好,一眼就看到他正拉着一个 KIL 新入职的员工说话。她不动声色地凑近,听见张康套近乎地说:"你是这里的工作人员吗?"

"哇,真的吗?我可喜欢电竞了,所以我才去做的电竞记者……对啊,我就在大电竞工作。"

"我主队,是 KIL 啊,去年他们没夺冠我觉得太可惜了。对了,他们战队

的上单野火你认识吗?他平时会来你们这儿吗?"

越听越不对劲,有鬼。

在新员工被忽悠得头昏脑涨正要开口的时候,宁瑶刻意咳嗽了一声,打断了两个人的谈话。

新员工连忙站直:"宁总监,早上好。"

"早。"宁瑶笑眯眯地点点头,员工跟她打了个招呼就赶紧上楼去了。

张康探究地看向宁瑶,显然是知道她。

上班时间,办公楼旋转门前人来人往,宁瑶伸手示意了一下,自然地将男人带到一旁。

宁瑶笑了笑:"您是大电竞的张记者吧,我在采访席见过您,今天特意赶来,是有什么供稿需要吗?"

张康愣了一下:"啊,是,也不着急。"

"这样啊,那您是想要专访还是群访啊?您想采访谁,我看看选手有没有时间。"

男人脸上露出笑容:"最好的上单选手吧,野火就可以。"

宁瑶干脆地点头:"没问题,媒体的任务我们还是要配合的。麻烦您先出示一下工作证,我帮您预约,然后采访的提纲也麻烦拿出来看一下,省得我们队员没有准备,耽误您工作就不好了。"

她倒想看看,这人还能问出什么恶心的问题,然后直接投诉给大电竞问问到底怎么招聘的员工!

张康表情讪讪,手掏着公文包,半晌什么都没掏出来,含糊道:"那个……我已经从大电竞离职了。"

宁瑶不由得挑眉,语气凉凉:"原来不是电竞记者了,那是改当狗仔了?"

可是宁瑶之前的态度太好了,男人一时间也分辨不出来她到底是真诚问话,还是在阴阳怪气。

张康搓搓手:"既然宁总监这么热情,那能不能去俱乐部帮我把野火叫出来啊,我真的想找他聊聊。"

"不可以哦,选手不接受非官媒采访。"

"来都来了……"男人嘀咕了一声,"这就是流量战队的作风吗?看人下菜碟?"

宁瑶也不笑了,她微微歪着头,双手抱肩,声音变得冷淡:"张康,你是真觉得我们战队的人都傻吗?傻到看不出来你的故意针对?"

张康反应过来:"你耍我?"

"是你先把我当傻子的。"宁瑶上下扫视着他,目光锐利似箭,"在群访的时候故意刁难我们的队员,被开除了之后又鬼鬼祟祟地来我们俱乐部附近,你到底想干什么?"

张康面色一僵:"有病,谁说我是被开除了,我警告你说话小心点。"

男人脸色怨怼,明明嘴上骂骂咧咧的,可对上宁瑶了然一切又鄙夷的眼神,脚步却不由得后撤,放了几句无意义的狠话就溜没影了。

刚到公司的赵昕走到她旁边,皱着眉看过去,问:"怎么回事?"

宁瑶:"让我们的人都帮忙打听一下,刚才那个记者离职之后去了哪里。"

赵昕:"你觉得他是故意针对野火的吗?"

宁瑶转头看他:"嗯,不是觉得,是一定。"

可是这份觉悟来得还是有点晚,当天下午,一个新闻稿铺天盖地。

新闻稿大篇幅夸赞了黑天使新打野李贤的近期表现,惊呼如此天才怎么现在才被熟知。

随后网络上像是突然之间多出了一大批黑天使战队的粉丝,一面转发宣传,一面积极讨论,一时间烈火烹油似的。

很常规的"造神"手法了,要是李贤真能带队伍打出点成绩来,身价肯定成倍地增长,可是也有不常规的地方。

开始有人讨论李贤的路人王时期,并且爆料他跟KIL的上单野火关系紧密。当年在野火的介绍下,李贤甚至差点加入国内某战队的青训,但李贤最后还是选择了待在 H 国赛区。

从两个人的双排记录,到游戏内的互动截图,还有野火从基地出发,去找李贤一起吃火锅的照片,两个人之间的小故事越来越多,一个个细节丰满得就好像爆料人都在现场一样。

网络上的风向惊人的一致,说没有人引导绝对不可能。

而"李贤"这个人名一出来,她也不需要再去打听张康背后的人是谁了,除了白友仁不作二想。

她皱起眉,不妙的直觉几乎到达了巅峰。

赵昕:"这应该是张康拍的,有不少员工反映,见过他拿着照相机在俱乐部附近晃悠。"

宁瑶冷着脸抽出金卡:"帮我联系个律师。这个张康跟只跳蚤似的,烦都烦死了,干了坏事现在还想全身而退,哪能那么便宜他?"

赵昕顿了一瞬:"我早就想说了,你也就那么点工资,能不能不每次都像个霸道总裁一样,卡里多少钱你心里没数吗?"

两人相视沉默。

赵昕:"乔总已经找律师了。"

临走前,他又补充了一句:"你们俩倒是能想到一块儿去,般配。"

宁瑶:……一时间听不出来这话到底是夸奖还是阴阳怪气。

不管白友仁打的什么主意,总要先知己知彼,宁瑶还是决定先找野火谈一谈。

晚上,刚打完一场训练赛,野火正想去食堂找点吃的,就被宁瑶叫出来了。

宁瑶单刀直入:"你认识李贤对吧?"

"认识啊。"

"说说看。"

野火憨憨的,无论是在赛场上还是赛场下,场上明明队友有些决策他也看不懂为什么，但是只要队友说了他就毫不犹豫地执行，面对宁瑶的问话也是如此。

野火详尽地说了很多他和李贤之间的事，没什么逻辑，有很多情节也很无聊，可是宁瑶很有耐心，时不时还引导似的问下去。

总结下来，也没什么特别的。他们是排位中认识的，只要排到同一局游戏，上野联动总是能轻易赢下比赛。后来野火进入 KIL 的青训营，也想介绍李贤来打职业，但是当时的李贤当陪玩每个月收入很高，打了职业就不能再当陪玩了，于是婉拒。

后来，职业联赛办得一年比一年好，选手身价水涨船高，李贤才应邀去了 H 国的一个职业战队的二队，过了两年寂寂无名的日子。这期间野火跟李贤之间的交流很少，直到李贤夏季赛来到黑天使战队，主动发信息约野火吃饭，两个人才又见面。

网上的风向虽然美化过，但是也不算离谱。

只是从转会到采访到偷拍到舆论，这一套组合拳看起来才刚刚打了个开头，真正的目的不得而知，宁瑶也没有兴趣慢慢看白友仁表演。

她选择主动出击。

手机通讯录里没有保存白友仁的名字，但是脑海里的记忆格外清晰，她一个一个数字输入。

短暂等待后。

"宁瑶？"对面一接起来，就叫出了她的名字，带着几分意外，"你竟然会打给我？"

宁瑶语气礼貌，一如对待每一个普通同事："你最近有没有时间？见一面吧。"

"当然可以了。"中年男人语气熟稔，"回国之后咱们还没见过，正好一起吃顿饭？"

"吃饭的话时间不太够，不如找一家咖啡店吧。"

白友仁欣然赴会。

见面的地点选在了一个文化街区里面开的咖啡店,工作日人不多,宁瑶一进店,就看到白友仁冲她招手。

男人抬手示意她坐下,脸上挂着几分怀念意味的笑容:"好久不见啊。"

"好久不见。"

"我点了两杯冰美式,你还要点什么吗?这家店的蛋糕看起来还不错。"

宁瑶干巴巴地拒绝:"谢谢,不用了,不饿。"

白友仁又要说话,宁瑶突然开口:"不好意思,我们能换到窗边的位置吗?"

服务生帮忙换了位置,宁瑶拉开窗,新鲜的空气让她生理上好受了很多。

白友仁看了她片刻,面上的微笑渐渐消失,叹了口气:"哎,有时候我真的挺怀念年轻的时候,虽然没什么钱,但是一起吃路边摊也能吃到半夜,谁知道现在面对面坐着,也只能喝杯咖啡了。"

宁瑶勾勾嘴角,笑意不达眼底:"我们之间不是可以忆往昔的关系,这些事没必要再提。"

"那你的意思是?"

宁瑶:"直接说你的目的吧,你盯住野火不放想要做什么?"

白友仁喝了口咖啡:"我如果说,我不知道你在说什么,会不会有点虚伪?"

宁瑶点点头:"的确,我非常了解你是一个什么样的人。"

"什么样的?"

"假仁假义、自私、为达目的不择手段。"

"这听起来是一个意思啊。"白友仁哈哈大笑,"还得是老朋友懂我。"

他的笑声真切,宁瑶却没有半点愉快:"我们之间也没必要绕弯子,无论是针对 KIL 战队,还是针对我,都对你百害而无一利,你不会做费力不讨好的事,绝不会为了出一口气就搞出这么多事,所以你想要做什么大可直说,不要闹得不可收拾,不然鱼会死,但网不一定破。"

她一口气说完,猛灌了半杯冰美式,一抬头就看见白友仁面露怔忪:

"你……成长了不少。"

"别说这种令人恶心的话了。"

白友仁叹了口气,从包里掏出来一沓纸,放在桌面上推过去:"看看这个吧。"

宁瑶垂眼。

是一份打印出来的聊天记录。

她一眼就看出来了左边野火的头像。

宁瑶翻了翻,面色越来越冷。

"你也看到了,如果我把这份聊天记录上交联盟,别说 KIL 了,野火能不能继续打职业都是个问题。"

宁瑶看完每一行才合上记录,唇紧抿成一线:"你知道了这件事,威胁了李贤,所以李贤才会降薪去黑天使对吧?"

"合作而已,为什么要把话说得那么难听呢?"白友仁靠在椅背上,表情闲适,"我知道你是个做事非黑即白的人,但是这世界上没那么多非黑即白的事。就像现在,野火犯了错是事实,你觉得他该不该为自己年少的不懂事买单呢?"

"你问我想要什么?"

在宁瑶的沉默中,白友仁再次叹息:"在跟着 HOPE 战队征战城市联赛的时候,在 K4 的时候,在 CPU 的时候,我也问过自己很多次这个问题,那个时候我想要名,想要利,想要做到这个行业的最顶端。可是自从回国之后,我有了点力不从心的感觉,可能真的是年纪上来了,玩不明白年轻人的游戏了。

"我现在想要的?黑天使的老板很欣赏我,我现在想要的就是在黑天使扎根,谋个长久安稳的工作罢了,但是我有点担心,你不肯让我安安稳稳地待下去。"

HOPE?

宁瑶沉默片刻:"……你是怎么能这么轻松地说出这个名字的?"

白友仁抬起眼看向宁瑶,声音放轻:"我知道你恨我当时背刺了你们,七年前的事,你就当我昏了头。

"宁瑶,我认输了,往事已矣,你就当原谅一只狗也好,扔掉一袋垃圾也罢,现在你们都有光明的未来,就别再惦记着过去那点事儿了。"

宁瑶觉得很可笑,语带讽刺:"你脸皮真厚。"

白友仁耸肩:"脸皮不厚的话,当年我就不可能做出那些事了。"

他也一副速战速决的模样:"我要你给我补一份授权书,七年前没有给我的那份授权书——你也知道我在说什么,只要你给我,我会删除这些聊天记录,再也不会有人知道,野火曾经——"

白友仁顿了顿,冲着宁瑶微笑。

"打过假赛。"

宁瑶攥紧了手。

白友仁招呼服务生结了账,起身整理了一下衣服。

"你回去想想吧,给我一个答复,从此井水不犯河水,我们双赢。我也不忍心看到野火这样有天赋的选手被埋没了,你要是下不定决心,也可以找你们老板商量商量,毕竟你们也是青梅竹马。"

宁瑶在座位上冷静了很久。

第十一章

不完美献礼

宁瑶回到俱乐部,第一时间就找乔中洲说了这件事。

只是刚提起跟白友仁见了面,乔中洲就想起来一件事:"我今天跟一个战队经理一起吃了个饭,有个意外的消息。白友仁加入黑天使,是黑天使俱乐部的经理力邀的,黑天使的经理据说在很多年前就认识他。"

宁瑶噎了一下,顿时无语:"原来他去黑天使真的是想要安享晚年……"

乔中洲:"啊?"

宁瑶将两个人之间的对话都说了一遍,又把那份打印出来的聊天记录递给乔中洲。

乔中洲只看了一眼就毫不犹豫地丢开,笃定地说:"我的队员我了解,野火不可能会打假赛。"

宁瑶点点头:"嗯,我知道,我更倾向于认为野火被蒙在鼓里的。我跟野火聊过,他把李贤当朋友,做得出来这样的事。"

"白友仁真不是个东西,竟然利用你对我的上心,威胁你!"乔中洲愤愤,棱角分明的下颌线因为憋气都绷紧了。

宁瑶一言难尽地瞥了乔中洲一眼，欲言又止。

算了，他愿意这样想就这样想吧。

宁瑶："白友仁想让我给他补齐当年合同有争议的部分，这样他就没有后顾之忧了。"

乔中洲冷哼："他想得美。"

宁瑶没有再附和。

不接受白友仁的提议还能怎么做呢？这件事看似没有一个完美的解决办法。要么她妥协，要么野火乃至整个 KIL 遭重击，这个赛季的成绩已经够差了，KIL 已经经不起大风浪了。

休息室的门"咔嗒"一声关上，就像被风吹的一样。

——如果忽略急促远走的脚步声的话。

宁瑶刚起身就被乔中洲按住了肩膀。

乔中洲："随他去吧。"

宁瑶："……野火？"

乔中洲没有否认。

男人的视线透过窗，焦点漫无目的地落在远处，侧脸显得有几分漠然："这不仅仅是战队的事情，也是他自己的事，总要让他知道现在面临着什么情况。"

"我还以为，你会像母鸡护小鸡似的，瞒着野火将这件事大包大揽。"

"我看起来很傻？"男人别过头，哼了一声，语气中透着傲然，"没有什么能让我失去理智。"

"理智的人还会半夜大闹派出所？"

话音落下，宁瑶先不自然地转移了视线。

这都是些陈年往事了，怎么回国之后，她说话越来越不谨慎了。

索性乔中洲眉眼不动，没听见似的，又岔开了话题："你觉得这事应该怎么办？"

接下来一个星期,一些不清楚底细的竞圈自媒体开始发布一些似是而非的流言,李贤在打职业之前当过代练,其实不仅仅是代练,还参与过"开盘",并且他的好友、KIL的现役上单野火也涉及其中。

"开盘"就是指一些地下赌博性质的活动,双方输赢、爆发人头数、比赛时长等等都可以成为庄家开盘的名目。

那时候李贤还没有打职业,但是野火已经签约了KIL的青训,如果传言是真的,那么先不论李贤的下场,野火的职业道路肯定是走到头了。

KIL的粉丝们当然不相信,一致对外,炮轰这些营销号为了流量什么都编。

看热闹的乐子人则纷纷下场@联盟官博,让他们赶紧调查。

宁瑶心知肚明,这是白友仁施加的舆论压力。

他在催她尽快做一个决定。

宁瑶选择花费营销资金把这些新闻强硬按下去,网上发一篇稿子,她就联系删除一篇。

周德过来劝她:"堵不如疏,得想办法彻底解决这件事啊。"

宁瑶顿了一下:"怎么解决?"

"毕竟是我们KIL自己培养出来的小孩儿,能捞肯定要捞的,捞不了的话……二队还有一名上单。"

"我心里有数。"

周德摇摇头:"我知道你跟大家关系好,我何尝不是呢?但是流量战队,名声很重要的。你是营销总监,不能因为一个人,让整个战队陷入舆论危机。"

宁瑶点点头:"我知道了。"

句句有回应,但就是不肯明确表态。

见她一副油盐不进的样子,周德叹息着走了。

第二天一早,野火就找过来了。

少年彻夜未眠，眼下泛着一抹淡淡的青灰，被疲惫的阴影笼罩，整个人显得萎靡不振，像一只无精打采的小狗。

野火："宁瑶姐，我想跟你聊一下我跟李贤的事。"

从他口中，宁瑶补全了"假赛"事件的始末。

"就是一局很普通的排位赛，我跟李贤排到了同一局，但是对面。李贤给我发消息说，我们这边的打野是他的死对头，让我送两个头，他想赢下来出一口恶气，我没多想，就找对面 Solo 去了，英雄劣势，我送了三个头，就是因为乱玩，我们输了这一场排位赛……我当时真的不知道，没想到是开盘。"

野火把当时的聊天记录找出来了，跟宁瑶看到的分毫不差。

野火其中一条回复是：哈哈，好吧，我去找对面Solo，其余的我可就不管啦。

只是朋友之间的"帮助"，稍有诟病，可真不是参与开盘。只是没人会信，就连聊天记录拿出去，很多人也会以为这是暗语。

舆论可以喜欢一个人的笨蛋人设，但并不会相信他真的是笨蛋。

看着野火黯然的神色，宁瑶安慰性地拍拍他的肩膀："俱乐部到现在都没找你，是因为这件事我们已经去解决了。"

他们找了联盟的管理人员，将这件事从头到尾说了一遍，联盟答应介入调查。如果野火除此之外再没有别的嫌疑，再加上俱乐部的运作，这一次可以轻拿轻放，用罚款代替可能的禁赛。

野火摇摇头，耷拉着眉眼："解决不了……这是李贤给我发的。"

宁瑶才发现两个人的聊天界面还有新的对话。

她一边看，野火一边烦闷地抓抓头发："下一场对战黑天使，李贤要求我'放水'，并且承诺，只要这一场输给他，那么他肯定会出来澄清一切跟我无关，但如果我不愿意，他们输了，就要跟媒体曝光我。"

看着两个人的对话，宁瑶差点冒了冷汗。

"幸好你没有瞒着我。"

不然这可是职业选手在联赛上公然假赛，板上钉钉，这辈子都要禁赛。这是白友仁生怕筹码不够，想要绕过她，偷偷算计野火！

野火张口欲言，最终失落地低下头，轻声问："下场比赛，我还上吗？"

宁瑶说："你上不上场，只跟你和你的教练有关系，回去好好训练吧。"

微信里野火没有答应李贤，赛场上自然更不会。

季后赛最后一场，KIL对战黑天使。登场前，教练没说多余的话，只看着野火说了一句："别怕，打好你自己的，你可是KIL的明星上单。"

在这场对阵黑天使的比赛中，第一小局KIL回归春季赛勇猛无敌的状态，二十五分钟轻取对面基地。

第二小局前期略僵持，八分钟的时候，下路组合开始发力，阿狂和白雪出色的开团和输出，线杀了对面两次，本身就是英雄强势组合的黑天使下路二人，打得是苦不堪言，只好叫了打野李贤来保护。

这一叫就叫出了事，整个场上的战局由此向下路游移。青芒就像是住在了下路，把李贤戏耍得就像动物园里的猴，他来保护下路的时候打一套就走，李贤刚一离开就杀一个回马枪。

一个解说笑着打趣说："KIL的下路组合杀心很重啊。"

另一个解说察觉搭档想搞事情，连忙打圆场："可能这就是我们赛区的风格吧哈哈！"

这局比赛被KIL毫无悬念地拿下，野火发挥出色，两场碾压局，他拿了两个MVP。

可是赛后语音里，一向像幼儿园一样吵吵闹闹的KIL众人却陷入了一片沉寂。

离开场馆的时候，外头掀起了一阵狂风，豆大的雨点砸在归程的车上，砸进了每一个人心底。

赛后的第二个工作日，野火"假赛"被曝光，掀起了轩然大波。

但不是白友仁曝光的，而是张康，他被KIL聘用的律师起诉，找到白友仁帮忙，毕竟是白友仁授意他才会惹上 KIL，可是白友仁却没有见他，所以张康一怒之下就把白友仁也告了。联盟得知消息，顺带着一查，李贤来到黑天使的原因也分明了。

本来是一件可大可小的事，可一旦捅出来引起热议，就没那么简单平息了。

联盟经过一周缜密的调查发现就连白友仁都被李贤骗了，李贤自称在联盟注册成为职业选手之后，就跟过往认识的那些庄家一刀两断了，但是，他们依旧保持联络，甚至在次级联赛里面，伙同当时的队友一起参与假赛，以此牟利。

联盟对李贤实施了终身禁赛的处罚，黑天使战队迅速发布了公告，开除李贤并向他追讨违约金。

这是联盟近两年来性质最为恶劣的假赛风波。

至于野火，虽然没有更多证据证明他参与了其他的假赛行为，但是鉴于李贤事件性质太过恶劣，野火受到牵连，联盟最终还是给出了禁赛一年的处罚。

李贤消失在台前，只剩下野火成为舆论的宣泄口，KIL俱乐部没有做出反应，但网络上已经议论纷纷。

△野火根本就没想着假赛，他是被骗的啊。他以为那只是一场普通的排位赛，在排位赛中找对手 Solo 不是很正常吗？

△没参与开盘就等于没假赛吗？野火平时打 Rank 不也是作为职业选手工作的一部分？Rank 中弄虚作假，完全没有职业道德，没有资格留在赛场上！

△没有证据证明他做了，但是也没有证据证明他没做啊？跟李贤混在一起的，能是什么好东西？

△联盟处罚都出来了，怎么还能洗啊？垃圾选手，垃圾战队。

△野火被禁赛一年，KIL今年的世界赛没戏了。

…………

有些时候，不是所有人都在乎真相，浑水摸鱼只想宣泄情绪的人很多，没办法一一掰开他们堵住耳朵的手，让他们了解事实。

可是事情还远远没有结束。

赞助商三个叉的活动因为宁瑶的长文节奏，改到了常规赛后的空档期进行，可是谁能想到呢，这一次又赶上了野火的大节奏，活动再次临时取消。

宁瑶打电话过去，亲自跟对方约定新的活动日期，可是三个叉的对接支支吾吾，一直没有正面回答她的问题，被逼急了才说："不是修改日期，是先取消，领导不太同意有争议的选手和我们的商标出现在同一场合。"

宁瑶停顿了一下，双方陷入了短暂的沉默。

"或者我们改变活动方式呢？"宁瑶飞快地说，"风向总会过去，我们可以把活动挪到世界赛之后，也可以追加线下活动，整个休赛期我们都有时间，完全可以……"

"宁瑶。"对方顿了一下，隐约间叹了口气，"总部接到了很多次投诉，让涉事选手离队是我们唯一的诉求，也是合作能进行下去的唯一办法，我相信你会做出理智的判断。"

"投诉的人是谁？"

"追究这个没有意义。"

对接说完就安静下来，多一句都不愿意交流。

宁瑶的手指不自觉地蜷起来，声音干哑："我明白了。"

电话对面传来忙音，宁瑶还没缓过神来，办公室的门就被敲开。

赵昕推了下眼镜，有几分叹息："俱乐部基地那边出了点事，你要不要过去看看？"

宁瑶一上楼就看见野火的宿舍前围了一群人。

她跟乔中洲对视一眼，后者眼底泛着淡淡的青，看起来好几天都没休息好了。

在主力上单注定会缺席季后赛和世界赛的情况下，不利的一面是，野火无法在这一年的关键时刻为队伍贡献力量。

不幸中的万幸是，常规赛刚刚落下帷幕，而在季后赛开始前还有半个月的时间供 KIL 进行调整，这段时间足以让 KIL 思考他们到底该怎么做。

上单位置是一定要补的，但是……野火怎么办？

宁瑶跟乔中洲对视一眼，清晰地看到他眼中的无奈。

她走过去轻声问："野火在里面？"

"嗯，中午的时候有个队粉闯进来了，言辞挺激烈，野火有点受刺激。"

乔中洲揉揉太阳穴，整个人散发出一种难以言喻的疲惫："本来以为缓一会儿就好了，结果到现在都没出来。"

各种压力叠加，似乎冲垮了这位人气不错的上单选手。

"上单"往往突出一个"单"字，游戏内的定位往往会不由自主带到生活中来，可是跟一些独来独往型的上单不太相同，野火很依赖队友。

甚至明明可以一个人一间房，他也要赖着领队给他找个室友，最后还是辛思邈被他缠得没办法，把行李搬过去跟他住在一起。

平时训练赛结束，往往也都是野火率先提出要一起出门吃饭，协调每个队友的时间，选择吃什么。

输了比赛难免有低气压的时候，野火也总像一只摇着尾巴的快乐小狗，不遗余力地逗笑队友们……

大家平常不太在意的事，此刻却异常清晰。

看到宁瑶的时候，青芒眼睛一亮："宁瑶姐，野火没事的对不对？还有办法能解决的对不对？"

其余几个人也都看着她，有一队的，也有二队的小孩儿，他们都是真真切切见识过宁瑶的能量的，目光中的信赖几乎要满溢出来，就好像她可以缔造一个奇迹。

宁瑶别过了脸。

不是所有事情都能有一个完美的解决办法，那些迟迟没有说出口的话，不是因为还没有定论，而是不想看到这些失落的脸，所以大家都心照不宣地拖到最后的时刻。

231

可是比起教练、领队、经理这些跟他们朝夕相对的人来说，她来告诉他们这个消息或许是最合适的。

"联盟的公告已经出来了，今年无论是季后赛还是全球总决赛，野火都没办法上场，所以这两天就会有新的上单加入。"宁瑶清清嗓子，尽量把话说得平稳。

"至于野火……战队明年决定跟他续约，如果野火愿意，他明年依旧可以留在 KIL 战队。"只是在禁赛期没有比赛可打，只能旁观学习，独自训练了。

这是讨论过后的最优解了，也是乔中洲力排众议做出的决定。留下野火对于俱乐部来说没有任何好处，甚至还会因为他的存在而被外界及各个合作方诟病。但是对野火来说，这样最起码能保证他的 ID 还存在于联赛内，还有训练和曝光的机会，只要风向过去，说不定还会迎来转机。

青芒还想要问什么，这时候，门突然开了，野火走了出来。

他半眯着眼，双手上举画圈，张开嘴："哈——唔，嗯？"

看清面前这么多人，野火打了一半的哈欠咽了回去。

他有点难受地皱了皱鼻子，左看看，又看看，最后看向辛思邈："你们……在这儿干啥呢？"

辛思邈一脸担忧："你没事吧？"

"我能有什么事儿啊？哦，我就是困了，想睡个午觉。"说着，野火不可置信地瞪大眼睛，"不是吧你们，我不就是被禁赛了登不了赛场吗？不至于连午觉都不让我睡吧？"

乔中洲开口："你……"

"对了，乔哥。"野火打断了他的话，"睡觉之前我订了车票，我好久没回家了，想回去陪陪我爸妈，你们赶紧把二队上单提上来吧，我可没时间陪你们打训练赛了哦。"

乔中洲心有预感，眸光颤动："你要回家？"

"对啊，我打了好几年职业了，好不容易有长假，好好歇歇。"

"也好，那你先回家，等明年春季赛，你再归队——"

野火摆了摆手,满不在意地说:"到时候再说吧,我合同不是马上就到期了吗?我打算休息休息。"

野火自己做出了选择。

隔着几名队员,宁瑶悄悄叹了口气,想不到这小孩儿看着没头没脑的,但其实挺聪明。

他是 KIL 最忠诚的朋友,所以不想让任何人因他为难。

周五晚上,KIL 俱乐部官博发出了一则人员调整公告。

KIL. 野火以自由人身份离队。

KIL. 小霸王由二队上调至一队,担任首发上单,将随队继续征战春季赛季后赛。

上小霸王,是所有赛训组共同做出的决定,这位二队的上单选手五月份的时候刚好满十八周岁,可以登场了。

所有接触到他的教练和分析师都说他天赋卓绝,英雄池也更契合 KIL 的打法。原本就有过想要把小霸王提上一队这方面的提议,只是当时野火稳坐首发,小霸王也还没成年,就暂且搁置,如今冥冥之中,还是导向了这个结局。

一时激起千层浪,#KIL更换首发上单#的话题上了热搜,战队热度可见一斑。

除了粉丝的怨言,外界基本都统一了风向,认为 KIL 放弃野火是明智之举。

毕竟野火身上背负着假赛的污点,这对战队尤其是流量战队的声誉不利,并且电竞选手的职业生涯都很短,发力期也就那么几年,野火要离开赛场一年,解禁的时候又恰好是一年之后的夏季赛末期,基本不可能会有战队在这个时刻主动进行人员调整。一来一回将近两年,野火到时候能否维持住职业选手的水平还犹未可知。

野火这个 ID 退出电竞舞台,似乎是板上钉钉的事。

这天晚上,乔中洲翻出了很久没有登录的微博大号,一个人在黑暗的走廊里一字一句地敲下一篇微博。

我们尊重联盟的处理决定,但是我想在此重申一遍:野火没有以任何形式主动参与到任何跟假赛有关的事情中,他拥有赤子之心,团结队友,一心求胜。场上,野火是一名出色的上单选手,是一名优秀的电竞选手;场下,他是所有人的开心果,是我们最珍贵的朋友。

换上单是出于综合考虑后不得不做出的决定,野火的退出并不是外界揣测的原因,而是他不希望影响到兄弟们的训练,不希望给俱乐部以及队友带来困扰,因此主动选择离队。

我为我无法完美解决这件事而感到羞愧,事已至此,唯有祝福野火未来的每一步都踏满星光,前途似海,尽是无限可能。

相信总有一天,我们还会在更大的舞台上重逢。

有的光不是一成不变的,它时而耀眼,时而熄灭,但总会复燃,生生不息。

发完微博,乔中洲感谢了宁瑶的语言支持,随后关掉了手机。

…………

野火离开战队是在一个傍晚。

俱乐部前面的灯亮了起来,灯光柔和温暖,树影婆娑,随着微风轻轻摇曳,远处绿化带中昆虫的鸣叫声不绝于耳,空气中弥漫着夏日特有的清新与生机。

辛思邈帮他拖着行李箱,后面跟着几个队友。

野火走上去挨个拍拍他们的肩膀:"干吗都一副永别的样子啊?真别吧,我又不是不能回来了。我在家直播几个月,练练技术,说不定明年又杀回来了。"

青芒低头嘟囔着:"都有新队友了,还要你干什么?"

野火嘿嘿一笑:"那我就去别的队伍,打爆你们。"

"……你最好是。"

辛思邈将行李箱递给他:"下次再见。"

"嗯。"野火冲他们挥了挥手,拖着行李箱走了。

他们在夏夜中分别,后面是一些人的锦绣前程,前面是一个人的未知荆棘。

青芒忍着呜咽,抹了把眼泪,啜泣声传来,却是身后向来稳重的白雪。

辛思邈说:"进去吧。"

他是队长,要为整个团队负责。

小霸王加入之后,本身 KIL 这赛季就打得没什么章法,如今团队磨合时间不够,再加上新人小将一上来就是高难度的季后赛 BO5,压力直接拉满。

某次训练赛落败后,青芒大手一拍,落在战绩 0-8 的小霸王肩膀上:"别怕,现在我们已经知道你的水平下限了,你就放开打,哥哥们会带你拿冠军的。"

小霸王泪眼汪汪地点点头。

"小霸王"这 ID 起得威风凛凛,可是人却犹如一颗糯米滋。

字面意思,他长得又乖又白净,性格也软和天真,是队里的老幺,正是对队友们最崇拜的时候,说什么都听,简直就是个野火纯净版。

磨合了两个礼拜,季后赛中,他们勉强挺过第一轮,在第二轮对阵极度战队的时候,鏖战至第五局,KIL 战队终是遗憾战败。

好在凭借着春夏两季取得的总积分,KIL 战队顺利挺进了"冒泡赛",并且在苦战之后拿到了本赛区最后一个通往世界赛的名额。

好消息,世界赛换了游戏版本。

坏消息,KIL 本就不富裕的战术储备在此刻雪上加霜。

虽然明知形势不容乐观,但是他们准备好了背水一战。

今年的世界赛在 H 国举行,宁瑶跟着队伍一起飞去了 H 国,但是两伙人落地就分道扬镳了。

队员们也没心思去好奇宁瑶到底去了哪里,毕竟自顾不暇,每个人头上时时刻刻笼罩着巨大的压力,一到 H 国安顿下来就立刻投入接连不断的训练赛中。

国内赛区是联赛大区，四支参加世界赛的队伍可以跳过入围赛，直接进行小组赛。

小组赛采取瑞士轮，每组四支队伍，一轮过后胜负战绩相同的队伍将相互竞争，先胜三轮的队伍晋级，先败三轮的队伍淘汰。可以说每一轮都至关重要，由不得半点松懈。

时间犹如按下了加速键，月余的世界赛日程一晃而过。

这一年 LAC 国内赛区迎来了有史以来的大翻车。

极度和 AIR 两支战队都分到了 A 组，接连内战，AIR 因硬实力不足被极度击败，极度顺利出线，但随即极度又输给了外卡队伍，止步于八强。

夏季赛冠军金锐分到了 B 组，以小组赛第一出线，八强比赛中轻松击败红山战队，一片欢欣中，这支被认为是争冠热门的队伍却爆冷输给了外卡赛区一支名不见经传的战队。

而春季赛曾被寄予厚望但在季后赛临时换阵的 KIL，不仅综合实力稍逊一筹，运气也差。他们在 2-2 的时候碰到了 H 国赛区的二号种子红山战队，上野配合失误，被红山轻松击败，也草率地结束了他们的世界赛之旅。

这一年世界赛的舞台，依旧属于 K4。

他们在决赛以 3-0 拿下对手，去年的五个世界冠军，今年再次捧起了奖杯，沐浴着一年之中最壮观的金色的雨。

…………

时间详略得当，一晃而过。

被鼓吹了一年的 KIL 黯淡离场，但来自 KIL 的节目效果才刚刚开始。

首先是粉圈地震。俗话说得好，电子竞技，"菜"是原罪，乔中洲让队员们卸载了所有社交软件，不许他们去看网络上的那些污言秽语。从赛训组到队员们，这几天出门都小心翼翼，生怕被私生粉线下 Gank 了。

还有一个消息在电竞圈内引起了震动,宁瑶把白友仁告上了法庭。

宁瑶比队员们还晚回国几天,据说就是跟她的律师一起去H国取证了,而接这个官司的,是国内以擅长处理经济纠纷案而著名的律师俞岚。

外界对宁瑶跟白友仁关系的认知仅仅停留在他们都曾经在K4俱乐部供职过,完全不理解这两个人怎么会闹到要对质公堂的地步。有人问到乔中洲,乔中洲一概推说不知,实际上,他只是压着宁瑶去医院里里外外做了一个检查,在确保她的身体健康无恙之后,就支持她放手去做了。

还是酒后的老沈稳定发挥,在一次饭局上,满足了大家的八卦心理。

老沈一杯下肚:"他才不是什么K4的功勋员工,真以为别人不知道他早期那档子事了?"

A某:"细说。"

B某:"别拿兄弟们当外人啊,话说一半你让我晚上怎么睡得着觉?"

老沈随机拉了一个人,醉眼蒙眬地打了个酒嗝儿:"老弟,我跟你说,你可千万……嗝儿,千万别告诉第三个人。"

C某:"老哥你放心,我们绝对不跟别人说。"

D某:"是的是的,你就放心吧,我们嘴巴严着呢。"

见老沈酒杯空了,众人又纷纷主动给他满上。

"我很早就认识白友仁了,他原来穷得要命,根本就不懂电竞,还要跑来跟我大谈电竞蓝海,我一看他就觉得不靠谱,直接把他拒绝了。结果没过两个月,我就听说他被HOPE战队聘用了。"

A某打断:"等等,HOPE战队?我怎么没听过这支队伍,次级联赛的?还是外卡赛区的?"

老沈端到嘴边的酒杯顿了一下,迷离的眼神滞了一瞬,放下酒杯:"宁瑶组建的。"

"啊?"

响起此起彼伏的讶异声。

老沈叹息一声:"很有魄力对吧?那时候联赛还没有形成规模,谁都不知道 LAC 的未来会是什么样子,可是听说,她倾家荡产地成立了一个传媒公司,然后间接投资了一支新军,就是 HOPE。"

老沈一停顿,B 某连忙催促:"然后呢?"

"后来,机缘巧合吧,你们也知道我有几分面子哈哈哈——咳咳!"老沈差点噎到,"我跟 H 国那边的一个俱乐部老总一起吃了顿饭,饭局上竟然又看到他了,那家伙,改头换面了,但唯一不变的就是身上那股铜臭味。干电竞的,一心只想着怎么挣钱那怎么能行呢?也不知道老木怎么看上他的,白友仁想要辞职,他还挽留呢……"

B 某:"哎,你这人,你明知道我们问的是那支 HOPE 战队。"

老沈摆摆手:"喝多了,记不住了,下次再说吧。"

老沈的话果然添油加醋,又被传了出去,最终被传到网上,看客们脑补了一出大戏。

△老沈说得很清楚了吧,就是老同事翻脸呗?他们之间有旧怨,在 K4 较量了一番还不够,如今都回国了,宁瑶想要清算往事。

△你又不知道具体发生了什么,别说得好像都是一方的错,老沈酒后胡咧咧的话能当真吗?而且要说唯利是图的,不是还有一个人吗?

△兄弟我懂你说的是谁,她跟白友仁的关系,影响了 KIL,跟金在赫的绯闻,让 K4 动荡,抛弃 SPES,让他们就此走下坡路,人都说再一再二不再三,她不光再三,还要再加上一个 HOPE。

有人歪了话题:说了这么多,有人知道 HOPE 是哪支队伍吗?

△什么 HOPE?不是 SPES?

有文化的电竞粉丝现身解答:HOPE 的英文和 SPES 的拉丁文翻译过来的含义都是"希望",但这确实是两支队伍。

△啊,这是什么莞莞类卿……

△我是游戏老用户了，HOPE 我听说过，是城市赛那会儿的队伍，他们成绩不错，还拿过城市争霸赛的全国冠军。那一年好几支城市战队都被选中投资整合了。就像 Q3 的前身就是城市队，他们现在的教练就是当时队里的中单选手，我当时还疑惑过，按理说冠军队伍应该发展得更好啊，怎么反而查无此队了？

过了一会儿，有个叫"只此咫尺"的 ID 回复：HOPE 是宁瑶注资成立的，按照当时的规模，投个一两百万就够了，但是要想让一支队伍走上正轨，还需要有真正的资方入场。白友仁拉来了投资，但是宁瑶怕在队伍里没有话语权，就拒绝了提议，导致 HOPE 最终解散，事实就是这样，她毁了 HOPE 队员的电竞梦，如果 KIL 还留着这种电竞毒瘤，明年的成绩想必也会更"精彩"了。

深夜，白友仁点赞了这条评论。

他用的是经过官方认证的大号，被讨论的人主动参与讨论，一石激起千层浪。

第十二章

歌唱余途

宁瑶是被手机的振动声吵醒的,接连不断的"嗡嗡"声,让她一打开手机都死机了片刻,社交软件已经快被消息冲爆了。

宁瑶花了十分钟,准确理解了昨晚到底发生了什么。

白友仁这是自己溺死了也要拖一个人下水?在他的引导下,宁瑶的社交主页上充斥着污言秽语,私信络绎不绝,时不时有人@她,一点进去都是让她"滚出 KIL"。

一段话,一个点赞发酵到这种程度,只能说,在互联网上,什么都可能会发生。

KIL 的超话里,舆论也几乎一面倒。

△哦吼,前同事倒油。

△真正的行业冥灯。

△这宁瑶每一段工作都干不长久,她自己肯定也有问题啊。

△能不能让宁瑶滚啊。她没来 KIL 之前,我们也好好的,KIL 不缺钱,不

缺好的选手，只缺冠军！她来之后，反而好多人骂 KIL 的，我到底要说多少遍你们才能意识到，没有成绩的流量根本就站不住脚！

△该保的人保不住，不该接的活动一大堆，宁瑶——藏得更深的 CPU 管理层罢了。

△白友仁都点赞了，你们还护着呢？

△我看过她的联盟采访，嘴上说着不愿意站到台前来，但是她的戏比谁都多，去年全明星大会还营销自己的美貌，想当女明星进什么电竞圈啊，去演戏呗？能不能别来祸害我们电竞圈啊，真无语了。

宁瑶多看了一眼最后这个评论，发评论的人叫"跳跳兔兔糖"，她对这个 ID 有印象，之前金在赫和 KIL 的联合活动时，还夸过"宁瑶是我的神"。

爱来得猛烈，消失得也轻易。

喜欢一个人的时候，她怎么都好；不喜欢一个人的时候，她的一举一动都充满心机。宁瑶点开跳跳兔兔糖的个人主页，仅仅是一段诱导性的语言，就能让这位粉丝在超话怒骂三十条。

在这一波意料之外但情理之中的全网黑中，她收到了金锐的宣发小姐姐给她发来的慰问短信：金锐欢迎你。

宁瑶顺手回复了个"微笑"的表情，掀开被子蹦下床。

新的风浪已经来临，她怎么能够停滞不前！

又是一年的全明星大会。

虽然 S7 赛季国内赛区堪称全军覆没，但是作为联赛大区，该有的排面还是一点都不能少的。

偌大的会场上，闪光灯此起彼伏，乔中洲戴着一副浅色的平光眼镜，企图把自己藏住。

几名队员比起去年更坐不住，总觉得成绩太差了面上无光，跟几个弹力球似的，压下去眼看又要弹起来。

乔中洲昨天在网上跟别人对骂到后半夜，没休息好，太阳穴突突地疼，不耐地阻止他们："赶紧回去坐着，一会儿镜头就切过来了。"

青芒怀疑地问："咱俱乐部今年这成绩还能得奖？"

"呵！"乔中洲深吸一口气，单手摘下眼镜，又从胸前口袋里掏出眼镜布，旁若无人地擦起来，一举一动带着大佬气息，"我今年花了那么多钱，不能一点镜头都没有。"

大家看他的目光更崇敬了一些。

只有白雪偷偷嘀咕了一句："宁瑶姐调教得挺好。"

乔中洲动作一顿，意味不明地瞥了他一眼，突然想起什么，掏出手机。

青芒探了探身子："宁瑶姐还没来吗？"

乔中洲回了个消息，突然起身："她到会场门口了，我出去看看。"

人一溜烟儿跑没影了。

小霸王小声叨叨："还说我们坐不住，乔哥自己倒跑得挺快的。"

场馆外。

宁瑶尽量避开主入口依次入场的观众。

最近她舆论不佳，这种镜头横行的场合原本是不想来的，但是恰好有事需要跟联盟的一个工作人员面谈，于是处理完工作还是赶来了。

她手上没有入场票，发了信息给乔中洲让他出来接她之后，就默不作声地站在一旁。

里面出来两个工作人员，抬着一块巨大的展板艰难地往外挪，其中一个人手上一滑，展板一角倾斜地砸下来，正好从宁瑶眼前擦过。

宁瑶眼前一黑，脸上刮擦的疼痛，让她不由得"啊"了一声。

"哎哟，您没事儿吧？"

"没事没事。"宁瑶捂着脸摆摆手。

展板被拖走，她松了一口气，忽然眼角余光里，一个亮着灯的牌子冲她飞

过来。宁瑶躲闪不及被砸了满头，不太疼，但是侮辱含义拉满。

灯牌砸到地上，没摔坏，应援语亮着"青芒青芒，你是闪烁的光芒"。

宁瑶蹲下身捡了起来，冲着对面看去。

一个还拿着KIL应援物的女孩子对上宁瑶的目光，眼神里充满愤恨，冲着宁瑶大叫："滚回去宁瑶！"

瞬间，一呼百应似的。

"想当女明星就去别的地方！KIL不是你的一言堂！"

"你看看KIL被你搅合成什么样子了。"

"滚啊！"

小集体的声音一句比一句尖锐，简直如魔音穿耳，险些让宁瑶头脑发昏。

她定了定神，周围还没入场的观众很多，她已经看到有人掏出了手机在拍。

身后传来一个冷淡的声音："怎么回事？"

乔中洲一眼就看见宁瑶脸上的红痕，又低头看向她捡起来的应援牌。

她能听见男人压抑的呼吸声。

宁瑶连忙解释："别脑补，不是被他们砸的，是刚才有人搬展板，太大了，我不小心蹭到的。"

现实中跟平日里在网络上讨论还不一样，一举一动都很容易被放大，原本这个休赛期KIL的节奏就很大，宁瑶不愿意引起不必要的骚动。

乔中洲站着不动，神情冷峻地看向对面，他脚尖才动，宁瑶就眼皮一跳，连忙扯住他的袖口。

宁瑶："你别上头，长枪短炮对着，今天这个场合不能出事。"

恰好这时候安保人员闻声走过来维持秩序，宁瑶趁机拽走乔中洲："没事的，先带我进去。"

两个人没去现场，乔中洲带着她在后台找了个空的休息室，又出去了十分钟，回来的时候微喘着掏出来一盒创可贴。

宁瑶这才发现自己脸上有一道浅浅的血痕。

243

乔中洲低头撕着创可贴的包装。室内的气氛有点凝滞,他的沉默如同厚重的阴云压在宁瑶心头,她忍不住没话找话:"一会儿我直接把人约到后台谈事,不想去内场了,肯定有人等着拍我发新闻。"

"哎,休赛期怎么这么长呢。"

"还有人说我现在的处境都是因为白友仁的点赞,让我识时务一点去道歉,喊,可别抬举他了。"

没人能左右舆论,她被夸到天花乱坠的时候,就已经想到会有这一天了。

宁瑶从来都不会因为被骂而焦虑,她甚至可以面不改色地连刷半个小时骂自己的帖子,并且用小号给其中一个看似有理有据的点个"赞"。

宁瑶正滔滔不绝,冷不防眼前一片阴影罩下来,男人的指尖隔着创可贴的厚度按在她额头上,触感带着些许冰凉,仿佛能穿透皮肤,让她的心脏蓦地一颤。

贴完创可贴,他后退直起身子,说了进来以后的第一句话:"刚才冲你丢灯牌的粉丝怎么办?这件事就这么算了?"

"要不然呢?"

他肯说话,宁瑶松了一口气,一副见怪不怪的架势:"极端粉丝哪里都有,她只是骂骂人、丢丢灯牌而已,这不算什么,我在K4的时候还见过因为主队输了一场比赛,就揣着刀片上门威胁的人呢。"

男人缓缓吸气,忍耐着什么似的,别开了脸,声音显得有点闷:"原本宣传部可以协助你删帖,但是赵昕说你自己不愿意压下这个热度。"

宁瑶点点头:"嗯,花那种冤枉钱干什么?没必要。"

乔中洲沉默片刻:"这就是你想看到的?"

"嗯……对,有什么不好吗?现在都没人骂队员了。"

宁瑶就是故意的。

她是个腥风血雨的体质,KIL世界赛失利,正需要一个出气口,将话题的重心转移到自己身上来,是一件零成本的事情。

她又不需要赞美,自然也不在意谩骂,而这些谩骂最终都会变成KIL的流量,成为明年她奖金的一部分。

宁瑶说得坦然,可是乔中洲看起来脸色更黑了。

不知道为什么,看见这样的乔中洲,宁瑶无端感觉心虚。

索性外面纷沓而来的脚步声打破了一室冷凝。

"……我进来的时候还听见有KIL的粉丝说要给她砸臭鸡蛋呢。"

"内场没看见人,也不知道跑哪儿去了,我还等着看热闹呢。"

"你那是看热闹吗?我都不想拆穿你,你就是在幸灾乐祸吧。"

两个人对视一眼,这个声音倒是很耳熟,这是老沈的声音。

"你怎么还替个女的说话啊,你之前不也说过挺烦她的吗?"

老沈嘀咕一声:"先不管我说没说过,但我烦的是宁瑶,跟她是不是个女的有什么关系?要我说你们差不多得了。"

宁瑶起身。

乔中洲也跟着腾地站起来。

男人浑身散发着肃杀逼人的气势,硬声说:"你站着,我去。"

宁瑶抱胸:"人家都不带你玩,你出去能干什么?"

他不屑地冷笑一声:"我堂堂一米八六的男子汉,真要有人扔你臭鸡蛋我还可以给你挡着。"

宁瑶:"你有病?"

乔中洲:"你要治?"

宁瑶无语,她其实只是想站起来活动一下,还真不至于听到几句坏话就坐不住,这种程度的议论她早就能做到左耳朵进,右耳朵出了。

宁瑶:"好了,你就别——"

她话音未落,男人猛地伸出手,反身将她推到墙上,气息交接,他眸光晶亮,有些唬人。

乔中洲:"不许小看我!"

宁瑶一时失语。

她有点分心，表情就淡了几分，落在男人眼中，又是另一番含义。

下一秒，温热的指尖触上她微微蹙起的眉心。

他面上的傲慢尽褪，只余认真："他们不懂你，但我知道，你有多好。"

宁瑶觉得心口堵堵的，她不由得伸手，安抚着自己的心跳，面上波澜不惊。

"嗯……我知道。"

外面的谈话还在继续。

"听说她跟乔中洲是情侣关系，被人吐槽战队变夫妻档也不嫌丢人。"

"我怎么听说两个人以前是一对儿，但是现在已经分开了呢？"

"哎，但是宁瑶怎么就那么会拉赞助啊，听说三个叉汽车又签了KIL明年的赞助合同，就对她这么不离不弃吗？要不下个赛季我去挖挖墙脚吧。"

本来无所谓的宁瑶面上突然一凛，一把推开了乔中洲，后者还没反应过来，她已经拉开门出去了。

女人声音冰冷："不好意思，我们合约还没到期，明年是不可能了，但后年您也没戏。"

口出狂言的男人吓了一跳，随即跳脚道："你这个女人怎么还偷听别人说话啊？"

刚才也是他一口一个"女人"，宁瑶看他最不顺眼，态度更差了："您不用把我当女人，您都不必把我当成人。

"赞助商出的是真金白银，我们反馈的也是真实的流量数据，去年的成绩单对得起任何合作方了，所以他们今年才会继续赞助，有什么问题吗？

"看您年纪不小了，别那么天真，资方不会对一个人不离不弃，也不会因为谁夸下两句海口就能挖走。

"有意见就大大方方当着我的面说，背后嚼舌根这么小家子气的做法，我都替您丢人。"

宁瑶的话一点情面都没留，包括老沈在内的其余人看东看西，把自己站成了壁画。

那男人面上羞恼，又不愿意低头，语气带着几分威胁："这是你的意思，还是KIL的意思？"

宁瑶身后的门完全打开了。

乔中洲从里面走出来，脚步懒散，语气中的调侃流于表面："我们KIL是支小战队，盈亏自负。我这个人呢，也没什么雄心抱负，这些事当然都听宁总监的。"

那男人僵着脸："你的确没什么雄心抱负，网上吹了那么久，这回世界赛八强都没闯进去就被打回老家了，还好意思说。"

乔中洲："我们战队主力跟KIL的合约又续了一年，又补强了赛训，你怎么就知道，我们明年拿不了冠军？"

好狂的口气。

乔中洲冷笑一声："别盯着别人家的东西看，多反省反省自己，为什么没有赞助商找你们，到底是成绩的问题呢？还是人的问题呢？"

一男一女并肩站着，一个抱胸，一个插兜，脸上的鄙夷如出一辙。

那男人头上都气冒烟了，五官扭曲起来，忽然一跺脚，闷着头走了。

那男人走到门口，还不解气，回头怒吼："有病！你俩都有病！"

其他几个人也讪讪地溜了。

宁瑶缓缓地吐出一口气。

莫生气，莫生气，气出病来谁如意。

这么点事儿，就这么屁大点事儿！

全明星大会结束的时候天色已经黑了，宁瑶自然而然地想要跟随战队的大巴车一起回去。

人都走到车门口了，却猛地被乔中洲扯住，宁瑶以他为圆心原地转了半个圈。见到他，她一脸惊讶："哎——你怎么回来了？"

乔中洲在活动中途就离席了，也没打招呼，宁瑶以为他有事先走了。

乔中洲没回答，只是闷声把宁瑶塞进了自己车里，一踩油门，汽车绝尘而去。

车也就开了十多分钟，停在了一个派出所门口。

宁瑶望着窗外，心中纳罕："怎么，你失踪几个小时，犯事儿了？"

乔中洲的眼神让宁瑶觉得自己像个傻子。

宁瑶举手投降："不好意思哈。"

她乖乖地下车。

本来以为目的地只是派出所附近的某处，可是乔中洲抓着宁瑶的手腕直接走进了派出所，在宁瑶茫然的神色中扬声说："当事人在这里。"

一个女孩儿坐在民警对面的椅子上，听见动静，猛地回头。

宁瑶不由得一愣。

是白天那个冲她丢灯牌的女孩儿。

在民警的调解下，女孩连声道歉，眼泪鼻涕糊了一脸。

"对不起呜呜，我在网上跟风骂你太上头了，一见到你，我就没有脑子似的……冷静下来，我就知道我不应该这么做，我平时不这样的，真的对不起……"

宁瑶安静地看着哭泣的女孩儿。

后来，女孩当着宁瑶的面，一条一条删掉了社交软件里所有激烈的言辞，现场写起了小作文，诚恳地在自己的主页发了一封道歉信。

她的ID是跳跳兔兔糖。

末了，宁瑶从包里翻出灯牌递过去。

"还给你，谢谢你对我们队员的喜欢。"她口吻淡淡，"别让喜欢蒙住了你的眼睛，生活还是要自己过。"

女孩又哭了出来，重重地点头："嗯，我记住了。"

从派出所出来，凛冽的冷空气让月色都显得更加清透，繁星漫天，连成银河倾泻而下。

宁瑶始终神色淡淡，乔中洲有些心虚。

她确实说过"没事的"，可是他放不下，憋着一口气，报了警，调了监控，找到了那个粉丝。

但宁瑶好像并不开心。

乔中洲脚尖踢飞一块碎石,磨磨蹭蹭地扭捏出声:"你生气了?"

宁瑶沉默了一会儿,才抬起头看他。

"我今天有点累。"

乔中洲立刻说:"我送你回去休息。"

宁瑶摇摇头。

月光如洗,褪去几分冷淡的艳光,她整个人都显得柔和起来。

"我今天其实挺累的,为了赶去全明星大会现场,七点钟就上班了,被展板砸,被应援物砸,被粉丝骂,被同行骂,被镜头对着脸拍,不过两分钟网上就能多一则谣言。"

"我没关系的……"她顿了下,声线不太稳当,音量也低沉下来,"我本来以为没关系的。"

但是不知道为什么,在乔中洲一声不吭找到那个粉丝,非要对方给自己道歉的时候,在他依旧用惴惴不安的目光看向她的时候,宁瑶突然觉得有关系了。

因为他的在意,她开始觉得委屈。

宁瑶垂下眼,睫毛眨着:"我一直觉得,我有太多的事情需要做,我想看着队员们捧杯,我想让KIL在我的帮助下越来越好,想给过去的事画上一个句号,想一身轻松再开始一段美妙的关系。

"但是我现在觉得,都没关系了,时间的确可以酿成香醇的酒,但是每一天的酿造也不应该错过。"

乔中洲面色不改,但实际上此刻他脑袋空空。

他应该知道她在说什么,但是因不敢相信,整个人都显得很恍惚,视线里,宁瑶的嘴唇不断地开合,她的声音似乎变得遥远,就像从云端传来的细语,缥缈又不真实。

"乔中洲,我想让你陪我一起,看着我画上这个句号,可以吗?"

249

他浑身发麻,仅剩的理智让他点点头……又怕自己点头的幅度太小她看不清楚,脖子像装了根弹簧,又连忙多点了几次。

乔中洲深深吸了一口气,震声:"我愿意!"

声音惊到了过路的行人,纷纷投来好奇的视线。

宁瑶忍不住轻声嘀咕:"什么嘛,我还以为你会从兜里突然掏出来一枚戒指,跟我说喜欢我很久了,一直都在等这一刻之类的……怎么像个傻子?"

多年美梦终于成真,谁能不傻?

"我——"乔中洲手忙脚乱地把自己全身都摸遍了,也找不出一张银行卡,突然眼神一亮,豁然开朗似的将自己的手机塞了过去,"我的支付密码是081311,我们现在就去买戒指好吗?"

宁瑶想了想:"支付密码是什么意思?你的生日加上我小名的谐音?"

男人憋了半天:"……可以是。"

原来不是。

他看起来已经有点神志不清了。

宁瑶嗤笑着摇摇头:"说你傻你还真傻?又不是求婚,要戒指做什么。"

乔中洲定定地看着她:"那你想要什么?"

宁瑶踮起脚,食指指尖压下他的下巴,歪头凑了过去——

"啵"一声,像是气泡水在夏日的烈阳下顶开了瓶盖。

乔中洲在派出所门口站起了标准的军姿。

树叶轻摆,细语低吟,月色温柔,风也静谧。

这个冬转期,KIL 做出了一些人员上的调整。

国内赛区整体成绩不佳,资方原因、舆论原因,还有战队自己的多方考虑,许多队伍都有人员流动。

至于 KIL,阿狂和青芒、小霸王的合约还没到期,但其余两个队员都要重新签约,今年成绩不佳,战队资金比去年更加吃紧,想要维持之前的工资水平很困难，本以为辛思邈和白雪可能留不住，但两个人最后还是选择了降薪留队。

宁瑶没有放过这个机会，好好地宣传了一波兄弟情义。

但是 KIL 更换了主教练。

王教练虽然和队员之间的感情深厚，但是他的 BP 一直为粉丝诟病，在调教队员的能力上也稍逊一筹，这个转会期里，除了宁瑶，被骂得最多的就是他了。

虽有不舍，但改变是必要的，王教练跳槽去了另一个中游战队，想带领全新阵容征战新赛季，证明自己。

KIL 的新任主教练叫徐浩然，是个斯斯文文的男人，来的时候还一起带来了一个助理教练以及一个分析师，颇有当时签宁瑶送赵昕那味。

这位徐教练入队的第一件事，就是要求队员们尽早收假。

KIL 今年的训练赛来得比以往更早一些，队员们倒也没什么意见，只是所有人都没想到，第一场训练赛就出了问题。

下午三点，训练赛准时开始，队员们纷纷到位，青芒嘴里嚼着口香糖姗姗来迟，拉开椅子坐下来，扭头问："教练，咱们今天训练赛打谁啊？"

徐浩然眸光一闪："K4。"

话音落下，满室一片死寂。

徐浩然似乎毫无察觉，低头看着自己手中准备的战术板子，BP 之后，又布置了一下战术和需要注意的点："三场 BO1（一局定胜负），大家加油，尤其是青芒，这一局一定注意照看下路，保证阿狂和白雪的发挥。"

"嗯嗯。"青芒随口应了两声。

进入游戏之后，面对新科冠军兼二冠王，几个人都有点紧张，除了青芒。

他不但不紧张，甚至满地图寻找着金在赫的身影，有些蠢蠢欲动。

四分钟的时候，青芒操纵着游戏英雄钻进金在赫的野区，结果被对面三包一送出一血。

十二分钟的时候，下路组被队员围攻，青芒放弃了支援，而是把目光移向了正在拿资源点的金在赫，两个人相互牵扯的时间里，阿狂和白雪双双被击杀。

突然，青芒身后伸出一只手，按下一个键，青芒操纵的英雄突然往前窜了一截，被金在赫找到机会击杀，屏幕转瞬黑白。

青芒急了："哎，教练你干什么，我在跟金在赫 Solo！"

徐浩然不答，拿起电话跟对面的人沟通了几句。

徐浩然："投降。"

青芒一愣："啊？什么？"

徐教练语气嘲讽："我让你们投降，你们也配跟 K4 打训练赛？"

KIL 的气氛一直以融洽出名，之前王教练跟队员们之间的关系可以说时而父子、时而兄弟，他们从来没遇见过这种情况，一时间，几名队员点了投降之后，大气都不敢出一声。

辛思邈犹豫地开口："教练……"

徐浩然面色寡淡，看不出喜怒："我站在这里，是在哄你们玩吗？你们认识到这是训练赛了吗？

"你们下路组在己方塔下被击杀为什么不叫打野来？关系好，所以被队友坑了也觉得没问题是吧？

"辛思邈，都说去年你最尽力，可你尽什么力了？队友去'浪'无所谓，不跟你配合你也无所谓，五个人的游戏你只打好自己的就算尽力了吗？"

徐浩然视线聚集，眯了眯眼睛："还有你，青芒。这场训练赛我的 BP 明显做得比对面好，所以前期三线队友都能打出优势，打开局面就靠打野，战术布置给了你，你凭什么不执行？

"你觉得你是这支队伍的灵魂人物是吗？人气高，操作好，所以这两年 KIL 的打法一直都是围绕你的，可是队友凭什么必须给你搭建好舞台，让你发光发热？你一点牺牲都做不了吗？到底是要赢，还是要一直做你的明星选手？"

"我……"青芒面露茫然，"我没这么想过。"

徐浩然别过头，对助理教练说："剩下两场训练赛让二队打野来，我看看他们的配合。"

其实二队打野实力不差,只是在青芒的光环之下,没有发挥的空间,乔中洲原本准备今年再让他打个次级联赛历练一下,就放他去别的队伍竞争首发。

徐浩然表情冷漠:"你不行,就换人来。"

青芒脸色一白,没有反驳。

训练室的门开了一条缝。

宁瑶缩回头:"哪里打包的赛训组?"

乔中洲哼哼一笑:"他之前在H国,是红山战队的副教练,也是这么多年来唯一一个国内输出到H国的赛训组成员,很有一手。

"他想回国,红山不肯放人,我捞了一手。这几个小崽子太没有纪律性了,之前老王管不了,现在正好让徐浩然管。"

宁瑶点点头,怪不得能约到K4的训练赛。

啧,今年KIL好像又能支棱起来了。

宁瑶拉了一把兴味正浓的乔中洲,两个人悄悄离开。

下了楼站定,才发现乔中洲有些扭捏。

宁瑶了然,松开了手。

乔中洲轻咳一声:"你先回去吧,我还有点事,有文件要送给周哥,然后还要跟橙子开个电话会,今天下班不能送你了。"

"周德吗?"宁瑶垂下眼,想了想,"我帮你送吧,我正好也有事要找他。"

乔中洲没多想:"行。"

宁瑶找了好几个人才打听出来周德在哪儿。

徐教练要求给一队一个绝对私密的训练环境,二队在他的要求下,整体都搬到了三楼。

推开二队训练室的门,新月率先招呼:"宁瑶姐,你都好久没来了。"

宁瑶笑着说:"有点忙,过几天我就天天过来,给你们送奶茶。"

周德坐在一台电脑前,正在跟中单 Solo 一个新出的辅助英雄。

宁瑶敲敲桌子:"周总,我有事找你。"

"好好。"周德扭过头,"等我回来再继续玩啊。"

小中单嘴上毫不留情,摆手赶他走:"周哥你别回来了,你太'菜'了,跟你对战都影响我的手感。"

周德也不生气,反驳了两句就笑呵呵地跟宁瑶一起出来了。

两个人出了俱乐部。

她侧头,发出邀请:"我们溜达溜达?"

"怎么,今天你家乔总不黏人?"

宁瑶笑了笑。

两个人并肩走在马路边上。

今天天气还不错,没有风,阳光晒得人暖洋洋的,树枝上还有残叶,偶尔被风卷起,打着旋儿地从他们身边飘过。

周德冷不丁冒出一句:"还挺浪漫哈。"

两个人不约而同抖了一下,互相从对方眼中看到了恶心。

周德:"说吧,你这个大忙人找我有什么事?"

宁瑶垂下头,轻声问:"为什么?"

周德疑惑:"什么为什么?"

"只此咫尺,还挺绕口的,怎么想到起这种名字的?"

"只此咫尺",一个网名,他在网络上留言大骂宁瑶是电竞毒瘤,并且很长一段时间内,都在持续"爆料"她的种种恶行。

周德脸上的笑容消失了。

很漫长的一段沉默之后,他回答:"女儿瞎按的。"

"哦。"

周德没问宁瑶是怎么知道的,宁瑶也没问他为什么要这么做。

又过了一会儿,他沉沉地叹了一口气:"其实没有什么特别的原因,一念之差。"

中年男人从兜里掏出烟盒，摸出打火机，看了一眼宁瑶，又收回去了。

"对不起啊。"

"我也有错，很多事情明明应该先知会你一声的，但是我独惯了，总爱自己做决定，没考虑到你的感受。"

这回轮到周德沉默了。

一个十字路口，两个人不约而同地停下了脚步。

宁瑶："我还有工作，就不往前走了。"

"嗯嗯，我也该回家了，老婆还等着呢。"

第二天，乔中洲挽留未果，周德辞职了，离开了他工作五年的KIL。

那局游戏还是没打完。

第十三章

山巅

春季赛开赛这一日,宁瑶正式升职,成为整个业务部门的一把手,上头只有一个挂着名头的小股东,赵昕也跟着水涨船高,成了运营总监。

第二天上班,赵昕喜气洋洋地拎了十盒巧克力分发给同事们,美其名曰"喜糖"。

那喜出望外的架势看得宁瑶忍不住扶额:"不知道的还以为你结婚了。"

赵昕笑得眼睛都眯成了两条缝:"结婚哪有升职快乐啊。"

宁瑶无语地摇头,想起什么:"对了,明天我要去吴市开个会,俱乐部有什么事你先处理。"

宁瑶打了个电话,把这件事也告诉了乔中洲。

乔中洲爽快地"嗯"了一声:"我跟你一起去,正好我要去一趟'竟无界'那边,橙子有事找我。"

吴市就在余州市边上,开车不到两个小时。

宁瑶："好，那明天见。"

"等一下。"乔中洲压低了声音，"今天徐教练又发火了，我得留在俱乐部看看情况，你去我家帮我把衣服收拾一下呗？"

"哪个家？"

"我爸妈家，你去过的。"

"我自己去不太好吧。"宁瑶有些犹豫，还没做好向长辈公开两个人关系的准备。

知道她在想什么，乔中洲哼笑一声，声音低沉显得有几分撩人："别担心，家里没人，他们去滨海市玩了。"

"去年不是过年的时候去了吗？怎么又去？"

"他们在那儿待得很舒服，所以买房了。"

宁瑶肃然起敬，不愧是叔叔阿姨，这退休生活谁不想要啊。

"行。"

身为女朋友，这点忙还是要帮的。

输入大门密码，熟门熟路地去了乔中洲的卧室，拉开衣柜，宁瑶的眉心都蹙了起来。

早就知道他没什么品位了，这么大的衣柜里，就挂这么几件衣服？宁瑶随便拣了两件长袖的，又拉开一个抽屉。

宁瑶的动作顿了下。

她从里面扯出来一件可疑的白色衣物，挑挑拣拣，又装了两件。

OK，收工！

乔中洲一整晚都待在俱乐部里，两个人第二天到了机场才见面。

"谢谢啊。"乔中洲接过行李袋，顺手打开看了一眼，突然顿住，脸上的颜色有点五彩纷呈，"你怎么给我装了那么多内裤？"

宁瑶点点头:"一条平角的,一条三角的,一条……嗯,形状不一样,不知道你要哪个,我就都带来了。"

他吞吞吐吐:"你怎么……你怎么……"

宁瑶拧眉:"你害羞?老男人害羞?"

乔中洲抿着嘴不吭声。

宁瑶坏心眼一起,弯下腰,从底下向上抬眼:"真害羞啦?"

她的笑眼近在咫尺,乔中洲心底猛地一跳,伸手一巴掌就把宁瑶推开了。

不疼,但是脸上受力,她不由自主地跟跄了几下才站稳。

哪家好人家的男朋友如此守身如玉啊?

宁瑶脸上的表情有点一言难尽,乔中洲反应过来:"我、我……那个……"他刚要伸手,宁瑶冷哼一声,转身就走。

一路上宁瑶都对他没有好脸色。

晚上入住酒店的时候,宁瑶接到了酒店大堂的电话,前台小姐语音甜美地告诉她,有人给她的房间升级到了套房。

净搞这些小动作。

宁瑶拎包上了顶层套间,心情愉悦。

路上她根本就没问过乔中洲为什么要跟着她飞来吴市。

橙子早就跟她说了,"竟无界"那边根本不需要乔中洲过去。这男人,想要陪她来还不好意思直说,小小的胆子,简直对不起他那张冷艳的俊脸。

想到这里,宁瑶拨通了某个房间的内线电话:"我昨天给主办方打了电话,你是我们KIL的投资人,想要参会的话他们很欢迎,又给我发了一张邀请函。"

"哦,知道了。"

男人没有任何异议,利落地挂断了电话。

宁瑶久久地盯着话筒,默默叹息,唉,这令人无语的恋爱尴尬期。

这是一个电竞发展协会召开的研讨会，参与者基本上都是电竞行业的从业人员。

除了中午的休息时间，一天的会议下来，宁瑶坐得浑身酸痛，她忍不住转了转僵硬的脖子，后颈落下一只大手，罩住她的脖子用力地揉捏。

"轻点。"她嗔怪地瞪了乔中洲一眼，"这是人的脖子，不是鸡脖子。"

乔中洲没反驳，只是手劲儿轻柔了点，只是一轻柔下来，柔软的触觉令他脸色也跟着红。

宁瑶倒是享受得很。

忽然，一道悦耳的声音从身后传来，充满不确定性——

"瑶瑶？"

宁瑶猛地回头。

看清了男人的脸的一瞬间，她睁大眼睛，声音激动："林致！"

乔中洲看见她脚步轻盈迅速，像一只欢快的小鸟，雀跃着朝一个男人飞扑而去。

他又不由得低头看了看自己空落落的手心，眉心微微蹙起。

"他是我的朋友，林致。"宁瑶介绍完，手指又指向乔中洲，噎了一下，随即坦然，"这是我男朋友，乔中洲。"

林致愣了一下，上下打量了一下乔中洲，抿出一抹浅淡的笑："乔先生，我们是不是在哪里见过？"

乔中洲的眼神飘忽了一瞬。

乔中洲没回答，但林致也只是礼貌性地一问，并不深究，很快就收回目光，落在宁瑶身上，久别重逢，声音隐隐激动："瑶瑶，好久不见，一起吃顿饭？"

"当——"

宁瑶刚启唇，乔中洲突然伸手搭在她的肩上，将她往自己身前一揽，颔首："当然了。"

宁瑶跟一个人是不是真熟络的标准，就是她愿不愿意跟这个人一起喝酒，这一顿晚餐，她和林致两个人喝了很多酒，说了很多话。乔中洲就在一边听着，时不时地给宁瑶夹一筷子菜。

林致说，他现在和朋友在做电竞培训方面的业务，为各个职业战队输送了很多主力队员。

宁瑶喝得脸蛋红扑扑的，兴奋异常，摆着手非要让林致听她絮叨。

"我很高兴，你还在这个圈子里。"她重复了一遍，"我真的、真的、真的很高兴。

"我在H国遇见了一个男孩儿，跟原来的你很像，操作华丽，心气儿很高。"

林致笑笑："K4的金在赫是不是？"

"你怎么知道？"

"我当然知道了，在电竞圈混，好歹也要知道电竞圈的热门新闻，你和金在赫惺惺相惜、相辅相成的故事谁不知道呢。"林致醉眼蒙眬，唇边勾起一丝略带苦涩的笑，"他的确跟我有相似之处，但是他更幸运，在最正确的时候遇见了你。

"宁瑶，我现在偶尔回忆起从前的时候，都忍不住想，我们的相遇，简直就像一个奇迹……"

他的话逐渐消散在酒意里。

许久不见的朋友，聚在一起忆往昔，谈今朝，几个小时的时间一晃而过。

乔中洲作为场上唯一一个清醒的人，买单、把林致塞上出租车、带着宁瑶回到酒店一气呵成。

他将宁瑶送回房间里，帮她洗漱完，又把她塞进被窝里，看她安稳躺下，才抹了把头上并不存在的虚汗，缓缓吐出一口气。

"不就是个男人，看把你乐的……"

乔中洲小心地抱怨。

看着床上哼哼唧唧的女人，他认命地摇头，又出门买了解酒药、烧水，喂宁瑶吃下。

这时候已经后半夜了，他刚准备离开，袖口突然被几根细白的手指捏住。

她的声音软绵绵的："你坐一会儿嘛。"

乔中洲浑身一麻，这不轻不重的力道就像五指山压得他动弹不得。

女人借着力坐起来，靠在床头。

她披散着长发，眼睛睁得很大，乍看之下精神抖擞，实则没什么神采，徒有其表。

这已经是宁瑶醉酒的下一个阶段了，完全收起了往日的锋芒，乖巧得像个涉世未深的天真少女。

"你还记得，大一那年暑假吗？"

她仰起头看他："今天看到林致，我又想起 HOPE，想起那个时候了，乔中洲，我能走到今天，我好厉害对不对？"

男人喉咙干哑，"嗯"了一声，坐在她的床边，伸出手，轻轻搭在她的发顶，揉了揉，哄着说："你最厉害了。"

回忆尽管艰难，却也藏着闪闪发亮的珍珠，那都是她来时的路。

宁瑶有一个弟弟叫宁池。

宁池比她小三岁，她仗着乔中洲的名头惹是生非的时候，宁池才刚刚懂事。小男孩儿又皮实，又不听话，整天喜欢缠着宁瑶，宁瑶小时候讨厌死宁池了。

小学时，每次姐弟俩拌嘴，宁瑶都嚷嚷着不要这个弟弟了，爸爸妈妈没办法，劝了这个劝那个，宁瑶抹眼泪，宁池就泄了气，围着她乱转，家庭地位可见一斑。

父母工作忙，宁池黏她的时间很多，他脑子里总是有很多怪问题。

问为什么她是姐姐？

问为什么别人的妈妈可以在家里陪着孩子,但他们的妈妈却整天不在家?

问为什么天上那么多星星,但是只有一个月亮?

宁瑶就一本正经地告诉他。

因为她想要个弟弟,所以她才是姐姐。

因为妈妈喜欢上班,不能把妈妈留在家里。

因为天上的月亮就像是自己,宁池就像星星,无数个小宁池在周围眨眼睛。

回答也颠三倒四的,但对小孩儿来说,挺逻辑自洽的。

初中时,宁池开始发育,个子蹿得比宁瑶高,他发现这个事实之后,做的第一件事就是高高跳起,对着宁瑶来了一个盖帽投篮。

"嘿,看我帅不帅!"

"……傻子。"

宁池是有篮球天分的,初中的时候就有篮球队的教练找过来,希望他去试训。家里经过讨论,没人持反对意见,一致同意让他追梦。

可是某一天,宁池跳起来,摔到地上,再也没有站起来。

检查之后,医生说,宁池是脊髓损伤,这是一种治不好的病症。

宁瑶有好长时间不敢跟宁池说话。

但是父母没有放弃,辗转于各个城市、各大医院间,祈盼有奇迹降临。宁池也没有放弃,他积极配合治疗,从不哭丧着脸,还像原来一样,又乐观又皮实又招人烦。

奇迹没有那么容易发生。

一天午后,宁池推着轮椅出来:"宁瑶,进来帮我插一下电脑。"

这个假期,宁池接触了一款游戏,短短两个月,他打到了游戏内最高的王者段位。

宁瑶也喜欢,陪他一起玩……然后宁瑶不得不承认,宁池是个天才。

很快,有游戏战队的教练私信他,邀请他去试训。宁瑶羡慕死了,并且提出非分要求:"你能不能跟他们商量一下,带我一起?"

宁池满脸鄙夷:"你这段位去了干什么?"

宁瑶一拳头捶在宁池的肩上:"怎么跟你姐说话呢?干点什么都行啊,我很好奇战队经营,我可以当工作人员啊。"

两个人都默契地没提起宁池的腿。

用鼠标的工作,跟腿有什么关系?不管遇到什么困难,总是能克服的。

明明一切都在朝着好的方向发展。

在这种期待里,宁瑶上了大学。

某天晚上跟家里通电话的时候,妈妈说有个治疗脊髓损伤很有一手的医生来本市了,明天准备带着宁池去看看。

宁瑶问了两句就没再多管了。

可是第二天下午,她上着课的时候,接到了警察的电话。

父母载着宁池想要去挂号,高速公路上,旁边车道的车辆发生了侧翻,撞向了他们。

一家四口,一夕之间,只剩她一个人。

宁瑶恨自己。

恨自己为什么要去一个离家这么远的地方上学;恨自己为什么不能早点发现父母的工作出了问题,他们送宁池去医院的前一天还加了一个通宵的班;恨为什么死掉的不是自己,好过只留下她一个人。

处理完丧事的那天晚上,宁瑶爬到了楼顶。

活着没有什么意思,她坐在高台上,底下是一片居民楼。晚上八点多,城市下方万家灯火,每一盏似乎都很平凡,但是都令她羡慕得发狂。

对面的窗户是那家的厨房窗,一个小女孩儿蹒跚地走到窗边,搂住了妈妈的腿，母女俩不知道说了什么，双双笑开。

明知道小女孩儿是看不见她的，可宁瑶还是往后躲了躲。

如果现在跳下去，会吓小女孩儿一大跳吧，她一个人的不幸，还是不要给别人留下阴影了。

宁瑶想，就等到所有人都睡着了，再悄悄地结束自己的生命。

凌晨十二点，一盏一盏的灯灭了。

凌晨两点，目之所及，只有零星的灯光还亮着，宁瑶很好奇他们在做什么，为什么那么晚都不休息，好奇他们家里有什么故事，又很羡慕，因为从父母弟弟去世的那一天起，家里再也没有人会为她点一盏灯了。

后来，那几盏灯也终于熄灭，宁瑶颤颤巍巍地站到栏杆边——余光里，陡然又亮起一盏新的灯光。

有人起床了。

虽然整个城市还笼罩在一片浓重的夜色中，可这个城市的某个角落，已经有人早早地开始了新一天的奔波。

一抹青灰色从东方的天空隐隐显现，在厚重的层云中，隐约有光亮想要挣脱出来，终于在某一刻，天光破晓，宁瑶盯着那一抹耀眼的金边，突然失声痛哭。

这一整夜，每一分每一秒，她都抱着必死的心情，在冷夜中木然地坚持着，此刻见到了这一缕朝阳，她又不想死了。

肚子饿了。

宁瑶蹒跚地下楼，清晨的马路边上，已经有小推车在卖早餐，锅碗瓢盆的碰撞声和油煎食物的滋滋声交织在一起，形成了独特的交响曲，水汽从锅中升起，食物的香气随风飘散，然后她在马路上看到了几个跟她差不多大的年轻人。

"能不能给我吃一口？"

"你那辣眼睛的操作也配吃早饭？"

"看不见我的绝命开团吗？你跟不上输出关我什么事啊？"

"别吵，给我咬一口。"

听到熟悉的名词，宁瑶停下脚步，认真地看向那五个人。

此时国内的电竞事业刚刚起步，虽然还没有正规的联赛，但是城市赛已经初具雏形，这五个年轻人热爱着这款游戏，知道了"电竞选手"还能作为一个职业，于是志向相投的五个人凑着钱逐梦，哪里有比赛就去打，也得到过几次奖金，可是杯水车薪，收入远远填补不了支出，连买个早餐五个人都得"挤"着吃三份。

宁瑶默默地听了一会儿，突然凑近，冷不丁地说："我来帮你们吧。"

闻声，一个男孩儿吓了一跳，扭回头，一张俊秀的脸写满了疑惑："啊？你是谁啊？"

"我叫宁瑶，你呢？"

"林致。"

有点尴尬的初介绍，所幸没有被当作疯子。

父母的小公司本身就在亏损，处理完毕之后，宁瑶所有的积蓄还剩两套房子，她卖了一套，跟当时也在创业的学长学姐一起，成立了一家小传媒公司。

而后她作为股东，独立开辟运营了新模块，资助了一支游戏战队。

HOPE，希望，这是他们共同起的名字。

宁瑶或许是个天生的营销人，思维敏捷，沟通能力强，虽然对于电竞运营这一块一知半解，但是也明白，投入就要有看得见回报的可能，战队才能走得长久。基于这一点，她邀请了一个人加入，帮助她一起进行战队运营，以及处理财务上的烦琐事务。

合伙人年长她十来岁，姓白，他的经验给宁瑶带来了很大的帮助。

两年的追梦道路，他们几乎放弃了一切，将电竞变成生命中的全部，终于在一个金秋，HOPE战队夺得了城市赛的冠军，那是一个奇迹一般的九月。

如果放到现在来看，这个冠军的含金量就相当于联赛里面的春冠夏冠，只是当时只有简陋的奖杯和二十万元的奖金。

钱不是最重要的，最重要的是获得了一张"入场券"。

这一年，LAC正式被批准，成为一项职业赛事。手握次级联赛入场券的HOPE，半只脚都已经迈进了职业联赛，眼看着就要一飞冲天。

可就在这个时候，在关于战队后续的发展上，宁瑶和她的合作伙伴白友仁的价值观发生了分歧。

对于她提出的接受资方入股的前提是要保留原班人马冲击联赛的这个要求，白友仁嗤之以鼻。

白友仁摇着头："宁瑶，你还年轻，看事情太理想化了，现在不是兄弟游戏的时候。你懂不懂，我们能得到次级联赛名额到底意味着什么？这意味着只要我们吸引到资方，重组战队，我们就有很大可能性冲击主流联赛的固定席位，再发展几年，到时候什么底蕴？什么豪门俱乐部？我们就是老牌，我们就能变成豪门，这才是真正的一飞冲天！

"队员只是队员，他们的路就只能走到这里了，接下来是我们的路！"

宁瑶看见了他眼底闪烁的野心。

在思考了一天之后，宁瑶给了他回复："白哥，我不能同意，这有悖于我们成立HOPE的初衷。"

白友仁也看见了她眼底的坚持。

最终白友仁妥协了，宁瑶松了一口气——但是没过半个月，她就意识到了白友仁妥协的原因。

他只是在拖延，在降低她的戒备心，在她还在畅想着未来的时候，不动声色地卖掉了HOPE。

白友仁利用了合同的漏洞，将次级联赛的席位卖给了一个空有钱的战队，HOPE顷刻间土崩瓦解，队员们如同丧家之犬，甚至连说自己是HOPE战队的成员，都构成了侵权。

白友仁则在背叛了一起并肩作战的伙伴们之后就消失得无影无踪。

不过短短几个月的时间,九月的奇迹就成了不必提起的过往辉煌,无人在意。

宁瑶第一次体会到,有些资本是没有温度的。

白友仁离开华国的那天,宁瑶收到消息,急着赶了过去。

她闯进机场大厅,焦急地左顾右盼,终于在人群里看到了那张熟悉的脸。

不在意周围人异样的眼光,宁瑶不顾一切地冲了过去:"你站住!"

看见他手里的机票,宁瑶急了:"白友仁,你不能就这么走。"

白友仁的神态稀松平常:"小宁,你怎么来了?"

"怎么,你怕看到我?"

白友仁笑容不变,对身旁的人摆摆手,示意对方离远一些。

宁瑶语气生硬:"你骗了我,骗了我们所有人。"

白友仁点点头:"没错,那你们能怎么样呢?"

"宁瑶,这就算是你交的学费吧。不要以为自己有点才华,全世界都该给你让路,这世界上没有那么多热血故事的,你懂什么是营销吗?你懂什么是运营吗?你懂真的要构建一个电竞战队,到底需要什么吗?

"有时候不要责怪别人为什么不能跟自己同舟共济,反省一下为什么你不够强大。"

看着男人侃侃而谈的嘴脸,宁瑶胸口剧烈地起伏,如果此刻她怀里有一把刀,她一定毫不犹豫地掏出来,不管刺向哪里,哪里都好,总要给自己焦躁的心情找一个出口。

可是实际上,她只能眼睁睁地看着白友仁离开。

不知道过了多久,有声音唤她:"宁瑶!"

她茫然地看过去,有人跟她说:"没关系的。"

更多的人走了过来:"是啊,没关系的,我们什么大风大浪没经历过,得过冠军,够了。"

"但我们被一脚踢开,做不成职业选手了哈哈。"

"……这不好笑。"

"不好意思,习惯了,玩游戏的就是不能沉闷你懂吗,我这是天赋技能。"

"宁瑶,你做得很多了,已经足够多了。"

"我们的梦该醒了。"

美梦易散。

但是它总有留下来的东西,一直在记忆里深深铭刻,将来时的路铺成了她要去往的未来。

从吴市回来,俞岚也恰好腾出时间来见宁瑶,告诉她法院已经受理了她们的诉讼,已经将相关材料送给了白友仁,白友仁并没有什么反应。

自从知道白友仁一直在K4之后,宁瑶就在托人调查他进入K4的始末,并且终于在世界赛期间,在H国拿到了关于白友仁的金钱往来明细,里面有些东西能做证他涉及卷款潜逃。

七年,终于走到了这一步。

宁瑶郑重地说:"那就拜托你了。"

俞岚胸有成竹地笑了笑:"使命必达。"

本以为让他应诉还要多费一番功夫,可是没想到白友仁传来消息,表示希望能私下和解。

俞岚问宁瑶:"要见吗?"

宁瑶点点头,她现在没有任何顾虑,也没有任何可怕的。

还是上次见面的咖啡店,只不过这次多了一个俞岚。

许久没见,白友仁消瘦了许多,他点了三杯咖啡,折返两次吧台,将咖啡搁在了两个女人面前。

宁瑶道了一声谢,突然想起一桩事。

"周德的事,或许我应该跟你说一句谢谢,不是你的提醒,我还不知道他一直在背后给我使绊子。"

白友仁有点好奇:"你怎么知道的?"

宁瑶喝了一口咖啡,放下杯子,表情浅淡:"你是个喜欢背地里搞事的人,当时那么大张旗鼓地点赞不是你的风格,我看到'只此咫尺'这个账户跟你是互关状态,稍微查一下就知道了。"

白友仁点点头:"偶然认识的,我还劝过他,玩不明白的社交软件就别玩,何必非要掺和年轻人的世界。"

"两位,能聊正事吗?"俞岚听不下去了,敲敲桌子,"直接进入正题呗?和解,你能付出什么呢?"

白友仁拖着椅子往前坐了坐。

"……都可以。"

俞岚见过很多难缠的对手,但是还没见过这种不按套路出牌的。

她用眼神示意:什么情况?

宁瑶也不知道什么情况。

白友仁有备而来,眉宇间透着一种不在意一切的从容:"和解吧,这种经济官司,就算你打赢了,也只不过是得到金钱赔偿,你可以让你的律师算一下,该赔多少我都给。"

宁瑶问:"为什么?"

他耸耸肩:"因为事实就是,我确实钻了合同漏洞,用 HOPE 打来的名额换了钱、换了人脉,去了 K4,现在你找到证据了,必输的官司打起来没什么意义,我年纪不小了,不想折腾了。"

七年惦念,一年布局,听到他这么说,宁瑶有一种虚无的感觉,迟迟都没开口。

"别想了。"白友仁笑着摇摇头,"你还有什么其他想要的吗,道歉?你应该不需要这个。"

无赖行径,但是又拿他没什么办法。

宁瑶不大甘心,可是俞岚已经低下头算了起来。

"你的存款……嗯,白先生,据我所知,你名下还有一家电竞培训机构。"

白友仁突然笑了起来:"哦,那个电竞机构啊,你们自己去查查吧,查完了,说不定你就愿意跟我和解了。"话音落下,却是看着宁瑶的方向。

不需要过多的人脉,如今网上信息发达,在某个培训机构的股东一栏里,除了白友仁,宁瑶还看到了一个熟悉的名字。

出来以后,俞岚试图劝她:"你还在犹豫什么呢?你难道还想让白友仁蹲监狱?这个案子很难涉及刑事诉讼,如果私下和解的话我能替你争取到更多的赔偿金,你快点做决定吧。"

宁瑶没有立刻回答,而是沉声说:"你给我一天时间。"

宁瑶买了去吴市的机票,又顺着上次见面留下的地址找到了林致所在的公司。

见到宁瑶,林致面露惊喜:"来之前怎么没告诉我?你等我一下。"

"等你下班再说吧。"

"不用。"林致回头交代了一下工作,拿起外套大步流星地向她走来,温声说,"我们走吧。"

他依旧体贴:"这个时间还有点早,饿吗?饿的话就先带你去吃饭。如果不饿的话我们就找个咖啡店坐一坐。"

宁瑶伸手一指:"就近吧,那儿有家奶茶店。"

大概是她的神色失去了重逢时的兴奋,林致眼底复杂,声音低沉道:"好。"

普普通通的两杯奶茶,第二杯半价,两个人总共才花了十六块钱。

林致把吸管插好递给宁瑶:"还记得我们比赛的那几年,兜比脸干净,正经餐厅没吃两回,但是奶茶没少买。"

"嗯,好像大家都挺喜欢喝甜的。"

"对了。"林致喝了一口就把奶茶放下了,面带笑容地提起,"那天你们走之后,我就想起来了,我确实见过你男朋友,你还记得我们初遇那天吗?"

宁瑶淡淡地点头:"嗯,一个早餐摊。"

尴尬地打了招呼,场面就僵住了。他们也是才上大学的年纪,听了宁瑶的话,没人觉得她脑子有问题,也没人觉得可能是骗局,反而一个个束手束脚不知道该怎么跟她套近乎才好。

最后反而是宁瑶成了主导,见他们连早饭都吃不饱,于是转身去隔壁早餐摊多买了几份。

"我们等你的时候,就看见一个高个子男人往这边走,身后还跟着两个一脸无奈的民警。没太听清他说了什么,但是我听见民警说:人不是好好的吗?他当时满脸都是眼泪,哭得太惨了,所以那天见面,我有点没认出来。"

"没想到你们的缘分这么深,我……"林致低头轻笑了一下,也不知道是在笑什么,最后才接上一句,"我为你开心。"

宁瑶反复捏着吸管,低着头不看他:"为什么?"

林致一愣:"希望你好,哪有那么多为什么?"

"为什么要跟白友仁合作?"宁瑶面色冷淡,但眼眶湿润,二者维持在一个平衡点上,互不肯输,"你不是知道吗?如果不是他,HOPE可能不会这样草草收场,我们的未来说不定会和现在不同,你不恨吗?"

长久的安静,奶茶都放凉了。

"为什么呢……"林致一时间也面露迷茫。

"宁瑶,我们都在变的。"

他想起那年为了参加比赛，他跟家里人断绝了关系，只靠着奶奶每个月给的两百块钱生活。

得冠军的那一天，他激动地打电话回家，想告诉父母，他不是没用的人，他也可以走出一条与众不同的锦绣路，可是电话一接通，就传出母亲的哭声："你奶奶走了，被你气死了。"

奶奶留下了遗言，希望他能"走上正途""有点出息"。

来自家庭的阻碍也不止这些，这些事情林致从没有跟战队的人说过，说了也没用，徒增烦恼。

在最不该有野心的年纪，枝头的梦四分五裂，他没有资本再去憎恨。

闭上眼睛，依稀还是春风得意马蹄疾，一日看尽长安花。

可睁开眼，林致目光柔和："瑶瑶，一定有人可以站在光芒万丈的舞台上，但是留下的人也要继续过这平淡的生活，我不适合追究过往，我只能向前看。"

宁瑶问："现在的生活是你想要的吗？"

林致最终没说话。

宁瑶等了一会儿，冲他点点头，离开了。

七年前他们相遇在命运的分岔路口，今天正式的背离，各奔前程。

回华亭之前，宁瑶打了个电话给俞岚："我接受和解，但是我有一个附加条件，我要白友仁永远离开电竞这个行业。"

飞机还没落地，俞岚的消息就回了过来，白友仁同意了。

他给宁瑶发了一段话，用短信：我问过自己很多次我为什么坚持干这一行，所有的理由都消失之后，只剩下一个——我可能真的热爱。我们见多了天赋型的选手在舞台上大放异彩，也见过天赋平平、空有努力的选手，无尽的训练最后也只是失败，这像是我的写照。我就像一只爬不出井底的青蛙，也不想抬头看星星了，所以干脆潜进脏水里。现在说什么都没有意义，就祝你未来一切顺利吧。

宁瑶面无表情地看完，觉得眼睛都脏了，反手就是一个删除键！

中年男人失败之后的矫情太恶心了。

没有天分的人多了，以损害别人利益为代价的成功，永远不可能被漂白成热爱。

时光荏苒，白驹过隙，不觉间冬季的寒霜已化作春日的暖阳，春意融融又悄然过渡为夏日的炽热。

KIL春季赛拿了一个亚军。

只能说换了教练之后，确实有用，徐浩然大部分比赛的BP都是优势，还时不时神之一手，摇晕对面。迫于他的"淫威"，选手们空前团结，游戏内往往一个报点就一呼百应，团队协作拉满，最终春决只稍逊今年的黑马战队GX一筹。

电子竞技永远没有常胜将军。

夏季赛的时候他们又遇上了一个坎，对阵AIR这一局，事关复活甲的排名，两队都疯狂训练、复盘，势必都要啃下这一分。

赛前，隔壁金锐的经理偷偷通风报信，说老沈偷摸去庙里给队员们求运势红绳。

乔中洲听了烦躁地挠头："这个老沈，怎么一天天那么多小动作啊。"

宁瑶也愁眉不展。

徐教练见状，有些不可置信："不是，你们一个一个至于吗？不信我，信玄学？"

乔中洲双手一摊："万一有用呢，你确定咱们不需要吗？你要是说不需要，那我们听你的，反正你决定。"

徐浩然张口欲言，最后又闭上了嘴，背过身去。

宁瑶检查了一下日程："还有时间。"

乔中洲立刻掏出手机:"华亭市的话……城隍庙香火很灵验,连秋山上面的庙是求事业的,风景也漂亮,朝阳寺可以求运势红绳……老沈就是从这里求的。"

宁瑶:"那我们是不是应该换一家?"

乔中洲抚掌:"那就连秋山吧。"

事实证明,玄学可能没用,但是它可能也有用,夏季赛冠军,一号种子出线的成绩,给 KIL 这一年的努力暂时画上了一个逗号。

能不能完美画上句号,就要看世界赛了。

这一届世界赛,宁瑶没有随队,她的职能原本就不用到现场,而且世界赛期间,各战队的流量是一年之中最高的时候,她留在大本营坐镇更加稳妥。

反正也可以在电视上看到他们的比赛。

然而第一场,在看到青芒送出一血之后,宁瑶瞬间心态爆炸,面无表情地关了电视,接着疯狂刷新超话,看到有人说优势、翻车,再打开直播,稍微一劣势又赶紧眼不见为净。

第二场,第三场……这样痛不欲生的日子宁瑶足足过了三个星期。

这么久是因为,KIL 成功从小组赛突围,并且已经赢下一个 BO5 进入了四强的赛程。

毕竟第一支被淘汰的队伍 AIR 都已经回到华亭市了……啧,玄学没用!

半决赛,KIL 对阵 K4,最终 3-1 轻取 K4,赛点局里,青芒在比赛中被金在赫吊打,但是后期一波团战翻盘,下路组双双 carry,利落地赢下了比赛。

旧王朝的统治一朝被推翻,观众还来不及哀悼,新的攀登者即将加冕。

决赛是由 KIL 对阵红山战队。

国内赛区的一号种子,对 H 国赛区的二号种子,看点满满。

宁瑶审核好了所有的稿子,不管这一次世界赛的结局如何,她都能保证第一时间有物料能跟上,媒体也打点好了,舆情监督也准备上了……刚松了一口气,宁瑶眼前一花,一个身影气喘吁吁地冲到她面前。

本该在国外的男人就这么闯进她办公室,身上仿佛还裹挟着赛场上的激情,感染得宁瑶也心播如鼓。

"你怎么回来了?"

男人喘着气,目光晶亮:"接你去看决赛,终于走到这一天,你应该在。"

"接——你——去——看——决——赛——"赵昕阴阳怪气地路过,只是没人理他。

乔中洲冲她伸出手:"飞机两个小时之后起飞,走不走?"

"走!"

宁瑶不再犹豫,伸手搭上,他的手心灼热,正适合带着她一起,奔赴这一场热血之章。

全球总决赛这一天,现场早早地就开启了直播,国内外实时同步。

一处平凡的居民楼里。

"小野,吃饭了。"

"哎,来了。"

野火嘴上应着,眼睛还盯着手机,翻看着小霸王最近的 Rank 记录,嘴里嘟囔着:"红山上单擅长单点突破,今天教练可千万别给小霸王拿抗压英雄啊,小霸王需要 carry 的。"

"小野,说什么呢?"

"没什么。"野火抬起头扬声说,"奶奶你帮我把电视打开,我兄弟今天有比赛!"

…………

K4 训练室。

金在赫窝在电竞椅里，椅背上"竞无界"三个字格外显眼。

他面前的电脑屏幕上正直播着总决赛开幕式，队友凑过来："你觉得今天谁能赢？"

"KIL 吧。"金在赫冷笑一声，"都赢我们了，要拿冠军啊。"

说完，他又冷下脸："青芒打不过我，凭什么拿冠军！"

…………

某个北方小城，一处正在装修的网吧。

中年男人招呼了一声："师傅，先把屏幕给我抬过来吧，我组装上有用。"

工人搭话："白老板这么急，看什么啊？"

男人没回答，十来分钟后，电脑装好，他连上网，娴熟地打开一个网页。

工人好奇地凑过来："哟，这是游戏比赛？白老板还爱好这个？"

中年男人目不转睛，却摇摇头："随便看看。"

…………

主舞台光影闪烁，现场观众人山人海。

主持人怒喊着："Let's welcome the Killers in League team——"

翻译同时："让我们欢迎 KIL 战队！"

舞台旷阔无垠，少年们依次从升降台上走向聚光灯，他们即将在这个最高的舞台上，进行迄今为止，他们职业生涯里最重要的一场比赛。

两队队员出场、介绍、享受欢呼、入座，紧张的赛前音乐响彻云霄。

万众瞩目的时刻，宁瑶却有片刻的怔愣。

依稀是一场小小的比赛，在网吧举行，她站在几个少年身后，听着他们碎嘴。

"好紧张啊，今天我们的对手是谁？"

"不知道啊。"

"能赢吗？"

"肯定能啊。"

"要是赢不了呢？"

"那就下次呗。"

倏忽又是一个阳光明媚的午后。

轮椅上的少年眉梢都洋溢着傲娇："姐，你投降得了呗，我都说了你赢不了我。"

"呵，我要不失误早就赢了，再来！"

"来就来！"

…………

欢呼声将宁瑶的思绪拖回，身旁的男人同时握住了她的手。

宁瑶抬起头，主舞台巨大的屏幕上，年轻的选手们戴上了耳机，一张张紧绷的脸上都写着同两个字：要赢！

现场被火山般喷薄而出的热情盈满，一浪高过一浪的欢呼声回荡着，鼓噪着宁瑶的耳膜，宁瑶忍不住热泪盈眶。

少年们做着无数逐光之人的梦，挥洒于战场的热情和坚持，也成为看客们旅途中汲取力量的明灯。

这就是她热爱电竞的理由。

- 正文完 -

番外

晴雪

今年的全明星大会现场星光闪耀。

没错,又是星光闪耀,总是星光闪耀,但是今年格外不同,因为今年全球总决赛冠军奖杯,花落KIL,这是真正意义上的星光熠熠的一年。

KIL今年拿奖拿到手软。

其中就有一个最佳营销奖,上台领奖的是一个女子,新闻图出来之后被广泛传播。

△我老婆叫什么名字能有人告诉我吗?

△呲醒你——

△这不是宁瑶吗?我姐又漂亮了哦。

有人问,宁瑶是谁?

小道消息里,她将选手物化为商品,榨干他们的商业价值。

她所到之处腥风血雨,传言甚至有战队因她解散。

她混迹在男性主导的电竞圈里,是个不择手段的蛇蝎美人。

总之，传说很多，信不信就只能自行分辨。

百十来条的讨论帖下，有人说：圈内人，利益相关匿了，她现在在KIL战队工作，一只被收留的丧家之犬罢了。

这个回复没有激起太多的关注，二十分钟过去了，才有两条回复。

一条是：你村才通网？

一条是：我看你最像丧家之犬。

又过了一个多小时，底下才有一个新的回复：KIL全员都非常爱她，我也是，你算个锤子圈内人？

隔着屏幕都能感受到这人的嚣张不屑。

这条回复被KIL全员礼貌点赞。

于是全明星大会还没结束，这条评论的发布人身份就被扒出，正是KIL投资人乔中洲本人。

只能说，攒活还是要看KIL，眼看着周围的媒体记者蠢蠢欲动，宁瑶当机立断提前离场，避免可能到来的闪光灯和谣言式通稿。

还是要把舞台还给选手们的。

巧了，乔中洲也是这么觉得的，两个人一前一后从场馆后门出来，这里很僻静，偶尔有路过的行人，连LAC联赛是什么都不一定知道。

两个人放松了许多。

天上还飘着小雪，气氛有几分阴霾，这几天一直在下雪，路边都积起了厚厚一层。

宁瑶没留神，脚滑了一下，乔中洲立刻扶住。

男人背对她弯下腰，侧头示意："来，我背你吧。"

宁瑶二话不说就跳了上去。

"怎么样，我一点都不重吧？"

"啧，你怎么能这么没有自信呢，把'一点都不'去掉。"

"哼，小菜鸡。背不动了就反省一下自己是不是最近没锻炼。"

乔中洲握着她两条腿往上颠了颠："你就是个两百斤的小胖墩我都能背动，要不你胖了试试？"

宁瑶脚侧踢了一下他的腿："试你个头。"

事实证明，雪地里不要打闹，乔中洲一个脚滑，猛地趴在了地上，宁瑶没搂紧，人也跟着滑了出去。

路人忍不住瞅过来，看，两只青蛙。

衣服都脏了，得处理一下。

乔中洲不再耽误，让宁瑶上车，带她回了家。

他自己的家，这也是宁瑶第一次来。

屋内暖和，乔中洲一进来就脱了大衣扔进脏衣篓，露出里面的西服套装来。

宁瑶不着痕迹地看他一眼。

……又看了一眼。

乔中洲瞥见，若有所思。

他慢条斯理地脱下西装外套，背过身挂好，走了两步，一边走，一边解开衬衫的袖口，挽了起来，又开始解领带，手臂上的肌肉鼓鼓的，宁瑶一时间没移开眼。

乔中洲："喜欢吗？"

宁瑶挑眉点头："爱看，多演。"

男人嗤笑一声："我裤子湿透了，先去冲个热水澡，你随便逛。"

他都让她随便逛了，宁瑶自然不会客气，在房子里溜达起来，顺理成章地，在书桌前看到了一张照片。

初中时，窗外是无穷无尽的香樟树，教室内，女孩儿穿着纯白色的短袖校服，趴在书桌上睡午觉，教室的窗户半开，微风徐徐，飞卷着窗帘。

她扎着马尾辫，发丝被风吹乱，身边的书本"哗啦啦"作响，盛夏的记忆都凝结在这张照片里。

她记得那一天是他推醒了她。

"宁瑶,起来,要上课了。"

"看什么呢?"乔中洲恰好走了出来。

宁瑶举着照片:"看你偷拍我——"

话音未落,看清了面前的男人,宁瑶下意识地屏住了呼吸。

他下半身围着浴巾,头发只是胡乱擦了两下,还没干,这会儿工夫发梢滴着水,顺着脖颈,没入他的胸膛,身上的每一个毛孔都在叫嚣着蓬勃的荷尔蒙。

宁瑶突然凑近,两只手落在他肩膀上:"你肩膀上有个毛毛,我帮你摘下来。"

她动作缓慢,呼吸纠缠间,听见了乔中洲的轻笑。

"想摸能直说吗?"

宁瑶"哦"了一声,想了想:"我还是怀念那个刚恋爱时纯情的你。"

"呵。"乔中洲意味不明地哂笑一声,手上忽然用了力,揽着宁瑶一起坐到了书房的椅子上。

"你干什么?"

"男女朋友之间亲密一点有什么问题吗?"

他的手指没入她的发间,手臂圈紧,低下了头。

过了很久,安静的室内响起了男人的呢喃声:"宁瑶,结婚吧。"

年少时无法宣之于口的爱慕,终其一生,也只想跟她并肩同行。

"嗯。"

乌云被风吹走,一束光线穿透云层,从窗户照射进来,隆冬的雪下了许久,于此刻突然晴光乍泄。

乔中洲默想,果然和她在一起,就有好天气。